村上春樹

雜文集

村上春樹

賴明珠—譯

目錄

關於音樂

關於《地下鐵事件》

翻譯，和被翻譯

關於人物

眼見的東西，心想的事情

村上春樹雜文集

前言——理不清的繁雜心境

以作家出道三十多年來，由於各種目的，爲各種場合所寫，卻未曾以單行本發表過的文章，彙集在這裡。從隨筆、爲各種人的書所寫的序・解說、回答疑問、各種致詞到短篇小說，結構眞的只能說「又多又雜」。也有相當多未發表過的東西。雖然也可以取個比較普通的書名，但和編輯聯絡時一直都以「雜文集」稱呼，所以說「乾脆就用這當書名不好嗎？」決定用「村上春樹　雜文集」當書名。因爲是拉拉雜雜的東西，就保持雜多的樣子也好。

既然以職業作家，寫了三十多年文章了，因此留下的手稿比收在這裡的多得多。到家裡倉庫（般的地方）時，登過文章的舊雜誌裝了好幾個紙箱——就算稱不上如山的地步——確實也堆積了不少。此外，應該還有相當多是在搬家的紛亂中散失掉的。不過好好坐下來重讀之下，年輕時候所寫的隨筆之類的，大半「現在已經有點那個」。很多讀起來自己都覺得「居然寫過這種東西」，不禁感到臉紅或嘆氣，結果值得打撈起來的沉船，只剩一小部分。雖然當時，我當然也是拼了命努力寫出來的……。

當初我接受邀稿開始一點一點寫的時候，有一位編輯對我說「村上先生，一開始不妨盡量多寫比較好。因爲作家是在一面領著稿費中逐漸成長的。」那時我還半信半疑「是嗎？」不過試著這樣重讀以前的文章時，也承認「或許確實可以這麼說」。不是付學費，而是一邊領稿費，一邊逐漸能寫出稍微進步一點的文章來。雖然覺得好像很厚臉皮。

不過光是能發現這一點，能找到自己如此不穩定而不可靠的足跡，或許就有出版這本書的意義了。因爲如果沒有這樣的機會，首先就（絕對）不可能去整理重讀以前寫過的雜文了。

選擇要發表的文章固然大費周章，結構方面也絞盡腦汁。整體分成十類，把文章分別分配到各個類別中。不過並不是那麼嚴密的學術性分類，但憑「感覺」而已。只有致詞類是幾乎依年代（時間系列）排的，其他文章則沒有特別明確的順序。東挪西挪，費了好些工夫重排過。剛開始本來想全部單純依時間系列排，但讀著之間很多地方又覺得不順，有必要調整。

而且，每篇文章都是在不同時期爲不同媒體所寫的，因此有些情況有相同內容重疊的部分。能刪除的已經刪除，但有些如果刪掉文意會失去平衡，就不得不讓重複的地方照舊留下。或許會有「這個，剛才也讀過」的情況，是因爲本書性格上的關係，請多多包涵。

和田誠先生和安西水丸先生做了類似共同個展，看著那些畫之間，想到如果能把他們的畫巧妙用在書的設計上該多好。因爲我想這本來是結構很雜的書，如果能有他們的畫當成類似視覺上整合的支柱該多好。既然如此，不如乾脆也請他們來做一個關於我的對談，當成本書的後記如何。於是，又麻煩和田先生和水丸先生了。非常感謝。

雖然從七、八年前就打算，差不多該把以前所寫的雜文整理成書的形式了，但因爲一直忙於寫小說，終於一延再延。現在正好處在小說和小說之間，也就是所謂的「農閒期」，因此可以比較悠閒地來進行編輯作業。但因爲拖延了幾年的關係，感覺內容似乎比當初想像的要豐富些——但願能更充實——就好了。

雖然不用說也知道，我的精神是由各種混雜的東西所成立的。心這東西並不只是由整合性的東西、有系統的東西、能說明的成分所組成的。我把自己精神中那樣細微的、往往無法統禦的事物收集起來，注入虛構的情節＝作成故事，加以補強。

但同時也往往需要把那些，像這樣以原生的形式輸出。因爲光以虛構形式無法完全收拾乾淨的細微事物，也會留下少許殘渣。我常常會把這些素材以隨筆（雜文）的形式撿起來。或現實上活在這個世界，某種程度有些情況必須以活生生的形式表現自己（例如致詞就是典型的例子）。

我希望讀者能以打開新年「福袋」般的心情來讀這本書。袋子裡有各種東西。可能有喜歡的，也有不太喜歡的。不過那也沒辦法。因爲是福袋嘛。不過在各種好壞相抵之後，如果您還多少能感覺到類似我內在「雜多心情」的整體像，身爲一個作家沒有比這更欣慰的了。

最後，在這裡對於付了稿費，把筆者培養成一個（近似）作家的各家出版社、諸位編輯們，謹獻上深深的感謝之意。

二〇一一年一月

村上春樹

序文・解說等

自己是什麼？（或美味的炸牡蠣吃法）

為大庭健先生❶的著書《稱為我的這個迷宮》（專修大學出版局，2001年4月刊）所寫的「類似解說」。大庭先生是所謂的哲學家，或思想家（換句話說是一位思考相當困難事情的人），我想本來不該由像我這種人來班門弄斧的，不過因為他對我說「隨便你寫什麼」，於是我就寫了這樣的文章。我和大庭先生是在普林斯頓大學時認識的。

小說家是什麼？有人問起時，我每次大概都這樣回答。「小說家，是以多觀察，但只稍微下判斷爲業的人。」

爲什麼小說家必須多觀察？因爲如果不多做正確觀察，就無法做很多正確的描寫——例如透過觀察奄美的黑兔，想描寫保齡球。那麼爲什麼只稍微下判斷呢？因爲最終下判斷的經常是讀者，不是作者。小說家的任務，是把該下的判斷以更有魅力的形式悄悄（或以暴力也行）交給讀者。

我想您可能知道，小說家（覺得麻煩，或單純只爲自我表現）不把那權利讓給讀者，卻自己對各種事物開始下判斷時，小說首先就會變無聊。失去深度，語言喪失自然的光輝，故事變得不能靈活展開。

爲了創造好的故事，小說家該做的事，極簡單說，不是準備結論，而是只細心地一直累積假設。我們把那假設，像抓起正在睡覺的貓時那樣，悄悄提起來（我每次用「假設」這用語時，腦子裡總會浮現那些熟睡貓的姿態。溫暖、柔軟、濕潤，而無意識的貓），移到名叫故事的小廣場中央，一隻又一隻地堆積起來。能多有效而正確地選出貓＝假設，能多自然而巧妙地把那些堆積起來，就成爲小說家的力量。

讀者把那假設的累積——當然我是說如果喜歡那故事的話——暫且放進自己心中，依自己的順序重新排成個人容易瞭解的形式。那作業多半的情況，幾乎都是在自動的、近乎無意識之間進行的。我所說的「判斷」，就是指那個人的重新排列作業。如果換一種說法，那也是精神組成類型的重組樣本。而且透過那樣本的重組作業，讀者可以把生存這行爲中所含有的動性＝dynamism，像自己的事般眞實地「體驗」。爲什麼一定要特地去做這種事呢？因爲「精神的組成類型」在人生中並沒有幾次能實際去重組。因此我們首先有必要透過虛構的小說，試驗性地、假設性地去做那樣的樣本體驗。

換句話說小說這東西，如果把所使用的素材一一拿起來，雖然是虛構的＝疑似的，但那以個人所遵從的順序和重組作業的流程來說，卻毫無疑問（應該）是實際的東西。我們小說家始終堅持虛構，是因爲知道，很多情況可能只有在虛構中，才能有效而簡潔地累積假設。唯有透過精通虛構這裝置，我們才能預先讓那些貓深深沉睡。

有時會收到年輕讀者的長信。他們很多認眞地對我提出問題。「爲什麼您能那麼清楚地正確理解我所想的事情呢？年齡相差那麼大，我們所活過的經驗應該是完全不同的。」

我回答。「那不是因爲我正確理解你的想法。我不認識你，因此當然，也不知道你在想什麼。如果你感覺我瞭解你的心情，那是因爲你能把我的故事有效地讀進你自己心中的關係。」

決定假設去向的是讀者，不是作者。故事這東西是風。要有搖動它的東西，風才會開始變成眼睛看得見的東西。

「自己是什麼？」這個問題，對小說家來說——或至少對我來說——幾乎沒有意義。因爲這對小說家來說是不用說自然明白的問題。我們日常的工作，就是在做著把那「自己是什麼？」的問題，轉換成別的總合形式（也就是故事的形式）。因爲工作是極自然而本能地在做的，所以沒有必要特地去思考問題本身，就算去想也幾乎沒有用——反而會妨礙。如果有作家長期在認眞思考「自己是什麼？」那麼他或她本來就不是一個作家。或許他或她寫過幾本傑出的小說。卻不是本來意義上的小說家。我這樣想。

不久前我在網路上收到一封信，讀者提出以下的問題。因爲想不起正確的文章，所以我把大概的意思寫出來。

前幾天我去考一個就業考，結果出了「四張稿紙以內（村上註：我想是這樣）做自我介紹」的問題。我實在無法以四張稿紙說明自己。那種事情沒辦法辦到吧。如果遇到這種問題，村上先生會怎麼辦？這種事情專業作家可以辦到嗎？

對這個我的回答是這樣。

你好。要以四張稿紙以內說明自己幾乎是不可能的吧。正如您所說的那樣。我覺得那應該是沒有意義的問題。只是，就算不可能對自己寫什麼，卻能對例如炸牡蠣寫四張稿紙以內。那麼就針對炸牡蠣寫寫看如何？您藉著寫炸牡蠣之間，就會自動表現出您和炸牡蠣之間的相互關係和距離感。那，追根究柢說來，也就是在寫關於您自己了。這是我的所謂「炸牡蠣理論」。下次如果有人叫你寫關於自己的話，不妨試著寫炸牡蠣看看。當然不是炸牡蠣也行。炸肉餅、炸蝦或可樂餅也沒關係。豐田冠樂拉（TOYOTA COROLLA）汽車、青山通、李奧納多．狄卡皮歐，什麼都可以。總之，因爲我喜歡炸牡蠣，所以提這個而已。祝您努力奮鬥。

是的，小說家是對全世界的炸牡蠣，能無比詳細地繼續描寫的人。自己是什麼？不用想（也沒時間去想），我們繼續寫著關於炸牡蠣、炸肉餅、炸蝦或可樂餅的文章。並把這些事象、事物和自己之間所存在的距離和方向，以資料累積地疊下去。請多多觀察，但只稍微下判斷。這就是我所說的「假設」的大概意思。而且這些假設——疊起來的貓——會發熱，這樣一來稱爲故事的vehicle（載體）就會自然地開始動起來。

「眞正的自己是什麼？」的問題，因爲理論上的扭曲，而成爲奧姆眞理教（或其他邪教）吸引許多年輕人的因素之一，這件事是本書中大庭健先生經常指出的地方。我在寫《約束的場所》這本書時，曾經花很長時間採訪幾個奧姆眞理教的信徒，大體上也得到如他所指出的印象。

他們之中有許多人，深深陷入自己這東西「本來的實體」是什麼？這看不見出口的思考軌道裡，因此逐漸喪失和現實世界（假設稱爲「現實A」）的實際接觸。人爲了要和自己相對化，必須穿過幾個有血有肉的假設才行。就像莫札特的歌劇《魔笛》中王子塔米諾和公主帕蜜娜，由於穿過水和火的試煉（或許也可以說經歷過隱喻上的死），才理解愛和正義的普遍性，透過這個而認識了自己這個身分一樣。

但實際上，現在環繞我們的現實中，卻充滿了非常大量的資訊和選擇，要從其中適當選取對自己有效的假設，感覺幾乎不可能。如果把那些毫無限制而無秩序地拿進體內，不少情況會引起自體中毒。而且試著環視周圍，卻看不到能引導他／她的經驗豐富的年長者。因爲現實移動的速度實在太快了，前面的世代所累積的經驗，以樣本來說往往幾乎不帶有有效性。

在這裡碰巧出現了強有力的外部者。這外部者，以容易瞭解的成套菜單交給他們幾個假設。在這裡必要的一切東西，都以雅緻的包裝準備齊全了。以前混亂的「現實A」，去除種種限制、附帶條件和矛盾，換成更單純而「清潔」的另一個「現實B」。在這裡可選擇的途徑有限，所有問題都準備了理路清晰的解答。相對性退下，代替的是絕對性。在這新的現實中他／她所扮演的角色有了明確的指示，該做的事都預備了詳細的日程表。雖然需要努力，但那達成水準可以用數字計測，製成圖表。在那「現實B」中的自己，夾在「前自己」和「後自己」之間，因此是擁有正當存在意義和前後性的自己，除此之外什麼都不是。非常容易瞭解。除此之外還要求什麼呢？而且爲了得到這新的現實，他／她必須交給對方的，只有舊的現實而已。還有在那舊的現實中經常胡亂苦鬥的可憐的自我而已。

外部者說「跳吧」。「你該做的事，只有從舊的大地，跳到新的大地而已。」

像這樣的交易本身，如果容我表達個人的意見的話，我認爲並不是多錯的事。小說家有時候也會做和那同樣的事。我們透過故事這裝置進行這個。我們說「跳吧」。並把讀者放進所謂故事這現實外的系統中。把幻想推給他們。讓他們勃起、畏怯、流淚。把他們趕進新的森林裡。讓他們穿過堅硬的牆。讓他們把不自然的事想成是自然的。讓他們相信本來應該不會發生的事，已經發生了。

但故事結束時，基本上假設的任務已經結束。布幕降下，燈亮起來，堆積的那些貓醒過來，伸伸懶腰，不再做夢。讀者只留下那記憶的一部分，就回到原來的現實中去。有些情況色調可能和以前稍有改變，但那裡有的是看慣的同一個現實。對那繼續性沒有懷疑的餘地。換句話說，那故事是開放的。催眠師到了適當時候，一拍手就解開被催眠者的入眠。

然而個人的麻原彰晃，組織的奧姆眞理教，對許多年輕人所做的，卻是把他們的故事圈完全封閉起來。在厚重的門上加了鎖，把那鑰匙丟出窗外。只把「眞正的自己是什麼？」的問題本身所帶來的閉鎖性，替換成更大一圈、更堅固的閉鎖性而已。

繼續性的切斷——可能是關鍵點。因爲藉著切斷繼續性（或藉著無限期地替換成僞裝的繼續性），現實猛看起來彷彿巧妙地整合了。然而繼續性這東西，如果把雖然有點髒亂卻是必不可缺的空氣孔，人爲地塞起來，無論如何房間就會逐漸陷入缺氧狀態。那怎麼想都是危險的事情，實際上也已經帶來極悲慘的結果。

我以前曾經收到一個曾經進入不是奧姆眞理教，而是某個很大新興宗教經驗的男人來信。他被送到那新興宗教的修行場（之類的地方）去，過著和外部完全隔離的生活。嚴格禁止閱讀教典以外的書（他們完全不許信徒接觸小說。虛構的頻道只需要一個。這是當然的。）不過他把我寫的小說《世界末日與冷酷異境》，悄悄藏在行李底下，避開別人的眼光每天繼續讀一點。經歷了各種不尋常的波折，度過漫長的時間，總算脫離了那新興宗教的精神束縛。現在重新回到現實世界，過著普通的生活。爲什麼每天抱著那本小說讀？爲什麼沒有聽話把那丟掉？他也無法適當說明。不過他寫道，如果沒有繼續讀那本書，他不知道能不能順利逃出那裡。

對身爲小說家的我來說那是擁有重要意義的信。我的那些貓，或許在做著相當堅強的夢，我想。當然我並不是在主張自己所寫的小說很優秀。我只是說那在某個特定場所，曾經擁有過特定的有效性而已。不過即使這樣，我身爲一個小說家還是爲那件事感到高興。

在某種意義上，我們或許繞著故事這裝置，在繼續做著漫長而嚴厲的戰鬥。我也這樣想。

他們＝新興宗教準備了簡單的、直接的、擁有明快形式的強有力故事，把人們引誘、拉進那圈圈裡去。以有效性來說，那是非常有效的假設。幾乎沒有不純的東西介入其中。對理論唱反調的因素，就像貝類吐沙那樣，從一開始就先被巧妙地排除了。理論上一貫說得通。沒有令人迷惑、煩惱的事。在那裡一切疑問都能解開。如果有沒解開的，也只是努力不夠而已。那麼再努力吧，便給你這樣的課題。努力可以得到正確的回報。因爲關閉的圈子是被關閉的，不需要的東西都被排除了，因此擁有強大的速效力。

相較之下，我們小說家所提供的故事，效力卻有限。我們所能做的，只有準備各種形狀各種尺寸的鞋子，想穿的人只能自己實際伸出腳來一一試穿看看。既花時間，也費工夫。可能到最後都沒能找到尺寸合腳的鞋子也不一定。幾乎沒有任何保證。看起來就缺乏有效性。如果有人問起，做這麼麻煩的事，到底有什麼意義？我也答不上來。沒有明快的答案。只能慢吞吞地說「我覺得這裡頭確實好像有什麼」。

有**什麼**。

但我們也有**他們**所沒有的東西。雖然不多，卻有少許。那就是前面也寫過的**繼續性**。我們在稱爲「文學」，這經由漫長時間實證過的領域中工作著。不過從歷史上來看就知道，文學在許多場合，現實上並沒有用處。例如對戰爭、殘殺、詐欺、偏見等，並不能以眼睛看得見的形式制止。在這層意義上文學也可以說是無力的。幾乎沒有歷史上的速效性。不過至少，文學沒有生出過戰爭、殘殺、詐欺、偏見。相反地爲了生出能對抗那些的什麼，文學毫不厭倦地營營累積努力至今。當然其中也有試行錯誤，有自我矛盾，有內部紛爭，有異端和脫線。即使這樣以整體來說，文學始終在追尋人類存在的尊嚴核心。文學這東西在那樣的繼續性中（唯有在其中）擁有能述說的強有力特質。我這樣認爲。

那力量之強也就是巴爾札克的強、托爾斯泰的廣、杜斯妥也夫斯基的深。是荷馬豐富的視野、是上田秋成❷透徹的美。我們所寫的小說——把荷馬也一一拉出來舉例好像有點過意不去——不過那強大的力量成立在他們一直不斷繼續流傳下來的傳統上。身爲一個小說家，在周遭一片寂靜的時刻，我耳朵曾聽過那流動的聲音。我自己當然微不足道。不用說，幾乎對世間沒有一點用處。雖然如此，不過我現在正在這樣做的事，是自古以來延綿至今的非常重要的什麼，我感覺到，這是往後應該還會繼續延續下去的東西。

故事是魔術。以幻想式的小說來說，我們小說家把那當成所謂「白魔術」來用。部分新興宗教把那當「黑魔術」用。我們在深深的森林裡，做不爲人知的激烈交鋒。雖然像史蒂芬．金的少年小說場景那樣，某種意義上那種印象應該相當接近眞實。因爲小說家比誰都清楚，故事所擁有的巨大力量和那背後的危險性。所謂繼續性也是道義性。而所謂道義性也指精神的公正。

再回到「眞正的自己是什麼？」這個問題。

眞正的我是什麼？

請（用四張稿紙以內）說明炸牡蠣。以下文章可能跟事情原本的主題沒有直接關係。不過如果順利，我想透過炸牡蠣這東西，來說說自己。我完全不知道笛卡兒❸或巴斯卡❹對這個怎麼想，不過對我來說，則是「說炸牡蠣，故我在。」而且甚至預感到只要披開那茫漠的道路，一定可以找到我自己的繼續性和道義性。不，我並沒有想實際找到那東西。因爲就算找到了，那東西對我來說也幾乎沒有用。不過我只想確實感覺到那個存在於某個地方。藉著寫關於炸牡蠣的文章這件事。

我想說的，簡單說是這樣。我的圈子是開放的。完全打開的。我從這裡，一一接受全世界的炸牡蠣、炸肉餅、炸蝦、可樂餅、地下鐵銀座線、三菱原子筆。以物質、以血肉、以概念、以假設。而且我想用那些，建立個人的通信裝置。正如「E．T」隨便用身邊的廢物組合起行星間的通信裝置一樣。什麼都可以。什麼都可以這件事最重要。對我來說，對眞正的我來說。

「炸牡蠣的故事」

寒冷的冬天的黃昏，我走進一家常去的餐廳，點了啤酒（Sapporo中瓶）和炸牡蠣。這家餐廳有五個炸牡蠣和八個炸牡蠣兩種選擇。非常周到。對想吃很多牡蠣的人，就端出很多炸牡蠣來。對想吃少一點炸牡蠣就夠的人，就端出少一點的炸牡蠣來。我當然點了八個炸牡蠣。因爲今天，我想吃很多炸牡蠣。

炸牡蠣的配菜，有切得細細分量很多的高麗菜絲。又甜又新鮮的高麗菜絲。如果不夠還可以再添。如果要再添價格會追加五十圓。不過我倒不需要再添高麗菜絲。我正是爲了吃炸牡蠣而來的，不是爲了吃搭配的高麗菜絲而來的。只要現在上面搭配的已經夠了。我的盤子上，炸牡蠣的外衣還發出滋滋的聲音。雖然微小卻很美妙的聲音。在眼前師傅才剛炸起來。從大油鍋送到我坐著的櫃台座位，才花不到五秒鐘。有些情況——例如寒冷的黃昏想吃剛起鍋的炸牡蠣的情況——速度也變得擁有很大的意義。

用筷子把那炸衣啪地分開成兩邊時，就知道裡面的牡蠣終究還是以牡蠣存在著。那看起來就是牡蠣，不是牡蠣之外的任何東西。有牡蠣的顏色，有牡蠣的形狀。牠們在不久前還在某個地方的海底。什麼也沒說地安靜不動，不管黑夜或白天，都在堅硬的殼裡想著牡蠣的事（大概）。然而現在卻在我的盤子上。我暫且爲了自己不是牡蠣，而是小說家而感到高興。爲了不必被油炸了躺在高麗菜絲旁邊而高興。也爲了自己暫且不相信輪迴轉生而高興。因爲我可不願意想到自己下次可能變成牡蠣。

我安靜地把那送進口中。**炸衣**和牡蠣進入我口中。喀啦咬下脆脆的牙觸感和柔軟牡蠣的咬觸感，以可以共存的質感同時感知。微妙混合的香氣，在我口中彷彿祝福般擴散。我感覺到現在眞幸福。因爲我想吃炸牡蠣，而八個炸牡蠣就能這樣吃到口中。而且在那之間還能喝到啤酒。您可能會說，這豈不只是限定的幸福？不過我什麼時候遇到過沒有限定的幸福呢？而且那**眞的**是沒有限定的嗎？

我試著想過這個。卻很難得到結論。因爲也包括別人在內，所以沒那麼容易決定。炸牡蠣中。找不到什麼暗示般的東西嗎？我注視了剩下的三個牡蠣一會兒。但那些並沒有對我說什麼。

我終於用完餐，喝完最後一口啤酒，站起來，付過帳，走出外面。朝車站走著時，我的肩膀一帶輕微感覺到炸牡蠣安靜的鼓勵。那絕對不是不可思議的怪事。因爲炸牡蠣對我來說，是重要的個人反映之一。而且森林深處有人正在戰鬥著。

❶大庭健（1946-　），日本倫理學者，專修大學教授。
❷上田秋成（1734-1809），日本作家、詩人、國學家。著有《雨夜物語》。
❸笛卡兒（1596-1650），法國哲學家、數學家、科學家，說過「我思故我在」。
❹巴斯卡（1623-1662），法國數學家、哲學家、科學家，著有《沉思錄》。說過「人是會思想的蘆葦」。

呼吸著同樣的空氣，這回事

這是為和田誠先生和安西水丸先生合著的《NO IDEA》（金之星社、2002年10月出版）所寫的序文。我蒙受過他們兩位的厚意，也請他們為書做設計，因此當他們託我「寫一點什麼」時，就立刻一口答應說「好」，也輕輕鬆鬆地寫了出來。對很熟的人（們）文章容易寫。兩個人都是文章很高明的畫家，不過小說家的我畫卻畫不好。世間真不公平啊。

我和和田誠先生和安西水丸先生，經常爲書的設計和插畫一起工作（應該說是我一直請他們幫我做），因此從很久以前就開始這樣的親密交往。不過不只這樣而已。我和他們兩人都從以前開始就住在青山附近，而且工作場所也在那邊，到了晚上常常會在附近閒逛——做什麼，正確說我並不清楚，或在酒吧喝一杯。個展之類的，如果規模不太大，多半就在青山不錯的畫廊舉辦。

我一直生活在以青山爲中心的地區，因此結果，就算稱不上頻繁——因爲我晚上比較早睡——不過有什麼情況時常常會碰面。就算沒直接碰面，我到附近的酒吧時，酒保有時也會告訴我「剛才和田先生來過喔」或「水丸先生昨天來過，還說最近沒見到村上先生呢」。東京雖然是很大的都市，但我很清楚在同一個地方住久之後，人的生活作息、行動範圍卻會意外地逐漸被限定下來。

說到被限定，就像一開始也寫過的那樣，我與和田先生和水丸先生經常一起工作，不過想到那麼到目前爲止我是否也和其他插畫家一起工作過？除了少數例外（例如佐佐木Maki先生），不太有和誰合作的記憶。可能就因爲，和這兩位很合得來的關係吧。我只要把工作交給他們說「交給你辦」，就幫我完成完全適合那情況的美麗插畫。過程完全沒有一點不合意的感覺，經常都把工作愉快地完成。他們畢竟是熟練的專家。

當然不可能只因爲住在附近呼吸著相同的空氣，就能合作愉快地把工作做好吧，不過也不是沒有一些地方讓我想到或許這一點也很重要。首先這兩個人，畫風都很有都會感，或者說細部收尾一一都很洗練。以文章來比喻，就是文體很扎實，然而卻沒有壓迫感。既瀟灑，又不凌亂。這種地方可能是在青山的酒吧長年喝酒之間所培養出來的——雖然還不至於這樣說，但我覺得，這部分或許也有一點。我可能喝得還不夠，所以還沒辦法達到那樣的境界。

說到文體，這兩個人文體的精神有很相似的地方，而且也有完全不同的地方。大致說來——當然只是我個人的印象——和田先生的文體端正而富有知性趣味，始終很好，水丸先生則凡事有點草書體式鬆散的水靈生動，和搞怪。例如只是用鉛筆在紙上畫一個圓圈圈，水丸兄畫的圓，和和田兄畫的圓就有微妙（而決定性）的不同，我想我可能立刻就看得出那不同。就比方說只要聽四小節就能立刻猜中柯曼・霍金斯（Coleman Hawkins）和李斯特・楊（Lester Young）的中音薩克斯風的聲音一樣。只要讀四行，就能猜出達許・漢密特（Dashiell Hammett）和瑞蒙・錢德勒（Raymond Chandler）文體的差別那樣。同樣地，兩個人所畫的畫，不管畫什麼，都分別擁有不會令人看錯的清楚的獨自特徵。當然，正如前面兩個例子那樣，並不是在比較哪邊優越。哪邊都很好喔，眞的。

舉行收在本書的和田先生和水丸先生共同個展的青山那家小畫廊，每張畫都沒註明作者名字。換句話說，故意讓觀者看不出哪張畫是誰畫的。不過我當然，一隻手拿著葡萄酒杯，一面當場立刻就猜得出哪張畫是由誰的手畫出來的。您呢？當然只有像水丸兄和和田兄這種有餘裕的「大人」之間才有可能這樣，這種具有遊戲趣味的企畫，眞愉快。尤其如果，就在附近很舒服地展開的話。

我們正活在這傷腦筋的世界

這是為２００２年６月《魁儡民主主義》（草思社，後來的新潮文庫）所寫的解說。高橋先生決定不下該託誰寫這本書的解說，照例正悶悶不樂地撚著下顎的鬍鬚時，被太太罵道「到村上先生那裡去，明白地拜託他吧」，於是下定決心到我這裡來。這種事不用客氣早說就好了。我讀初稿時標題是《民主主義的機關》。現在的題目絕對比較好吧。

高橋秀實❶是個有點怪的人，每次見到面總會說「啊，傷腦筋。好洩氣」。個子高高，體格魁梧，曬得黑黑（可能是採訪曬的），還留著黑鬍子，以從前來說眞是一個「魁梧的大丈夫」。如果能當《西遊記》三藏法師的徒弟應該是很合適的人選。大學時代學過柔道，當然是上段的。這種人每次遇到我，身體就有點縮成一團，一面抓著頭說「啊，村上先生，傷腦筋。好洩氣」。

因此我問他「怎麼了？爲什麼那麼洩氣？」他一邊點了續杯咖啡一邊說（外表看不出但他幾乎不喝酒）。我聽著他說那件事時，確實如高橋先生說的那樣。他所洩氣的是工作上的事，是私生活的事，大體上他都非常「有道理」洩氣，傷腦筋。並不是無意義的發牢騷。不是沒道理地悲觀起來，也不是自虐性地暴露自己的無力。只是單純地積極地，拼命地洩氣而已。我聽他說著，也不能不說「是啊，那確實令人洩氣。」他交抱雙臂（他非常適合交抱雙臂）說「那麼，有什麼好點子嗎？」

「嗯，那個，沒什麼辦法啊。」我回答。

「是嗎？果然沒辦法嗎？」

每次一碰面，話題大概就像這樣展開。不過這種找不到出口的話題，說了場面也完全不會變暗。終於（就算是屬於不可以笑的那種事）也會「哈哈哈」地笑出聲來。這種地方是高橋特有的味道。

高橋先生在我執筆寫收進這裡的幾篇文章的採訪時期，有事碰過幾次面，我們談起當時有關對象的種種事。當時他也多半以「唉，村上先生，眞洩氣」展開話題。沒結論，這當然是當時他的主要煩惱。越是認眞地親自用腳跑採訪，實際花時間去聽很多人的話之後，結論越出不來。知道和那件事有關的各種人的情況。某種程度也知道出現不同想法的來龍去脈。就不可能將這各種要素俐落地區分為白或黑。簡單地順口說出「各位，這就是正確的結論！」之類的話。

不過很多情況，商業雜誌對非小說類寫者所追求的，並不是「是啊，真洩氣，怎麼回事？」之類內容的文章。編輯部要求的是「那個是這個！」之類，有明確有力結論的讀物。讀者這邊也期待讀到十分迅速可讀，清楚而容易吸收的資訊。立場和觀點清楚的文章會受到比較高的評價。因此高橋才認真困惑起來。「那麼容易瞭解的結論是出不來的。」這是他最大的問題。

不過我非常瞭解高橋所感覺到的，想說的事。瞭解得真痛的地步。我在寫關於沙林毒氣事件的《地下鐵事件》（講談社）時也深深感覺到，世上的事情，很多情況往往沒有什麼結論。尤其越重要的事，那種傾向越強。自己親自用腳跑過所收集的第一手情報越多，採訪所花的時間越多，事情的真相越混濁、方向越迷失。結論離得越來越遠，觀點變得更分歧。不得不變那樣。結果，我們也束手無策。逐漸搞不清楚什麼是正確／不正確，哪一邊在前，哪一邊在後了。

不過，我確信，有些情況是非要穿過這種混濁才能看得見的。在看得見那情景之前需要花時間，看得見的那情景要以簡短語言明確傳達給讀者是非常困難的。

不過如果不經過這個階段，應該無法產生稍微有點價值的文章。因爲寫作者的任務（無論是小說，或非小說）原則上都不是在傳達單一的結論，而是在傳達情景的總體。

當然或許我也可以說「高橋先生也是專業作者，也有你的生活，如果把工作當工作想開了，在這裡只要適度製造出一個結論加上去就行了。這樣編輯和讀者都可以接受」給他一個現實的建議。不過我說不出那種話，這種事高橋先生應該也辦不到。高橋先生是孜孜不倦腳踏實地到現場調查研究，把在那裡看見的情景盡量以親切的文章，誠實地（這種表現他可能不喜歡，不過想不到其他適當用語所以就用了）想努力描寫的人。

因此以我來說，結果，我就變得不得不說「嗯，那個有點沒辦法啊」。於是兩個人便交抱雙臂，事情總算結束了。

本書讀過一遍，我首先感覺到的是，「這本書沒錯百分之一百是高橋秀實的書」。

1 調查得很詳細。
2 以正當方式洩氣（不得不）。

3 把那盡量寫成親切的文章。

這就是（容我發言的話）身爲非小說類作家高橋秀實的三要素。而且幾乎所有的情況——應該說依然如故——結尾沒有結論。讀者在每一章，都會被遺棄在淡淡光線照射下困惑的溫和荒野中。就像說「嗨，就是這麼回事。做A這件事是B強烈希望的。嗨，下一個新聞」一般，並沒有面帶微笑態度親切的電視新聞播報員。

但我們可以確實地和他共有那沒結論。那裡有共有著這種確實的眞實感。我們可以在每一章都和他一起洩氣、困惑。老實說，我想這應該是非常重要的事。大家圍坐成一圈，邊喝著咖啡，邊說「唉，傷腦筋」或「眞洩氣」或「結論好像出不來喔」，邊抓抓頭、撚撚鬍子、交抱雙臂。不會從什麼地方拿出一個借來的結論，豪言壯語一番。這對我們的生活來說，難道不是非常重要的事嗎？

而且裡頭有幽默這東西。這也非常重要。會讓你笑翻。連不能笑的事（不，正因爲不能笑），都忍不住要笑出來。不過高橋先生所提供的幽默，既不是諷刺的幽默，也不是算計的幽默。而是「啊，說著說著忍不住就笑出來」這種泥土味的好笑。而且多半的情況——對高橋來說，或許是不幸的事——那種好笑又讓結論更加遠離而去。爲什麼？因爲好笑這東西，會把表層的理論，或輕易的判定，都從當場靜靜排除。

一章接一章讀下去，本書讀完最後時，我們可能會這樣想。我們是活在一個多麼傷腦筋的社會啊。我們可能會交抱雙臂、抓抓頭。不過無論喜不喜歡，那都是我們所住的世界。我們只能在那裡活下去。如果勉強要從那裡出去，會去到一個「不是眞的地方」。結果，那不就成爲本書的結論嗎？（可能是）。

❶高橋秀實（1961-），日本作家、自由撰稿人。東京外國語大學蒙古語系畢業。曾任影視製作公司助理導播。

安西水丸在看著你

安西水丸畫伯有一本不朽名作漫畫《平成版 普通人》（南風社、1993年4月出版），本文是書上附的解說。我非常喜歡這本書，曾經向各種人推薦過。我覺得像這樣把安西水丸性推到前面的激進作品，好像別無其他了。還沒讀過的人務必請找來讀讀看。由於水丸兄的好意，答應讓我轉載部分漫畫。

有所謂「極北」的說法。那麼相對的應該有「極南」的說法嗎？我想可能沒有。不過不知道爲什麼。我試著翻開三省堂《新明解國語辭典》看看，「極北」有「接近北極・事（地）。」、「——之地」的說明。「極南」則沒有刊載，在「局留」之後就是「曲飲」（譯注：日語極、局、曲三字同音）。辭典上所刊載的「極北」的意思確實沒錯，沒得抱怨，不過在日常生活中，我們似乎是以「超過這裡如果再往前走就會到達嚴酷的極限地點（的樣子）」的意思，使用這個詞彙的。「這純馬丁尼酒眞是純的極北啊」這種感覺。

我跟水丸兄一起工作已經有十二、三年了，這幾年來「安西水丸到底是甚麼樣的人物」的定義（definition），我好像感覺越來越不明確了。有時是插畫家的安西水丸，有時是作家、文人的安西水丸，有時天黑後只是一個愛喝酒的安西水丸。這眞厲害，有不禁讓人佩服的地方，也有在人前不太能大聲說的幾個特質。這種多面性集合成一體把安西水丸這個人逐漸揑弄成形，如果要從一個方向或角色來勉強規定他時，這個人的本質就會滑溜溜地像鰻魚般柔軟擺動，不知逃到什麼地方去。

像這樣在難以規定的，沒有正確海圖的「安西水丸的世界」中，要斷定哪一邊是北，哪一邊是南的方向性是極困難的，我還是獨斷地想把這《普通人》系列所顯示的安西水丸，斷定爲安西水丸的極北。雖然不是馬丁尼，不過因爲《普通人》所擁有的恍惚的dry純感，正是其他地方所難得一見的東西。

收在《普通人》裡的故事都是從早晨開始的風景。天亮了，人醒來。喃喃嘀咕著起床。然後開始這些故事。這開頭的部分令人印象非常深刻，很象徵性。我以爲，早上剛醒來的人可能是最無防備、最沒準備的存在。正如您看了就會知道的那樣，在一開頭的四格漫畫中對我們的主角所能知道的事，只有性別、大概的年齡、睡衣和棉被的花紋而已。這個人物到底是過什麼樣的生活，讀者幾乎想像不到。他可能是折紙的老師，或喜歡俳句的計程車司機。她可能是紅牌泰國浴女郎，可能是有點欲求不滿的醫院櫃台服務人員。他／她在「角色上」幾乎接近零，是個很平淡的存在。

以我自己的經驗來說，我有時醒來會完全想不起自己是誰，現在在哪裡。這種時候眞傷腦筋。不該說什麼傷腦筋的。因爲對自己這個人的認識是零。也不知道該怎麼辦才好。幾秒鐘之後當然意識會回來，可以意識到「啊，我是村上春樹，現在是早晨，正躺在自己家床上」，但在那空白的幾秒鐘之間，卻非常心慌，恐怖。條理不明、神祕、孤獨。感覺好像一個人被遺棄在宇宙正中央似的。不過我終於漸漸接受自己是村上春樹的事實了。嗯，因爲也沒有別的可以接受的東西。這樣的時候就會像這漫畫中的出場人物一樣，無意義地自言自語「好討厭，眞傷腦筋」，或「是嗎？果然啊」，被太太說莫名其妙地數落「你說什麼啊，到底」。所以我很清楚出現在這裡的人們的心情。

如果一定要說，早晨剛醒來的人，就像變蟲子只變到一半沒變完的卡夫卡的《變身》主角般。他們就那樣以沒變成蟲的東西，身爲一個「普通人」，不得不又再生產式地繼續沿襲扮演一天派給自己的角色。那是我們的角色。對於變不成蟲的我們，絕對不容許就那樣一直繼續平平過下去的奢侈。我們不得不戴上以身分爲名的假面具，穿上衣服。

總之，人們從那平平的地點慢慢恢復意識，找回名字和立場，換上衣服，刷牙，洗臉，刮鬍子（或化妝），吃早餐，排便，沖澡，各自找回日常的臉。從接近零的存在開始，變身到有名字、立場和角色的「普通人」。這一帶風景的安西水丸性現實眞厲害。從他的耽美性小說，和端正的美人畫世界來看，這眞的只能說是極北了吧。

我們讀了這漫畫會笑（至少我會笑），那笑中經常有「對了，也有這種人」的好笑地方。雖然有點誇張，不過這裡所描寫的各種人的行爲、發言和思想，是我們日常就看得見，經驗過的事。當然那些出場人物（也就是那些行爲的當事人）並不覺得自己的言行奇怪。對他們來說，那是理所當然，也是自然的事，有些情況還是極認眞的事，沒有任何覺得奇怪的地方。然而從別人的眼光看來，那種無自覺性反而怪可笑的。

例如請看第十七個話題第⑮到第⑰格。情況的設定是一個女孩子忽然醒來時發現身旁躺著一個陌生男人。喝醉了，不知道跟哪裡的男人有了一夜情之後。男人還沉睡著，女孩子的獨白。

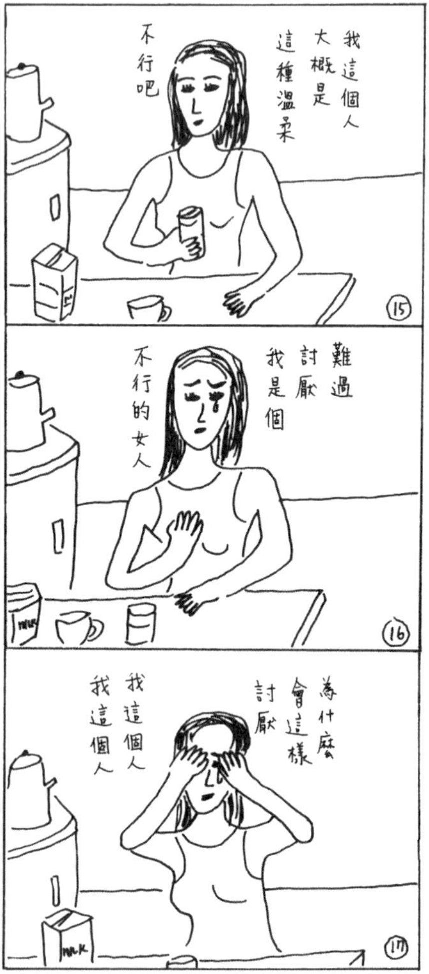

⑮ 我這個人　大概是　這種溫柔　不行吧（喝牛奶）

⑯ 難過　討厭　我是個　不行的女人（流眼淚）

⑰ 爲什麼　會這樣　討厭　我這個人　我這個人（擦眼淚）

以當事人看來，這也許是相當認眞的，不過讀著時卻覺得很好笑。爲什麼好笑？因爲這個女人的思考一步都沒超出世間模式化的思考領域。這三格台詞就是所謂HOW TO女性雜誌的發想（特集「妳的溫柔毀了妳」之類的）框架裡。或類似偶像劇女主角經常會有的獨白類型。不過當事人並沒有發現這點。把自己戲劇化，然後陶醉其中。這種情景安西水丸不知道從哪裡悄悄以隱藏式相機拍下來，把那展現給大家看，一邊笑嘻嘻地說「你看，有意思吧。有這種人喏。這種東西本來是不能給別人看的，不過因爲很有趣，所以讓你們看。」（壞傢伙）。不過確實怪好笑的。

不過，事情並沒有結束。這可以說是冷徹而確實的觀察者安西水丸專長的地方，換句話說最嗆辣的地方，其實是在接下來的三格中。也就是從第⑱到第⑳格。

我小時候
是基督徒
18
一定是在
百貨公司
上班的
母親的血
不行
19
不行
這種想法
是歧視
20

⑱我小時候　是基督徒（手放在胸前）

⑲一定是在　百貨公司　上班的　母親的　血不行（再哭）

⑳不行　這種　想法　是歧視（再哭再哭）

這麼厲害的獨白我想寫都寫不太出來。在這裡這個女人離開借來的獨白，踏進了極其獨創的有血有肉的領域。

「基督徒」

「百貨公司上班的母親」

「歧視」

這三題故事的急遽展開眞是獨具創意。但不管多麼獨具創意，有血有肉，這些獨白的提示法眞是太唐突、太個人性、太超現實了。在百貨公司上班的母親的血，爲什麼，又如何不好呢？因爲這方面完全沒說明，因此「到底是怎麼回事？」我們會稍微感到困惑，不過下一格男人已經起來正在穿長褲一面說「唉呀，sorry sorry」，因此事情並沒有發展下去，就那樣——含著有血有肉活生生的預感——很乾脆地被放下來了。這獨白從前半到後半位相的急遽轉換眞精采。從整合性俗套思考，轉換成非整合性的無脈絡。

不過我想，或許正因爲在這種相反東西的同時存在中，才有我們偉大的「普通性」吧。仔細想來，我們其實難道不是活在適度整合的借來的自己，和不是借來卻無法好好整合的自己的奇怪夾縫間嗎？我們無法清楚地靠近哪一邊，也無法下決心靠近哪一邊，就這樣以一個「普通人」拖拖拉拉地活在這個世間不是嗎？引誘我們笑的，可能是在那相反性中一邊不安定地顫顫巍巍搖擺著，自己的眼睛卻無法掌握到那顫顫巍巍的可笑，這種冷峻事實所擁有的滑稽。能精準地讀出這點的安西水丸這位作家的才能，只能說了不起。這本稱爲《普通人》的書，各種部分都讓我細細地佩服，而這六格漫畫的展開更讓我深深思考。尤其我猜「小時候是基督徒」和「百貨公司上班的母親」這部分一定是有具體的模特兒（如果沒有的話對不起）。

無論如何，我在這裡想說的是，出現在這裡的人們在「是有這種人」的文脈中確實是身邊的「普通人」，不過這裡頭也清楚映出我們自己的臉這回事。當然我不是說出現在這裡的人物，直接像你或我。不過這些人在戲劇化過程中，還是有什麼會讓我們自己猛然發冷的東西。有威脅我們存在的東西。爲什麼呢？——其實不用說——因爲就算我們對自己來說是個「無可替代的」「獨特的」人，但在別人眼裡看來也只不過是個「普通人」，我們也無法保證不會被安西水丸像這樣抓住加以戲劇化。我們讀這本書會笑。但在那笑中好像從後面看著自己的姿態的（請注意看每個標題主角被畫出背影的地方）應該含有冷冷的恐怖，而且我想應該不得不含有。這本《普通人》系列在這裡有出乎意料之外的可笑，有出乎意料之外的恐怖。如果讀這本書只到「啊，怪好笑的」就完了，那表示只收到值回書半價的價值。進入「很好笑不過也很可怕」、「不過雖然可怕也很好笑」、「不過雖然好笑還是很可怕」的循環中，才開始掌握住這本書的全貌，我想付出的錢才算收回本了。

再談一點水丸兄有多可怕這件事。例如安西水丸是個送禮高手。不，不該說是高手。該說他擁有一種神技。例如遇到水丸兄一起喝一杯時，「嗯，這個如果不嫌棄的話，拿來用吧。只是無聊東西。」一臉羞恥的模樣給我一件東西。這種時候的水丸兄臉上有一副「嗯，我是這輩子從來沒做過任何壞事的天眞無邪少年」的表情。我打開包裝一看，裡面是羊毛手套。不過，不瞞您說，那時候我正想「差不多必須買手套了」。雖然擁有皮手套，不過本來有的羊毛手套卻怎麼也找不到，心想不能不去買一雙，但因爲東忙西忙的，終於忘了去買。爲什麼水丸兄會知道這種事？我也不清楚。在那之前他曾經說「這個送給你太太」而給我一件水色的毛衣。

回到家我拿給太太看說「這是水丸兄送給妳的」時，「哇，怎麼會呢？我一直在找這種顏色的毛衣喲。水丸兄怎麼會知道這種事？」她大吃一驚。這種事一連發生過幾次，我不禁要懷疑安西水丸可能在我家的什麼地方悄悄裝了隱藏式攝影機悄悄偷窺我們。眞可怕。不過當然現實中這種事情是不會有的，那麼只能想到「安西水丸這個人好像擁有某種特殊能力」。眞是不簡單的人。

我對一個認識的女編輯談到這件事，開玩笑地說「妳心裡想什麼也可能被他讀出來，小心哪天別讓安西水丸送妳黑色內衣喲」，據說從此以後她每次見到安西水丸，就會像強迫症似地腦子裡浮現「黑色內衣、黑色內衣」，直冒冷汗。「越想不要去想腦子裡越會浮現出來。這都要怪村上先生。」她雖然這樣抱怨，不過我想不管怎麼樣水丸兄送她黑色內衣恐怕也是遲早的問題。這不關我的事。

我是第一集《普通人》的熱烈書迷，每次遇到水丸兄就繼續跟他說「快點畫第二集吧」，因此這次《平成版・普通人》出版了我眞高興。

有一次我喝著酒時，試探地套他話「嘿水丸兄，那本《普通人》的情節都有模特兒吧？要不然不可能描寫得那麼眞實」。那時他很酷地回答「不，沒這回事。只是隨便畫的啊」，過一會兒喝多幾杯之後巨匠卻忽然喃喃說道「不過那種東西呀，大家都不太會發現自己是模特兒喔，呵呵呵」。

這個我可要大聲說了，安西水丸周圍的人務必請多加注意。在你周圍安西水丸可能悄悄裝了隱藏式攝影機，那銳利的鏡頭經常都在觀察你。而且你可能什麼時候會出現在《普通人》第三集上也不一定。所以認爲自己可能是普通人的人，請不要接近安西水丸。認爲自己不是普通人所以沒問題的人請更小心注意。因爲安西水丸所瞄準的其實是像你這種人。

致詞・感言等

〈如果到了四十歲〉——群像新人文學獎．得獎感言

《群像》1979年6月號上，和得獎作品〈聽風的歌〉一起刊登。「如果到了四十歲……」是我當時真實坦白的心情。我那時是三十歲，我想在往後的十年中，希望能努力寫出像樣的小說。三十八歲時發表《挪威的森林》我記得忽然想到「這是當時所想定的，（幾乎）第十年的一個段落吧」。我好像從以前開始，就只能以長距離的單位來想事情。無論是好是壞。

離開學校以後幾乎沒拿過筆，因此剛開始寫文章非常費工夫。只有費滋傑羅的一句話「如果想說跟別人不同的什麼，就要用跟別人不同的語言」是我的依靠，但這種事情並不簡單。我一面繼續想如果到了四十歲，應該能寫出稍微好一點的東西一面寫。現在還這樣想。

我想得獎是非常高興的事，但我不想只拘泥於有形的東西，而且已經不是那個年紀了。

〈因爲來日方長〉——野間文藝新人獎・得獎感言

刊登在《群像》雜誌1983年1月號。因《尋羊冒險記》得獎。這時「野間文藝獎」的得獎者是《告別的理由》的作者小島信夫先生，頒獎典禮時相鄰入座，不過並沒有特別交談。我個人很喜歡小島先生的作品，不過我想「作品和作家是不同的」因此保持沉默。如果能稍微談一下就好了，現在想起來覺得很遺憾。可能當時還年輕，而且大體上個性不是很率性。

二十九歲那年開始寫第一部作品《聽風的歌》，現在三十三歲。再過幾天就三十四歲了。無論如何都來日方長，因此但願步調不要亂掉，希望能仔細地繼續工作下去。

獎是作品所得到的，不是我個人該說東道西的。只是能夠以獎的具體形式對一直以來照顧過我的很多人表達感謝的心情，還是覺得很慶幸。

〈完全忘記也沒關係〉——獲得谷崎潤一郎獎前後

谷崎潤一郎獎迎接第幾周年，當時以過去得獎者之一，受邀寫一點關於這獎的回憶，而為《中央公論》雜誌（２００６年11月號）所寫的。字數搞錯寫長了，把那縮短版由雜誌刊登出來。這是長的版本，當然是首次刊出。

我寫《世界末日與冷酷異境》時，住在神奈川縣藤澤市一個叫做鵠沼的地方。我記得是在搬家和搬家之間不停努力寫出來的。這種事說起來，我大多的長篇小說都是在搬家和搬家之間不停努力寫出來的，這時尤其兩次之間空檔很短，慌慌張張。而且爲了這本書的出版，和出版社之間發生了很多無趣的事，也因爲這樣每天都繼續過著惶惶不安的日子。不過租的房子很大，日照又好，因此我家的那些貓倒是很高興。

書出來不久後，得知這本小說成爲谷崎獎的候選作品。通知我的是中央公論社負責我的編輯。說道「不過，你應該沒有希望拿到谷崎獎，所以完全忘記也沒關係喲」。根據他的說法，我被評審委員（的一部分）討厭——或很難說喜歡——因此，怎麼樣都不會得獎。我對這方面的情況非常疏遠，因此心想「哦，是這樣嗎？」就照著人家說的把獎的事完全忘記了。

因爲這樣，得獎揭曉通知的那一夜，我並沒有特別去想什麼。不如說，完全忘記了。因爲有什麼事，內人不在家，因此我出去外面一個人隨便用過餐，喝了啤酒，在附近閒逛著玩。雖說玩，但因爲在藤澤車站的周邊，所以也沒什麼了不起的東西可玩。回到家電話鈴正在響，說「恭喜恭喜。您得谷崎獎了」。我不記得是怎麼回答的，不過忽然聽到這樣說，我想確實不太有眞實感。因爲被人家說過「完全忘記也沒關係」，所以我就認眞忘記了。

得了谷崎獎，當然有幾個好處。不用說，谷崎潤一郎在海外也很著名，是很受尊敬的作家，我到外國去時，也有人想到「能獲得冠以那樣名字的文學獎，應該還過得去吧」。文學獎畢竟是人選出來的，所以以我來說我想最好能保持「完全忘記也沒關係」的態度，不過有時候遇到某些情況時，也會覺得或許得獎也是好事。

〈奇怪，不奇怪〉——朝日獎・得獎感言

「朝日獎」頒獎典禮時，因為我不在日本，所以我記得是請負責的編輯代我讀這篇文章的。負責的編輯也不得不做很多事情。那是2007年1月的事。

從寫第一本小說，到今年已經二十八年了。我開始寫文章比較遲，是二十九歲時。在那之前，並沒有特別想寫小說的心情，老實說，也沒什麼寫文章的經驗。因此在這樣漫長的期間，能以小說家維持生活到現在，連我自己都非常驚訝。甚至感覺幾乎像奇蹟。不過在驚訝的同時，每天能像這樣繼續寫文章，對我來說感覺也是極自然的事。這樣一邊歪頭懷疑「很奇怪」，一邊也點頭認可「不，或許也沒那麼奇怪」，天天繼續過到現在。我想今後，可能也會同樣地活下去吧。

就這樣，能寫文章，寫的東西能印成文字出現在世間，被爲數不少的人拿在手上讀，勉勉強強能維持生活的事實本身，對我就是眞實的大褒獎。在這之上，還

能像這樣領獎，或許有點過分。不過在某種意義上，對於以往的文筆活動能得到評價，我深深感謝。我想把這個當成一個分界，集中精神在下一部作品上。謝謝。

〈到現在才突然〉——早稻田大學坪內逍遙大獎．得獎感言

為了領這個獎才去到幾十年沒去的早稻田大學，不過周邊變漂亮了，很感動。不太有懷念的感覺。這是2007年11月的事。我跟副校長談過話，年齡居然相同讓我吃了一驚。大家都很有成就，變偉大了。

這次能獲得「早稻田大學坪內逍遙❶大獎」的獎，非常感謝。

這個獎的對象雖然不一定頒給早稻田大學出身者，不過我碰巧，總共七年之間，在早稻田大學在籍。雖然有各種原因待了七年之久，在那期間我完全沒有大學對我很親切的記憶。當然，我這邊也做了相當過分的事，所以完全沒有抱怨的立場，不過到現在突然，或唐突地對我這樣親切，讓我覺得半信半疑，或該說「眞的可以嗎？」總覺得無法鎭定。從剛才開始就一直坐在那邊的椅子上，但總覺得坐得很不安穩。

我成爲這個獎的第一屆得獎者，但總之因爲是第一次，所以也沒聽過獎的名稱，電話上說我得獎了，不過老實說，所謂「早稻田大學坪內逍遙大獎」到底是如何成立的，我也不太清楚。從「坪內逍遙」這名字看來，覺得應該不是和物理學或運動等有關……，於是我試著從網站上查查看，說是爲了彰顯「對從文藝開始的文化藝術活動具有顯著貢獻的個人」，被這麼一說讓我更緊張起來。由我來說也許不很恰當，不過我想世間可能有更多人不認爲我是這樣的。

我是早稻田的學生時，並沒有經常到大學來，最常去的地方，我想是文學部的餐廳和戲劇博物館。並不是認爲餐廳特別好吃才去，只因爲沒錢才去，戲劇博物館是喜歡而去的。我們稱爲「演博」，但正確名稱是「早稻田大學坪內博士紀念演劇博物館」。一棟古老而美麗的建築物，大體上經常很空，因此我常一個人到那裡去讀書。

我當時，在文學部的電影戲劇科就讀，志願是寫劇本，「演博」裡收藏了很多電影劇本，我記得一面讀那些古老劇本，一面感覺像在做白日夢，在腦子裡構想電影。所以到現在，那電影的實物是在電影院看的，或沒看到電影本身，而是坐在演博的椅子上，看到自己腦子裡隨便構想出來的東西。因爲無法判斷而傷腦筋過。不過我曾經想過，那種作業在後來成爲小說家時，或許很有幫助。因爲沒錢去看電影所以那樣做，或許貧窮偶爾也有好處。不過一直繼續太久的話，相當辛苦就是了。

因此，雖然從來沒有讀過坪內逍遙博士的著作，不過在別的方面，無論是這次的獎也好，或戲劇博物館也好，覺得好像都受到很多照顧。

無論如何，能被選爲榮譽的第一屆得獎人，本人深感榮幸。衷心祝福本獎今後能以擁有一定評價的獎，長久繼續下去。就算假定不順利，也不是因爲我的關係，能這樣想的話也非常感謝。

老實說，我寫小說將近三十年來，一直只是把自己喜歡的事，一貫以自己喜歡的方式做到現在而已，幾乎完全沒有想到對什麼有或沒有貢獻。而且我個人認爲，以作家來說所謂最重要的獎，或勳章，是有熱心的讀者存在，除此之外沒有別的。不過那個歸那個，像這樣各位對我的作品和業績能給予適度的評價，我深深感謝，如果能對文學的新發展有少許助益的話，就再高興不過了。

謝謝大家。

❶坪內逍遙（1859-1935），原名坪內雄藏，日本劇作家、翻譯家。東京大學文學科畢業，從事戲劇革新運動，創辦《早稻田文學》雜誌。著有《小說神髓》。譯有莎士比亞全集。

〈周圍應該還有很多〉——每日出版文化獎．得獎感言

2009年11月。這時候也不在日本，因此還是請負責的編輯代讀致詞。這樣看來，世界上真的有很多獎，覺得很佩服。獎的數量好像比作家人數還多……這種事應該不會有吧。

這次能獲得「每日出版文化獎」，非常榮幸。對各位評審委員深深感謝。

我經常一面想，小說家是以時間為對象戰鬥的人，一面工作到現在。在更年輕的時候，那對我來說就像「要盡量寫受到時間洗禮，也不會風化的作品」，只擁有比較單純的含意。但隨著年紀漸大之後，才知道其中又加上「剩下的人生，還能寫多少作品」，這種倒數計時的要素。

還能寫多少作品——尤其是長篇小說——自己也不太知道。要寫完一本長篇小說需要幾年的醞釀準備期間和幾年的執筆期間，並需要大量的精力。因此，那樣完成的一本長篇小說能讓許多讀者拿在手上，得到適度的評價，對我來說是無比的鼓

勵，也成爲湧出新意欲的泉源。

現在，經常有人說小說正面臨困難時期。人們不再讀書。尤其是不再讀小說，這已經成爲世間的共識。但我不認爲這樣。試想起來我們超過二千年，在世界的各個地方，故事這火焰繼續延續從未斷絕過。那光，在任何時代、任何狀況下，應該都有唯有那光才能照出的固有場所。我們小說家該做的事，是從各自的觀點，將那固有的場所就算一個也好盡量多找出來。在我們周圍應該還有很多我們能做的事，只有我們才能做的事。我這樣相信。

我現在正在寫《1Q84》的「BOOK3」。我想明年應該可以發表，到明年書出來時，「唉呀，如果能再等一年就好了。那麼就不用給他獎了」，希望不要讓各位這樣說，我會拼命努力。

謝謝大家。

〈無論枝葉如何激烈搖晃〉——新風獎・得獎感言

這是書店經營者聚集所選的獎。好像因為《1Q84》對全國書店的銷售業績有貢獻而獲選的。這種評審理由非常清楚，所以很爽快。我個人能對書店的經營有貢獻也感到很高興。2010年1月。

這次能榮獲二〇〇九年度「新風獎」，深深感謝。我在二十一年前，一九八八年也因爲《挪威的森林》得過這個獎，那麼這是第二次了。完全沒有料到這種事一生中能發生兩次，不過無論如何，實際上爲我賣出書的許多人，能認同作品的存在意義，對寫書的人來說覺得比什麼都高興。

書這東西，當然不是說暢銷就好。不過我想有這麼多人能實際到書店，付錢買書，拿在手上讀下去，這件事對我來說，應該算是很大的達成。因爲這事實毫無疑問證明了書本這東西到現在對我們的存在來說，依然是傳達重要訊息既實際又有效的手段。無論對作者、對從事書本製作和流通的各位和眾多讀者來說，應該都是可喜的事。

今天環繞書籍的狀況已經大爲改變，對從事書籍相關事務的業者來說，猛一看那改變很多似乎不太樂觀。和以前的時代不同，我們眞的不得不和多樣的新媒體競爭。顯然處在一種資訊產業革命的正中央。其中有意想不到的價値重組和地盤改變。

但無論如何改變，這個世界，依然有唯有書本這形式，才最能傳達的思想感覺和訊息，是不會變的。這三十年來我一直相信這件事，繼續寫著小說過來。而且以《挪威的森林》和《1Q84》這兩部作品，得到這樣的評價，對我的確信，可能是一大證明。現在比什麼都更讓我痛切感覺到「繼續寫」的重要性。無論枝葉如何激烈搖晃，相信根幹還是確實不會動搖的心，似乎支持我一路走來。

四月中《1Q84》的「BOOK3」預定出版。我祈禱能以不斷貨的程度順利暢銷。謝謝大家。

探索到自己內部的未知地方

《海邊的卡夫卡》被《朝日新聞》「零年代的50冊」（2000—2009）選為其中一冊（第二名），本文是應該報紙邀稿所寫的。刊登在2010年4月11日的日報上。經常習慣於被批評，因此偶爾被褒獎就很緊張（其實不會）。不過《海邊的卡夫卡》對我來說是重要的作品，因此能受到高度評價我還是真的覺得很感謝。

寫小說時，我首先並不會想到有沒有今日性的主題。想了也不會知道。所以自己的作品在這個時代如何被閱讀，是超越我的想像之外的問題。到下一個時代，就更不知道了。不過或許每個時代，人基本上所想的事情，並沒有多大的改變。我記得在《海邊的卡夫卡》書中，我描寫了過去所沒嘗試過的幾種人物像。由於讓這些人在故事中自由走動，而探索到自己內部的幾個未知的地方。我確實有這種感覺。這種個人性的探索和普遍性（或同時代的）探索，能巧妙而有機地結合起來，我覺得應該是我理想故事的應有狀態。雖然並不簡單。

一邊吃著甜甜圈

這是2000年3月接受韓國的廣播局「韓國電台」（現KBS國際電台）的委託所寫的訊息。廣播局以韓國大學生為對象舉辦了「你想見的日本人」意見調查，結果我被選為第二名（第一名是誰？）因此想請我寫一點什麼感想。並希望我讀出來，但我實在不擅長對外露臉或發聲，因此請誰代讀了。

從一九九一年到九五年，我住在美國，在幾家大學講過課，那時一星期有一次一小時，所謂的「office hour」。這「office hour」是美國大學特有的制度，每星期在固定的時間，誰都可以去敲老師研究室的門，超越學生和老師的框架，可以自由談任何事。想問問題就可以問，想商量就可以商量，想純聊天也沒關係。是非常輕鬆的自由時間。

很多學生利用這時間，到我的office來訪問。然後邊喝咖啡、吃甜甜圈，邊談各種話題。有美國學生來，有日本學生來，有中國學生來。也有很多韓國學生來。而且那時候，知道我的小說在美國、或韓國、中國、香港、台灣，都被相當熱心地閱讀，我有點驚訝。當然以知識來說我知道我的小說被翻譯著，卻想像不到，實際上讀者有這麼多。

而且，聽他們說來，他們不是把我的小說當「某個遙遠外國的小說」，而是以自己生活中的一部分，極自然地閱讀著，享受著。尤其和韓國或台灣的年輕人談著小說之間，幾乎沒有讓我意識到國家、文化和語言的差異。當然應該有差異，不過我們主要是熱心地談著共通性，而不是差異。

我知道他們是以這樣親密的心情讀著我的書後，覺得非常高興。因爲我寫小說的一個很大目的，是想和讀者共有一個稱爲故事的「生物」，以那共有性爲槓桿，挖開貫穿心與心之間相通的個人性隧道。無論你是誰，無論年齡幾歲，住在哪裡（在東京也好，在首爾也好），這些事情完全不成問題。重要的是，我所寫的那個故事，你能否當成「自己的故事」緊緊擁抱，只有這一點而已。

因爲我本來就不是積極外向而健談的類型，所以平常寫小說時，幾乎不和人見面。尤其可以說從來沒有過和陌生年輕人見面、談話之類的事。不過託這美國大學office hour的福，我見到各種人，尤其是見到外國年輕世代的人，能有機會和他們親密談話。而且那對我來說成爲非常大的鼓勵。讓我確實感到，如果能寫出好的故事，很多事情就會變成可能。

我內心暗想，實際上大家見到我跟我談話，可能只有失望。因爲本人並不是多有趣的人，也不是多好看的人。雖然如此，大家會想見我，還是非常高興，也很感謝。但願一直能像office hour那樣，和大家一起吃著甜甜圈，一面度過午後的一段輕鬆愉快的時間。

好的時候非常好

安西水丸先生的千金Kaori小姐2002年5月6日結婚時，因為我人在美國，因此寄了這篇結婚典禮的賀詞，請人代讀。我想結婚典禮的賀詞這東西應該爽快又簡短比較好，因此乾脆寫很短。要比這更短可能有點困難。Kaori小姐很恭喜從此好像過得很幸福。雖然並不是因為我的賀詞的關係。

Kaori小姐，恭喜妳結婚了。我也只結過一次婚，因此對於結婚這件事並不太清楚。結婚這種事，好的時候非常好。不太好的時候，我每次都想一點別的什麼事情。不過好的時候，非常好。但願妳有很多好的時候。祝妳幸福。

〈牆和蛋〉——耶路撒冷獎．得獎感言

這是2009年2月，為耶路撒冷獎的領獎致詞所寫的稿子。當時大家的焦點集中在指責以色列政府對加薩動亂的態度，國內外對我去領耶路撒冷獎這件事都有激烈批判。老實說，我也覺得拒絕領獎會比較輕鬆。我考慮了幾次。不過一想到在遙遠的地方讀我的書的以色列讀者時，就想到或許有必要到那裡去，以自己的語言，發表自己的意見。在那之間，我一行一行很用心地寫出這致詞的原稿。相當孤獨。我記得以VTR重複看了幾次《日正當中》（High Noon）的電影，然後下定決心往機場出發這件事。

我是以一個小說家的身分來到耶路撒冷市的。換句話說，是以擅長說謊爲職業的人。

當然，說謊的不只有小說家而已。正如您所知道的，政治家也常常說謊。外交官和軍人也說謊。中古汽車推銷員、肉店老闆和建築業者也說謊。不過，小說家所說的謊，和他們所說的謊不同的點，在於說謊在道義上不會被責備。事實上，能說越巧妙越大的謊言，反而越會受到人們的讚美，評價越高。為什麼？

因為小說家可以藉著說巧妙的謊，藉著創造出看來像真的般的虛構故事，能把真實拉到另一個地方，以別的光線照出那模樣。真實如果以原本的形式，多半幾乎不可能掌握並正確描寫。因此我們才必須把真實誘出來移動到虛構的場所，藉著轉換成虛構的形式，試圖抓住真實的尾巴。但為了這個，我們自己內心必須先弄清楚，真實藏在什麼地方。這是要說高明的謊，必須擁有的重要資格。

不過今天，我不預備說謊。努力盡可能誠實。一年之中我也有幾天不說謊，今天恰巧是其中的一天。

老實說。我來耶路撒冷領這耶路撒冷獎，有不少人勸我「拒絕領獎比較好」。甚至有人警告我如果來，將發動不買我的書的運動。理由當然因為這次加薩地區的激烈戰爭。聯合國報導超過一千人喪生在被封鎖的都市內。包括很多兒童和老人等非武裝市民。

我自己從接到得獎通知以後，就幾度自問過。在這樣的時期去訪問以色列，接受文學獎這行為到底是否妥當？會不會給人印象，以為我支持衝突當事者——保有壓倒性軍事優勢，並積極使用那力量的國家——的一方，並認可那方針。我當然不希望給人這種印象。我反對任何戰爭，也不支持任何國家。當然，我也不希望看到我的書在書店被抵制。

不過，在愼重考慮後，我還是重新決心來這裡。理由之一是，因爲太多人勸我「最好不要去」。就像很多小說家那樣，我可能也有一種「彆扭」的脾氣。人家如果說「別去那裡」、「別做那個」，尤其如果被那樣警告的話，就會想去看看，想做做看，這是小說家的天性。因爲小說家這種人，是無論衝著多強的逆風，除非親眼看到或親手摸到的事物，否則無法相信。

所以我會在這裡。我選擇來，而不是不來。我選擇自己看，而不是什麼都不看。我選擇對各位說話，而不是什麼都不說。

請容我傳達一個訊息——一個個人的訊息。這是我在寫小說時，經常放在頭腦裡的事。雖然我沒有把那寫在紙上貼在牆上。卻深深銘刻在我頭腦的牆上。那就是：

如果這裡有堅固高大的牆，有撞牆即破的蛋，我經常會站在蛋這邊。

沒錯，不管牆有多對，蛋有多錯，我都會站在蛋這邊。對不對，讓別人去決定。或讓時間和歷史去決定。如果小說家爲了任何理由，寫了站在牆那邊的作品，那麼這位作家又有什麼價值呢？

這個隱喻到底含有什麼意思？有些情況意思簡單明瞭。轟炸機、坦克、火箭、白磷彈和機關槍，就是堅固高大的牆。被這些擊潰、燒焦、射殺的非武裝市民就是蛋。這是這個隱喻的一種意思。

但不只這樣。其中還有更深的意義。請試著這樣想。我們每個人或多或少，就是一個蛋。擁有一個不可替代的靈魂和包著它的脆弱外殼的蛋。我是這樣，各位也一樣。

而且我們某種程度或多或少，都面臨一堵堅固的高牆。這牆有一個名字：就是「體制」（system）。那「體制」本來是應該保護我們的東西，但有時那卻獨立起來開始殺我們，並讓我們去殺別人。冷酷、有效率，而且有系統地。

我寫小說的理由，追根究柢只有一個。就是讓個人靈魂的尊嚴浮上來，在那裡打上一道光。爲了不讓我們的靈魂被體制套牢、貶低，而經常照亮那裡，鳴響警鐘，那正是故事的任務。我這樣相信。藉著寫生與死的故事，寫愛的故事，繼續嘗試讓人哭泣，使人畏怯，引人發笑，讓每個靈魂不可替代的珍貴性明確化，這是小說家的工作。因此我們每天都認眞地繼續創作各種虛構的故事。

我父親去年夏天九十歲去世。他是退休的教師，也是兼職的佛教僧侶。當他在大學讀研究所時，被徵召入伍，派到中國大陸去參加戰鬥。我小時候，他每天清晨早餐之前，經常面對佛壇做一段長長的深沉祈禱。有一次我問父親，爲什麼祈禱？他回答「爲死在戰地的人祈禱」。不分敵我，爲在那裡喪失生命的人們祈禱。當我從後面看著父親祈禱的姿勢時，可以感覺到那裡好像經常飄著死亡的陰影。

父親死了，那記憶——我依然不知道那是怎麼樣的記憶——也消失了。不過那裡有過的死亡氣息，則仍留在我的記憶中。這是我從父親所繼承的少數，而且重要的東西之一。

今天我想傳達給各位的只有一件事。就是超越國籍、種族和宗教，我們都是一個個的人，也是面對名叫「體制」這堅固高牆的一顆顆蛋。看起來我們實在沒有勝算。牆太高太堅固，且冰冷。如果我們有類似勝算的東西，唯有來自我們相信自己和彼此的靈魂是珍貴而不可替代的，從聚集那溫暖所產生的東西。

請試想一想。我們全都擁有碰觸得到的，活生生的靈魂。體制卻沒有。我們不能讓體制利用我們。我們不能容許體制獨自作主。不是體制創造了我們，是我們創造了體制。

我想向各位申述的只有這個。

我很感謝能獲得耶路撒冷獎。很感謝世界上很多地方有很多人讀我的書。我想對以色列的讀者們表達我的謝意。我會來到這裡，主要是因爲各位的力量。我希望我們能分享什麼——非常有意義的什麼。來到這裡，我很高興有機會對各位說話。

謝謝大家。

關於音樂

有留白的音樂聽不膩

我在《*Stereo Sound*》音響雜誌上連載過一段時間，以那號外篇般的形式，我接受了這次採訪。記錄的人以聽寫的方式幫我整理。話題只限於音樂，我很少談過這麼長的，我想這大概是第一次吧。是在神奈川縣自己家裡談的。刊登在《別冊*Stereo Sound*》（2005年6月）。

我家這JBL的喇叭，到現在已經用了將近三十年左右。因爲是機器所以以後會怎麼樣很難說，不過以這樣子看來，或許會用一輩子。一般，同一部機器用三十年，某種程度也會膩吧。會想換新的。可是這個喇叭應該說有獨特性，確實擁有完整的世界觀般的東西。以聲音本身來說，世界上雖然可能有無數更好的聲音，不過對我來說卻引不起想換買的意願。我的嗜好或許和喇叭的聲音完全吻合，或反過來說我可能完全被那聲音浸染了，無論如何，結果能遇到自己滿意的喇叭，我想眞是非常幸運。

我的雙親對音樂並沒有興趣。算是比較喜歡看書的人。因此家裡沒有唱片和音響設備。小學五年級時我要父母給我買了一個SONY的小電晶體收音機，開始用那個聽音樂。一九六〇年左右。AM收音機，經常播出瑞奇・尼爾森（Ricky Nelson）、艾維斯・普里斯萊、尼爾・西達卡（Neil Sedaka）……等歌手的音樂，我首先就迷上西洋流行歌曲。那還是電晶體收音機新出來的時代。

六〇年代，一般不錯的家庭都有必須擁有百科事典和家具型音響設備的習俗，我上中學時家裡也買了Victor（勝利牌）音響。電唱機、收音機和擴大機一體成套，兩邊附喇叭，稱爲落地型的那種。從此以後，我跟唱片開始交往。正值聖誕季節，第一次買的唱片中，就有平・克勞斯貝的聖誕曲專輯，那張眞好。有〈銀色聖誕〉。我聽了好多次。我對日本歌謠曲沒興趣，因此從一開始就一直聽西洋歌曲。英語歌詞還不懂意思。雖然不懂，但就那樣直接背起來。"I'm dreaming of a white Chrismas~"（我夢想著一個銀色聖誕）或瑞奇・尼爾森的〈旅行者〉（Travelin' Man），全都從頭到尾背起來。像念經一樣。所以那陣子聽的歌，到現在都還記得歌詞，還會唱呢。不過在別人面前不能唱（笑）。後來聽懂英語歌詞後，覺得〈旅行者〉的歌詞其實不怎麼樣，爲什麼這種東西還拼命去背，自己都覺得很驚訝。只是，我對英語歌詞非常感興趣，我會開始讀英語書，也是從西洋流行歌曲開始的。因此，長大後才會開始做翻譯。

一九六四年以前我一直在聽美國的熱門歌曲。海灘男孩（Beach Boys）之類的。當時英國的搖滾只有數得出的少數。那是披頭四出來以前的事。要問爲什麼記得是一九六四年以前呢？因爲那年，我去聽亞特・布萊基與爵士信差樂團（Art Blakey & Jazz Messengers）來日本的演唱會，就一頭栽進了爵士樂。佛瑞迪・哈伯（Freddie Hubbard）的小喇叭、韋恩・蕭特（Wayne Shorter）的薩克斯風、悉達・華頓（Cedar Walton）的鋼琴、亞特・布萊基的鼓……總之很精采。從此以後我同時迷熱門歌曲和爵士樂兩種。所以熱門歌曲我是從收音機，而爵士樂則是從音樂會進入的。然後上高中，也開始欣賞古典音樂。從此以後，我喜歡的音樂一直保持這三線並行的情況。

高中時代市面上有很多我想聽的音樂，想要唱片，不過現實上只能買少數，因此一直很有挫折感。後來經濟稍微寬裕之後，就開始亂買很多唱片，多到房間都放不下的地步（笑）。當時，因爲唱片是貴重品，因此我該吃的東西都不吃地把零用錢存起來，好不容易才買一張唱片。Blue Note（藍調之音）出品的賀瑞斯・席爾佛（Horace Silver）的《獻給父親的歌》（Song For My Father），花了二八〇〇圓買了原裝版。四十年前的二八〇〇圓，說起來對高中生是非常大的錢。所以買的唱片眞是經常聽。唱片這東西只要珍惜地處理，可以保存很久。現在我還很常把那時候買的唱片放在轉盤上聽。

上高中後，心想在收音機上可以聽到很多熱門音樂就算了，所以買唱片幾乎都買爵士樂或古典音樂。爵士的新曲資訊，就從爵士喫茶店或爵士專門雜誌上獲取。古典音樂方面，神戶的三宮車站前有一家老夫婦經營名字很特別叫「MASUDA名曲堂」的小古典音樂專門店，高中放學後我常經過那裡，邊跟老闆閒聊邊買唱片。羅伯特．克拉夫特（Robert Craft）三張一組的《荀白克全集》等，也是在那裡買的。相當狂妄的高中生吧。裡面有〈月光小丑〉和〈一個華沙的倖存者〉等。店裡擺的唱片可能是老闆親自選的，不是經常有人會說「如果買那個演奏的話不妨也買這個」，這裡卻完全沒有這種強迫推銷老闆價值觀的做法，有一種好像你想聽什麼就可以聽什麼的感覺，是一家非常棒的店。現在可能很難再看到這種店了。

就這樣，高中時代總之深深迷上音樂。周圍雖然有喜歡音樂的朋友，但那時候是披頭四的全盛時代。而我雖然也聽披頭四，卻因爲喜歡荀白克和康特．貝西（貝西伯爵），跟別人都談不來。所以相當個人性地、密室性地聽著音樂。我聽音樂的方式，基本上現在也這樣。是一個人聽，一個人感覺「啊真好」。很少跟別人談。

就像剛開始說過的那樣我父母親不是聽音樂的人。喜歡音樂的人之中，感覺好像很多是說家裡播著音樂，有樂器，或受到鄰居的哥哥姊姊影響而開始對音樂感興趣的，我並不是這樣，而是自發性地一個人開始聽。當得到Victor音響設備時，我確實擁有一種父母所無法理解的新世界，一個只屬於自己的世界將從這裡展開的感覺。

只是這音響設備畢竟放在客廳，是全家人共用的，所以漸漸想要只屬於自己的音響設備。想在自己房間，可以不被人干擾地盡情大聲聽喜歡的音樂。而且音質不很理想。唱針也是便宜貨，可能是調音台共鳴音的關係，會發出轟轟的箱鳴般的聲音。另外一點，那時雜誌上報導「今後音響是組合的時代」之類的訊息，我開始想擁有包括單機唱盤、擴大機、喇叭所組合起來的真正全套音響設備。因此大概高二結束時，就拼命努力存錢，這樣當然還不夠，就纏著父母幫忙，自己組合出一套來。Neat牌的轉盤，Fidelity Research的唱臂和唱頭，TRIO（現KENWOOD）的真空管擴大機，英國Richard-Allan出產的直徑8吋（20公分）雙重振膜的全頻喇叭。從音響雜誌上查看什麼東西好，做過各種研究。當時就算每一條線材，全都必須自己用電焊接起來，用小鉗子切唱盤的電路板，以一個完全外行的初學者來說，組合非常困難。所以聲音實際從喇叭發出時，眞是開心極了。

我大學讀早稻田，因此在新宿的唱片行打工，以那薪水猛買唱片。在那裡打工的話可以便宜買到唱片。而且新的搖滾樂之類的，可以在唱片行一面工作一面聽，爵士樂可以到當時開了很多的爵士咖啡館或現場演奏的地方去聽，這樣天天泡在音樂裡。沒讀什麼書，都在打工和聽音樂。剛開始住在學生宿舍，後來幾乎像被趕出來般離開那裡，在地板都快被書本和唱片壓垮的便宜公寓，像前面說過的那樣以Richard-Allan 20公分的喇叭爲主的音響組合，總之經常沒完沒了地聽音樂。

在音響雜誌上這樣說有點不妥，不過我認爲，年輕時候與其器材設備方面，不如首先認眞思考音樂的事比較好。好的音響設備只要在某種程度有錢以後再一一買就行了，年輕時候，音樂和書都一樣，就算條件多少差一點，應該都會自己滲透到心裡來。心裡要儲存多少音樂都能辦到。而且這種儲蓄到了晚年還能爲我們發揮很大的價值。這種記憶和經驗的收集累積，說起來是世界上獨一無二的寶藏。是只有那個人才擁有的東西。所以比什麼都珍貴。但如果是機器，卻只要有錢都比較容易一件一件地買到。

不用說與其以惡劣音質聽，當然是以好的音質聽比較好，不過自己追求的是什麼樣的聲音？什麼樣的聲音對自己是好的聲音？這要看自己想要的是什麼由來的音樂而異。因此我想先確立「自己追求的音樂像」應該最重要。

一九七四年，我還在大學在學中就開始經營爵士咖啡館。因爲各種原因在大學在籍了七年，在那之間也結婚了，不過因爲不喜歡當上班族所以想自己開店。父母當然不認同這種事情。因此靠打工存錢，向各種地方借錢，在東京郊區一個叫國分寺的地方開起一家放爵士音樂的咖啡館。爲什麼呢？因爲這樣就可以從早到晚聽唱片。如果去公司上班，工作忙，一天可能連一小時都不能聽。開店的話則可以一面工作一面整天聽音樂。以我來說，想過這樣的人生。這是我的理想。當小說家是作夢都沒想到的。這不是謊言。不只放唱片而已，每星期還舉行一次左右，日本爵士樂手的現場音樂會。

店剛開張時，喇叭用的是JBL的L88 Plus包括直徑30公分的低音單體，以及中音單體、高音單體分離的三音路系統。其實想用更好的，但因爲沒錢，只能買這樣程度的。不過我個人還滿喜歡這個喇叭。雖然小但相當完整，性能很好。曾經換買過一次，不過現在我在工作室還愛用著L88。只是面板被貓抓傷了不好看。

不久後國分寺的店，因爲大樓要改建沒辦法繼續下去，於是搬到東京的千駄谷。那時候買的喇叭現在放在家裡用。總之想用JBL組合的大型喇叭，做了種種評估後得到「就是這個」的結論。後來只有低音單體，換成木材質地可以聽得更結實的古老設計的，此外就像開頭說過的那樣，同一件東西繼續用了三十年左右。總之能大聲有勁地聽主流爵士就好，在這樣簡單的想法下買的喇叭。

店頭尾開了七年。在那之間，不知道爲什麼開始寫起小說，一直到現在。店相當上軌道，固定顧客也累積不少，收掉有點可惜呀。大家都覺得很遺憾。自己說有點不好意思，不過是一家相當不錯的店。但以我來說，還是想試著認眞追求當一個作家的可能性。

因此我以唱片爲主聽過很多的音樂，當然現在還是以唱片和CD在享受著。另一方面也常常去聽音樂會。唱片上的音樂很美，現場的演奏也很好。喜歡音樂的人之中，似乎有音樂會至上主義者，相反的也有唱片至上主義者，但我覺得，這兩者是不同的東西。並不能說哪一邊的價値比較高。要勉強說，就像電影和舞臺劇的關係一樣吧。那麼，以我來說，我想不應該只看電影，或只看戲，我認爲應該在唱片和音樂會的相互關係中來看音樂，來思考音樂。取得平衡是很重要的事。

唱片有現場演奏所沒有的好處對嗎？例如可以反覆聽好幾次。還有，可以聽到已經不在這個世間的美好演奏家的音樂。另外一個好處是，自己擁有它，個人暫時擁有那音樂的眞實感也很重要。一張張都充滿自己的心情。就像剛才也說過的那樣，二八〇〇圓的Blue Note的唱片，對高中時代的我來說，是非常大的支出，因此會珍惜地聽，記住音樂的每個細節，那對我來說就像成爲貴重的智慧財產般。雖然買得勉強，卻覺得非常值得。就像在沒有印刷品的時代，從前的人在讀著手抄本的書那樣，非常非常想聽音樂，辛辛苦苦買下唱片，或去聽音樂會。於是名副其實全神貫注地傾聽音樂。從這裡所得到的感動特別不同。

然而時代往前推進，音樂逐漸變成便宜的東西。現在音樂幾乎等於是以免費的價格在傳播的時代。手掌大的機器可以放進幾十小時、幾百小時的音樂。在任何喜歡的時間都可以簡單地取出音樂來聽。當然方便是很好，可是這樣一來，以音樂的聽法來說有點極端。當然我想也有適合這樣聽的音樂，不過一定有很多不適合的。我想，音樂畢竟有適合那內容的容器。我平常一面跑步一面聽音樂，因此以小而輕的裝置，可以大量聽音樂，個人感覺很慶幸。

其次例如，普朗克的鋼琴曲錄滿一張CD繼續播七十分鐘，確實以資訊來說是既方便又巧妙，不過對一般想享受音樂的人來說還是很粗暴吧。普朗克的音樂，應該不是用這種方法聽的。或者，披頭四的《Pepper's Lonely Hearts Club Band》（花椒軍曹寂寞芳心俱樂部），原本A面B面要翻轉的時間，或最內圈的循環空轉等，保留唱片特質做成CD，以CD來聽時，「好像不對勁」的感覺依然揮之不去。或許披頭四的成員所設定的世界，並沒有正確呈現出來。

CD這東西是比LP方便而有效率的容器。話雖如此，但因爲能容納七十幾分，於是總之就盡量塞進去，這想法也未免太輕率了。有了方便而有效率的CD的另一方面，我想不妨也有不方便而缺乏效率的CD。我從以前就提倡A面和B面可以翻轉的CD，但誰都沒有理會我（笑）。

雖然如此，我還是覺得LP唱片這東西，以音樂的容器來說是做得很好的。自從CD出現以來，雖然很多人把LP賣掉改買CD，不過我到現在都常常把CD賣掉改買LP。一個理由是，我認爲音樂這東西應該以盡量接近原始音源來聽才好。所以在CD出現以前的音樂，我想盡量以LP來聽。另外一個理由是，類比式唱片的技術已經不可能更進步發展了吧。因爲已經到了進步的極端，成爲最終形式了。應該不會有像「以驚人的超級24位元新發售！」之類的事，業界也不會回頭，可以定下心來聽音樂。還有在中古唱片行，內容優越的類比唱片實在以太便宜的價格在賣了，我忍不住覺得好可憐，就變成「嘿，太可憐了，我來買吧」（笑）。這樣一來已經變成一種慈善事業了。

當然從類比LP到變成數位CD之間，也有很多音質改善的例子。例如艾維斯．普里斯萊好像在浴室唱的含含糊糊的歌，變成CD後忽然清楚起來。好像不同的音樂似的。賽門和葛芬柯的感覺也變很多，鮑勃．狄倫上次出的CD也很好。相反地像Blue Note新的《魯迪．范．蓋爾達》（Rudy Van Gelder）的復刻版那樣，有的會讓人想說「咦，這是什麼？」我絕對不是褊狹的人，因此雙方媒體的好處，我都想分別廣泛地享受。

無論任何時代的任何世代，應該都會有一定的人數想從正面好好聽音樂的，這在書本也一樣。我想眞正珍惜書的人，就算可以從手機閱讀的時代已經來臨，還是會繼續好好買書來讀。世間大多數的人，可能會流向當時最方便的媒體，不過任何時代都確實有不是這樣的人。可能是整體的一成左右。不過不太清楚。我現在在這裡所說的，只是對這一成的人所做的個人性談話。或者應該說，我這個個人在這裡，談世間大多數的事也沒有用吧。

我住在歐洲的時候，常去聽古典音樂會。我覺得非常好的地方，還是會發現一些在聽唱片時不知道的事。例如我在羅馬聽洛林．馬捷爾（Lorin Maazel），眞的很驚訝「原來馬捷爾是這麼傑出的指揮家？」喬治．普萊特（Georges Prêtre）指揮的貝多芬的音樂會也非常精采。唱片上所聽到的普萊特的印象，有點淡，覺得好像沒什麼特別的指揮家，然而實際演出卻完全不同。音樂的每個細部都栩栩如生地活起來，眼睛可以看得見。這種事情，是只有音樂會才能知道的。

還有二十多年前，在新宿厚生年金會館聽的，鮑勃・馬利❶的音樂會。那時剛開始的十秒就被擊垮了。身體不由自主地動起來，已經停不下來。我從來沒聽過這麼直接的身體性音樂，以後也沒有。那雷鬼的節奏滲透到體內，現在都還留在什麼地方。這種東西，當時很快樂，現在回想起來也還很快樂。就像美好的戀愛一樣，即使上了年紀，偶爾忽然回想起來，心頭還會暖暖的。

只是最近不像以前那樣常去聽音樂會了。一個原因是擴音設備往往太糟糕。隨處扭曲的隆隆吵雜聲，和讓人感覺對身體可能不好的巨大音量。明明是在做非常敏感的音樂，卻因爲粗心大意的擴音系統而把氣氛破壞殆盡。明明是歌詞很重要的音樂，卻聽不清楚在唱什麼，這很奇怪。居然能毫不在乎地發出那樣的聲音，大家居然沒抱怨一句，也眞奇怪啊。

我喜歡的爵士俱樂部，位於美國紐澤西州，叫蒙特克萊爾（Montclair）的小地方。眞的是很小的爵士俱樂部，當然沒有過度的擴音系統，舞臺就在眼前，樂手一邊談笑，客人也非常輕鬆，可以在溫馨的氣氛下聽爵士。在那樣的地方聽的聲音，對我來說，就會成爲「好聽聲音」的參考標準之一。

用調整得很好的高價音響設備所聽到的唱片聲音，也會以一種基準留在耳朵裡。偶爾聽到這種聲音，會想到「眞好的聲音，如果日常就能以這種聲音聽唱片該多好」。只是我並不是音響設備的熱狂迷，實在沒辦法埋頭在複雜的機器調整等事情上。雖然能以美麗的音質聽固然再好不過了，但一想到要到達那個境界的費時費事，就會到某種程度打住，我會想，接下來心平氣和地聽音樂就好。這已經是個人的優先權問題了。

當然有所謂偏好的聲音。無論多接近原音，大家都異口同聲地讚美，對我來說卻往往不爲所動。我家的ＪＢＬ音響組合雖然模樣很大，但比起最新的揚聲器上下都伸展不開。以功能來看我想已經是落後時代的揚聲器了。當然有時也會想，但願高音域能更擴展，低音域能更低沉。不過如果要說那種聲音出來，對我而言音樂的訊信量會比現在增加嗎?可能沒有。透過現在的揚聲器所獲得的訊息，對我來說長久以來已經成爲一個指標，我已經累積起以那個爲根本，對事情做音樂性思考的訓練。

結果，我相當清楚自己在家想聽的音樂。所以只要符合那音樂的聲音能沒有不滿地響，對我來說就夠了。以型態來說，小編組的爵士樂隊，和古典音樂的鋼琴、室內樂——這些就是我聽音樂的大半了。以LP唱片為主，而且很多是以古老的單聲道錄音的。因此以音響來說，這種類型的音樂為了能舒服而直接地聽，就把聲音清楚地對準焦點設定。在這層意義上，或許是相當偏差的聲音。

不過相對地如果這樣對準焦點，其他類型的音樂，也能以各自整合的聲音聽。大編製的管弦樂團，馬勒的交響樂等的最新錄音，會用CD聽。這種，本來我家的音響組合應該不適合聽，但很不可思議居然發出整合在一個世界的聲音。我想本來可能不是以這種音質來聽的音樂，但在「那個是那個，這個是這個」的框架內，某種程度還可以接受地聽下去。

另一方面我小時候，以袖珍型收音機的單薄聲音收聽的音樂，所受到的感動，還清清楚楚留在我的記憶中。海灘男孩的《Pet Sounds》（寵物喧囂）、披頭四的《Rubber Soul》（橡膠靈魂），都是從那個收音機聽的，也還是很感動。也就是說對音樂有沒有感動，和聲音是否很好可以說沒有關係。查理・帕克，有很多唱片是從Aircheck電台廣播轉錄的，音質很糟糕，就算以豪華音響設備聽，也只能聽到單薄的聲音。但還是知道那是非常精采的音樂，可以想像到，這如果是在眼前聽到的話一定會跳起來。不管音響設備如何改善，原音所帶的空氣震動，和再生音所帶來的空氣震動，無論物理上或感覺上各自都不可能相同。所以不是這樣，刻在唱片和CD上的音樂要如何自己翻譯，那音質的傳達方式，其實我覺得對每個人似乎都成爲好聲音製造方法的基礎。換句話說對音響設備所追求的可能是翻譯能力。

鋼琴家格林．顧爾德（Glenn Gould）說過類似這樣的話，眞正的音樂是以觀念存在樂譜中的。雖然爲了方便而變換成音，其實不聽那個，以音樂的觀念從樂譜傳達就可以了。確實音樂是一種純粹的觀念啊，我常常這樣想。只是那觀念要以觀念來掌握，對普通人並不容易。雖然聽袖珍收音機會感動是事實，但好音質是協助捕抓觀念的好幫手也是事實。

剛才我舉出唱片的優點，是可以重複聽這件事，長年累月藉著聽好幾次同樣的音樂，以前聽不懂的地方有時可以開始聽懂喔。像《Pet Sounds》，第一次聽到時雖然也覺得很好，但現在想起來卻會懷疑眞正的價值到底能懂多少？那張唱片出來時是一九六六年，七〇年代、八〇年代、九〇年代，自己每次年齡增加再聽時，覺得好的地方就更增加。不可思議的是，第一次聽《Pepper's Lonely Hearts Club Band》時，佩服得五體投地的地步，但若要問現在聽還有新發現嗎？卻覺得好像沒有《Pet Sounds》那樣，「一直有源源不絕的東西出來」似的情況。當然，這並不是說以音樂而言哪一邊比較優越的問題。

該怎麼說才好呢？海灘男孩帶頭的布萊恩．威爾森所創作的音樂世界中有像空白般的地方。有空白或留白的音樂，說起來會越聽越有意思。以貝多芬來說，與其寫得密密麻麻的中期音樂，不如後期的音樂有更多留白，這種地方是年紀大了看得比較清楚了，聽這種音樂會入迷。留白是活的，會喚起自由想像。晚年的弦樂四重奏，或錘子鍵琴奏鳴曲（Hammerklavier Sonata）等。艾靈頓公爵也是留白多的音樂家。最近我覺得艾靈頓的傑出好像漸漸開始滲透到內心。我尤其喜歡一九三〇年代後半到四〇年代前半所留下的演奏。我從年輕時就開始聽艾靈頓。不過覺得和現在的聽法確實好像有某種不同的地方。這也是因爲手頭上有唱片這種記錄媒體，才有可能辦到的噢。

我覺得上年紀並沒有多少好事，不過年輕時看不見的東西現在看得見了，不懂的事開始懂了，這種地方令人高興。變得可以後退一步，比以前更能明確掌握全體像了。或可以往前踏出一步，以前沒注意到的細部忽然注意到了。這或許才是上年紀值得高興的事。這種事，好像人生中得到一種收穫般，心情變得好歡喜。當然反過來說，也有只有年輕時才能瞭解的音樂和文學。

對我來說，音樂這東西最大的好處是什麼？可能是，可以清楚知道好東西和壞東西的差別吧。知道大的差別，也知道中的差別，有些情況連非常微妙的小差別也能辨識出來。當然這是指對自己來說的好東西或壞東西，雖然只是個人性的基準，不過知道或不知道那差別，類似人生的質感這東西，可能就有很大的不同。價值判斷的不斷累積，正形成我們的人生。這對有些人來說是繪畫，對有些人是葡萄酒，對有些人是食物，以我的情況則是音樂。光是這點，在遇到眞正好音樂時的喜悅，說起來眞是好得沒話說。說得極端一點，會覺得活著眞好。

❶ 鮑勃・馬利（Bob Marley，1945-1981），牙買加雷鬼音樂代表人物。

吉姆．莫里森的靈魂廚房

這是1983年10月為名叫《*EDGE*》的雜誌創刊號所寫的東西。不知道雜誌繼續到什麼時候。可能是邀稿的人要我寫一點關於吉姆．莫里森（Jim Morrison）的東西，或隨便寫什麼都好請寫一篇隨筆，所以我就寫了吉姆．莫里森，完全記不得了。雖然是很久以前寫的文章，不過我現在依然不變地喜歡吉姆．莫里森的音樂。

從一九六〇年代後半到七〇年代前半，所謂「革命的時代」輩出的無數搖滾樂團中，我們到底能鮮明地想起多少事情呢？電影《胡士托風波》（Woodstock）現在又重新放映時，我們對那裡面的多少場景還會感到興奮呢？

結果，大多的人物就過去了。那個時代感覺好像觸動了我們的心，碰撞了我們的身體而過去的人物，很多經過十年再回過頭來看時，才知道只不過是巧妙粉飾的誓約。我們追求，並得到。但因爲我們實在追求太多東西了，結果所得到的東西中很多落入類型。以類型文化該被攻擊，進行了對抗文化的類型化。而當對類型化的對抗文化發起對抗＝對抗文化運動時，「革命」於是該結束而結束了。

如果一九六九年或七〇年在世界的哪個大都市（例如舊金山、洛杉磯、東京、倫敦或巴黎）像龐貝古城般被火山灰埋沒的話，那遺跡應該很有可看性，當然並沒有發生那樣大的火山爆發，一切就消失掉了。而且曾幾何時連對抗文化的發想本身都消失了。現在首先就看不到拒絕類型化的人。因爲大家已經知道這種嘗試在原理上是不可能的這個事實。剩下唯一的路子唯有成爲「類型王」了。

吉姆・莫里森在二十七歲時死去。一九七一年的七月。那過早的死和時代的死要重疊起來並不困難。不只莫里森而已，那個季節死了各種人。吉米・韓崔克斯（Jimi Hendrix）死了、賈尼斯・喬普林（Janis Joplin）死了。約翰・柯川（John Coltrane）已經在那前一陣子死了。而他們的死，分別留下不同大小的遺跡。

讚美死者感覺很舒服。尤其對年輕輕就死掉的人更是。死者不會背叛，也不會反擊。他們只是，死著而已。如果你對他們的死感到厭煩也沒問題。只要忘掉就行了。就結束了。他們不會因爲被忘記，就特地到你家門口來敲門。要讚美死者未免太簡單了。

但超越這些所有想法，超越讚美死者尋訪遺跡之後的遺憾，吉姆・莫里森的音樂到現在還繼續撼動我的心。他所留下的唱片（總共八張）中最好的兩、三張，比以後所出的任何搖滾音樂家的任何唱片都更優越，衝擊更強——我想。對我來說沒有比ＬＰ《The Doors》更戰慄性的唱片，沒有比《Strange Days》更美更simple的唱片，沒有比《L. A. Woman》這樣藏有粗曠溫柔的唱片。

我第一次聽到吉姆・莫里森和The Doors（門戶合唱團）的唱片當然是〈Light My Fire〉（點燃我）。那是一九六七年的事。一九六七年我十八歲，高中畢業，大學和補習班都沒上，整天都在聽收音機的搖滾樂。和其他年分一樣那一年也眞的產生了很多暢銷曲，但〈Light My Fire〉對我來說是所謂例外留下強烈印象的曲子。〈點燃我心中的火〉日本這歌名太明白了。這怎麼說都只能是〈Light My Fire〉。

Come on baby, Light my fire.
Come on baby, Light my fire.
Try to set the night on fire!

來吧，寶貝，點燃我
來吧，寶貝，點燃我

試著把夜燒起來！

我把這首歌反覆的歌詞這樣理解。不是高雅地譯成「爲我的心點火」或「整夜燃燒起來」，而是在眞正身體上，肉體上，夜晚本身上點火。而且唯有那樣奇妙而直接的感覺，才是吉姆．莫里森這個搖滾歌手的生理。這首歌的作詞．作曲雖然大部分出自吉他手羅比．克里格，不過吉姆．莫里森的生理還是完全支配著這首熱門暢銷曲。證據只要聽吉姆．莫里森以外的歌手唱〈Light My Fire〉。他們的歌如果唱得好或許可以在誰的心上點起火來。但除了吉姆．莫里森之外，到底有誰能在肉體本身之上點起火來？連米克．傑格都沒辦法辦到。

對我來說的〈Light My Fire〉實在和對我來說的一九六七年連接得太強了。如果能把一九六七年之夜像舊窗簾那樣撕碎在上面點火的話，我一定已經那樣做了。

吉姆．莫里森本質上是一個煽動家。生爲平凡得不能再平凡的愚直軍人家庭的長男，詹姆斯（吉姆）．道格拉斯．莫里森因爲成爲搖滾歌手，象徵性地刺殺了父親，象徵性地娶了母親，把自己的過去燒掉了。出道當時的莫里森被問到身世，只回答是「孤兒」。他藉著煽動自己，試圖賦予吉姆．莫里森這名字的新生兒神聖的靈魂。吉姆．莫里森繼續煽動吉姆．莫里森。如果沒有那煽動，吉姆．莫里森就無法成爲吉姆・莫里森了。

而且那個季節，我們或多或少是吉姆・莫里森。吉姆・莫里森藉著迷幻藥ＬＳＤ和古柯鹼煽動頭腦，藉著波本威士忌和琴酒煽動消化器官，把陰莖從長褲拉鏈裡拉出來煽動觀眾席時，我們可以感覺到他那痛。

而且當吉姆・莫里森死的時候，我們裡面的吉姆・莫里森也死了。約翰・藍儂、鮑勃・狄倫、米克・傑格，都無法填補吉姆・莫里森所留下的空白。十二年這樣漫長的歲月，都無法填滿那空白。

一九七一年、一九八三年的年度眞的會降臨我身上實在無法想像。雖然如此一九八三年實際上，沒有任何感動地降臨我身上時，到現在我還繼續聽著吉姆・莫里森和 **The Doors** 的唱片。我三十四歲，還無法爲夜點火。

嘿、打烊時間到了
不得不走了
想一整夜待在這裡
開車經過的傢伙盯著瞧
街燈也灑下空虛的光

而你的頭腦
好像完全不行了
剩下能去的
只有一個地方
妳的靈魂廚房讓我睡一夜
用那溫柔的暖爐溫暖我的心

Well, the clock says it's time to close now
I guess I'd better go now
I'd really like to stay here all night
The cars crawl past all stuffed with eyes
Street lights share their hollow glow
Your brain seems bruised with numb surprise
Still one place to go
Still one place to go

Let me sleep all night in your soul kitchen
Warm my mind near your gentle stove

《靈魂廚房》（Soul Kitchen）

吉姆・莫里森消失到爲他準備的《靈魂廚房》之後，過了十二年。而且他的歌到現在音響設備周圍還彌漫著肉的焦味。吉姆・莫里森絕不是傳說。述說傳說也無法填滿吉姆・莫里森所留下的空白。

看見挪威的樹沒看見森林

這是為山川健一先生所編輯的音樂雜誌《*New Rudie's Club*》所寫的。1994年6月。我記得是為披頭四的特集號，託我寫一點關於披頭四的東西。我雖然對披頭四並沒有詳細到能寫什麼的地步，但因為關於「挪威的森林」這標題有事情想寫，所以我說如果這個可以，我就來寫。

剛開始我想還是要先聲明一下，我過去並不是特別迷披頭四，現在也不是特別熱心的披頭四迷。我的年代（也就是團塊世代）的人十幾歲時，並不是大家全都迷上披頭四的音樂長大的。

披頭四被介紹到日本，我記得應該是我上高中的時候，不過那時候我已經歷經美國熱門歌曲，轉到摩登爵士方面，因此披頭四的音樂沒有輕易進來的餘地。說清楚一點我覺得「這種東西反正是英國人在搞的音樂吧」。周圍確實有人迷上披頭四的音樂，我日常聽到披頭四或西海岸爵士樂，只堅定地認爲「這邊才是正點的」，而沒怎麼理會。

因此經過六〇年代七〇年代，我不記得買過披頭四的唱片。打開收音機時不管喜不喜歡都會播出披頭四的歌曲，因此他們的暢銷單曲我都知道。有我喜歡的，也有不怎麼喜歡的（喜歡的要多得多），旋律和歌名可以確實連接得上，如果拿手槍對著我說「不唱就殺了你」，我也唱得出來。不過從來沒想過，要特別花錢去買唱片。那對我來說，是只要一打開收音機就會傳過來的「流行」音樂。那種音樂對當時的我來說並不酷。就像不買正在暢銷的小說一樣，我也不買披頭四的唱片。

生平第一次買披頭四的唱片，我記得是進入一九八〇年代以後的事。離開日本住在歐洲二、三年時，突然像在路上被不講理的性慾來襲般，變得非常想聽披頭四的歌，在當地買了卡式錄音帶來聽。眞不可思議，當時最想聽的是《White Album》（白色專輯），住在希臘什麼都沒有的小島上時，用收錄音機反覆只聽這個。因此，從耳朵第一次聽到時開始，經過二十年的歲月，才終於第一次眞正感覺到披頭四的音樂眞好啊。當然以前也覺得是個好樂隊，不過從來沒有一次像這樣閉上眼睛虛心坦懷仔仔細細聽過他們音樂的經驗。凝神注意聽時，感覺好像已經乾枯的地方，水汩汩滲進來似的。當時想到，我終於在這裡和披頭四完成正式的邂逅了。

那時候我正在開始寫《挪威的森林》這本小說，一開頭飛機上的一幕所出現的音樂，還是非「挪威的森林」不可（當時小說還沒取名字）。如果要我具體說明理由，我也傷腦筋，不過除此之外的音樂我當時怎麼也想不起來（現在也想不起來）。這和是否留意到沒關係，和喜不喜歡也沒關係，我確實感覺到他們的曲子經過漫長歲月此刻還扎實地染透我體內。這可能就是所謂世代這東西吧。

然而這《挪威的森林》出版之後，卻出現了Norwegian Wood 不是**挪威的森林**，那是誤譯的意見。正確意思應該是**挪威製的**家具。這「挪威製的家具」說，也出現在例如艾伯特·高德曼（Albert Goldman）所寫的約翰藍儂傳上，在世間似乎以一種定說廣爲流傳，但這見解是否百分之百正確，我覺得有點存疑。因爲我對披頭四的音樂並沒有深入研究，所以不能確定地說絕對怎麼樣，不過以我所讀過的，並沒有明白顯示那「挪威製家具」說的正確根據（只提示「美國人可能不知道，不過當時在英國說到Norwegian Wood是指北歐家具」程度的一般事實而已）。我問美國人或英國人，有說「那是挪威製家具」的人，也有說「不，那是指挪威的森林」的人，明白分成兩派。這問題似乎並不只是英語和日語的語言上的差異而已。

忝爲翻譯者之一容我說一句話，Norwegian Wood這個用語的正確解釋終究是「Norwegian Wood」，除此之外的解釋或多或少可能都有錯。試著查證歌詞的文脈

（context）看看，Norwegian Wood這個用語曖昧不明的多義性（ambiguous）支配著這首曲子和歌詞，是很明白的事，硬要把這清楚規定成某一個意思這行爲，是有點不講理的。這在日語或英語，都一樣。越想捕抓，越會逃走。當然那語言以語言本身的含義之一，是有挪威製家具＝北歐家具，這可能性。不過並不是全部。如果有人主張那是全部的話，這種狹義的決定方式，我想可能會致命性地損壞這首曲子曖昧不明的多義性所賦與聽眾那不可思議的奧妙深度（這深度才是這首曲子的生命）。那豈不正是「見樹不見林」嗎？Norwegian Wood正確說或許不是挪威的森林。不過同樣地也不是「挪威製的家具」，這是我個人的見解。

在《花花公子》雜誌的採訪（一九八一年一月號）中，約翰．藍儂對Norwegian Wood這樣說。「我在這首曲子上非常用心思，我覺得已經變成妄想症了。因爲當時我跟別的女人有關係不想讓妻子知道。實際上我經常跟人有不倫關係，我想在曲子裡把這種情色的事巧妙暗示地描寫出來。就像用煙幕罩起來那樣，好像實際發生的事那樣。我已經忘記那是跟誰的韻事了。我不知道到底怎麼會想到挪威的森林這個詞的」。（旁點筆者／中川五郎．監譯）

這段發言（作者關於作品的發言，未必全部都是正確的決定性的，這從我自己的經驗也可以這樣說，不過雖然如此），應該相當清楚地暗示不是Norwegian Wood

＝挪威製家具。如果事實上正如約翰．藍儂的發言那樣，就變成「不太清楚到底是怎麼樣，不過把一切事情都隱藏成曖昧模糊的深奧東西」了。如果把這種東西放在念頭裡時，就是約翰的腦子裡忽然浮現Norwegian Wood這個印象或觀念。那是無法翻譯（或解釋）的印象或觀念。不管怎麼想都只有Norwegian Wood本身了。

不過不管怎麼樣，我們在十幾歲那個時期，經常在收音機上聽到這首曲子，這不管誰怎麼說都是被稱爲「挪威的森林」的曲子。或許正確說是誤譯也不一定，不過那是乘著「挪威的森林」這交通工具來到我們這裡的。而且那在我們內部以「挪威的森林」占有位置。所以我當然不至於說「有什麼怨言嗎？」不過無論如何，這不是很美的曲名嗎？如果曲名是「Norwegian Wood」（東芝音樂工業從一開始就一貫主張這是正式曲名），或曲名是「北歐家具眞好」的話，我覺得這首曲子可能不會在心裡留下這麼深的印象。

關於這Norwegian Wood的曲名，還有一個有趣的說法。這是一個在喬治．哈里遜經紀人的辦公室上班的美國女人說「這是從他本人聽來的」，在紐約一個派對上告訴我的。

「Norwegian Wood不是眞正的曲名。剛開始的曲名其實是叫做“Knowing She

Would"。從歌詞的前後來想，可以知道那意思吧？（也就是說，"Isn't it good，knowing she would？"知道她願意讓我做，不是很美好嗎？）不過啊，唱片公司抱怨說這麼不道德的歌詞不能錄音。你知道，當時這種規定還很嚴的。於是約翰·藍儂當場配合knowing she would的語感改成Norwegian Wood。這樣的話就不知道什麼是什麼了吧。曲名本身，就像一種玩笑似的」。先不管是眞是假，這種說法你不覺得非常hip！非常酷嗎？如果這是眞的，約翰·藍儂這個人就太帥了。

日本人真的懂爵士樂嗎？

這是登在講談社出版的綜合雜誌《現代》（不久前停刊）的文章。1994年10月號。我當時住在美國，讀了布蘭福特·馬沙里斯（Branford Marsalis，美國薩克斯風樂手）對日本人的發言，相當有切身感觸，因此把這件事寫出來。這在當地時，對這種文化摩擦事件的觀點，我覺得和人在日本時好像又有點不同。不過這是在當時（泡沫經濟還拖著尾巴的時代）狀況下所寫的論調，和現在的狀況可能有不符合的地方。

前幾天我讀了朋友寄來的日本爵士樂專門雜誌，知道一個受歡迎的年輕黑人爵士樂手布蘭福特·馬沙里斯，在美國版《花花公子》（一九九三年十二月號）的採訪中做了「日本人不懂爵士樂這東西」的發言。這發言在日本似乎也被大幅報導出來，有幾個爵士樂相關人士對這發表了意見。從「確實或許也有這一面」的說法，到「開玩笑，沒有比日本人更正當評價並理解爵士樂的國民」的說法，眾說紛紜。

不過無論如何，對自負自己從以前就一貫對所謂爵士這種音樂懷著溫暖而眞摯的心接受至今的日本爵士樂愛好者而言，這次布蘭福特．馬沙里斯的發言，就像從當頭澆大家一盆冷水般，或多或少感情上都受到衝擊。

我試著將布蘭福特．馬沙里斯的發言部分翻譯出來大略如下。

「說起來日本人，不知道爲什麼，對歷史和傳承之類的東西沒有眼光。跟其他很多國家的人不同，他們把爵士樂這東西當成美國經驗之一來掌握。但瞭解了嗎？大多的人幾乎都不瞭解。總之一直以來就聽我音樂會的客人來說是這樣。都一副『這些傢伙到底在做什麼？』的臉色，只是呆呆看著我們。雖然如此大家還是特地來聽喔。就像聽古典音樂一樣。有人說這是好音樂，有必要聽所以來聽。於是不解地聽著，還熱烈地鼓掌，然後回去。大音樂廳的觀眾總之很奇怪。小俱樂部就好多了，老闆人都很好。對我們很親切。請我們用餐，如果這邊需要還會介紹漂亮女孩給你。我倒推辭了就是。」

我讀了這發言首先想到，馬沙里斯所說的和這幾年美國黑人階層間急速提高的反猶太主義風氣，有很多相通的地方。我覺得這似乎不只是「日本人有沒有瞭解爵士樂」這單純的音樂論所能收拾得了的。這發言所含問題的根源可能比外表看來更粗更深。

正如眾所周知，一九六〇年代前半在美國成爲政治大颱風眼的民權運動現場，黑人和猶太人曾經攜手戰鬥。很多年輕猶太裔美國人從東部到南部支援黑人運動，跟黑人名副其實同甘共苦。他們以美國被壓迫的少數民族站起來，追求社會的公平和正義。然而最近風向卻大爲轉變。部分黑人領袖這幾年驚人地發起直接反猶太主義的活動。他們的說法是，猶太人假裝幫助我們，結果只是利用我們的運動建立起他們自己的政治優勢，他們從一開始就根本不關心黑人地位的提升。證據在猶太裔美國人多半得到很高的社會地位，名利雙收，相對的黑人卻依然受到有形無形的社會性壓迫，實質上被推到貧民窟。尤其住在都市的年輕黑人對猶太人似乎懷有根深柢固的反感，實際上以種族對立的延長，也發生過幾次猶太裔美國市民的殺害事件。因不同地區猶太裔市民和非洲裔美國人（這是目前最政治正確的黑人稱呼，因爲太長所以在這裡以黑人統一稱呼）之間也產生了很大的衝突。尤其在猶太市民和黑人簡直住得面對面的紐約市，這種對立成爲相當嚴重的問題。有傳統的黑人大學、哈佛大學以「學生間可能發生糾紛」爲理由，片面取消普立茲獎得獎的猶太裔學者的演講預定，激怒了猶太裔市民。

對六〇年代的共鬥還記憶猶新的舊世代黑人可能會說「就算還有問題，但比起從前，黑人的社會地位已經大爲提高了」，但對不得不生長在都心的高失業率、毒品蔓延、幾乎成爲日常風景的槍枝暴力犯罪、十幾歲少年的壓倒性高死亡率、十幾歲少女的壓倒性高私生子出生率等無可救藥窒息狀態中的許多年輕黑人階層來說，所謂法律上的平等，終究只不過是畫餅充飢而已。實際上自從雷根以後的美國，無論在繁榮時代或不景氣時代，都繼續高舉「假想現實」的表面華麗看板，其實同時背後卻割捨掉包括許多黑人在內的低所得階層，才有效率地成立的。而年輕黑人們所感受到的那種激烈的挫折感和憤怒，有時會以負面形式（因爲以補償一種種族歧視形式的另一種種族歧視，無論有任何理由和大義，經常都只不過是徒勞而不幸的）和反猶太主義結合。對領土被以色列以武力強奪的巴勒斯坦人的一般性同情，也加強了那種傾向。

史派克・李的電影《黑潮—麥爾坎X》（1992）如果沒有這種嚴酷現實的社會背景，可能還是無法理解的作品。在電影中東部一流大學教養良好的女學生（在史派克・李腦子裡塑造的印象可能是一個有錢猶太裔學生）認眞地問麥爾坎說「對黑人運動，有沒有我能效勞的事？」他不屑地說「nothing!」如果是前一陣子，應該不會想到這種場景。無論結果得到什麼樣的結論，可能會有更長的對話。應該會自然鮮明地浮起「超越人種的共鬥」印象。但史派克・李對這種印象沒有讓步餘地敲出激烈的No。那裡連對話都沒有了。毫不客氣只有「nothing!」一聲而已。而且如果沒有這荒廢乾枯的場景，就無法談《麥爾坎X》。因爲史派克・李顯然——心情上戰略上——是以住在都市地區憤怒的年輕黑人爲目標對象拍這部電影的，爲了凝聚他們的強烈支援，絕對需要這種直接而戰鬥性的訊息。

因此在這種啓蒙意味上，這部電影可以說十分成功，也有很多可看的地方。但除了這個以外的意味上，老實說——至少對我來說——不太有趣。史匹柏的《辛德勒的名單》大體上也可以這麼說。兩者共通的地方是，這些作品都成爲一種附有民族性宣傳任務的高度娛樂電影。說得更清楚的話，這些電影是「爲了給特定的人看的，擁有特定目的的電影」（史匹柏可能會強烈否認）。事實上《麥爾坎X》首映夜美國各大都市圍著電影院的觀眾，百分之九十是年輕世代的黑人。如果不能站著正視這種文脈的話，無論《辛德勒的名單》或《麥爾坎X》，以一般日本人看來，有時可能會疑惑「以作品來說，有點不太瞭解是好是壞」。「以藝術作品來說」要以過去的想法來鑑賞這些電影時，可能會像扣錯釦子般。總是出現「人性沒描寫好」、或「說明過多」等，搞錯方向的評價。我想這些不該以電影或作品的好壞來評價，而應該另外加入把人從A地巧妙運到B地，以現象性乘載物來說是否有效，這種實用性座標軸來評價才對。

話題再度回到爵士樂，進入一九六〇年代捲起所謂「放克狂潮」（funky boom）那個時節，日本的爵士樂迷和黑人爵士音樂家迎接過一段蜜月期。當時在美國本國爵士樂在社會地位上幾乎還沒被肯定，就算是一流音樂家，也難以得到一般大眾的尊敬，除了少數例外之外，生活本身也不太寬裕。而且大致說來，對黑人音樂家這種傾向尤其顯著。就算爵士這種音樂獲得部分樂迷歡迎，組織化的爵士俱樂部和唱片公司則拿走了那賺取的大部分利益，音樂家方面很難分到多少。而且賺錢的「有甜頭的工作」，多半被白人（多半是猶太裔）音樂家搶走。從五〇年代到六〇年代經營上最成功的紅牌爵士樂手，並不是邁爾斯．戴維斯，不是約翰．柯川，而是戴夫．布魯貝克，是巴沙諾瓦（Bossa Nova）時代的史坦．蓋茲。就像搖擺時代的「搖擺王」不是艾靈頓或康特．貝西，而是班尼．古德曼一樣。

讀了當時的各種紀錄後，知道受到幾乎像消耗品般對待的一流音樂家絕不算少數，我們感到很驚訝。紐約的小品牌聲望（Prestige）唱片公司一九五〇年代，出了很多尚未走紅的邁爾斯．戴維斯和瑟隆尼斯．孟克的傑出唱片，那經營者鮑伯．溫史塔克（Bob Weinstock）以爵士樂的知音著名於世，但根據邁爾斯．戴維斯的自傳說——這個男人對有才能的黑人爵士音樂家經常利用對方的弱點廉價搾取他們以中飽私囊，是個吝嗇的猶太人。當然這方面的人物評價會包含各種個人的情況和好惡，因此不能完全相信片面說法，就算是這樣，然而那種傾向不可否認應該還是普遍存在過的事實。

不過日本人——尤其從一九六一年亞特．布萊基公演之後——開始對黑人爵士音樂家和他們的音樂給予高度評價，並開始對他們懷有強烈的親近感。當時的日本和現在比起來是窮得驚人的地步，因此不可能像現在那樣接連聘請美國的音樂家來。因此很少有機會親眼看到和聽到他們「本人的現場」演奏。所以日本人在他們來的時候，會狂熱地歡迎，真是以「一期一會」（一生中僅有一次的機會）的心情拼命洗耳恭聽的，而且想把自己所懷的敬意盡量傳達給對方。結果很多來到日本的黑人爵士音樂家對他們所受到的溫暖厚待真的很感動，後來也主動再度訪問日本，幾個人還和日本女人結婚。我想其中一定含有同樣是有色民族的共鳴般的東西。如果沒有語言障礙的話，整個六〇年代相當多黑人爵士音樂家可能不是遷移到歐洲，而是到日本來住也不一定。

我在一九六四年在神戶也聽了亞特．布萊基與爵士信差樂團（這是包括佛瑞迪．哈伯等真是令人眼睛一亮的堅強陣容）的公演，當時的音樂會上以舞臺上演奏者所發出的熱氣也好，以聽那音樂的聽眾這邊所發出的熱氣也好，感覺都非常特別。在客滿的聽眾間可以清清楚楚地感覺到想吸進音樂的每個細微聲音，想把音樂家的一舉手一投足全都烙印到腦子裡去的類似強烈飢渴。在「日本人有沒有瞭解爵士樂」之前，這裡有更確切的心情。現在當然也有很多會「發熱」的音樂會，但當時的音樂會已經超越所謂「發熱」等表現層次了。聽眾不是在聽了演奏在預定調和的框架內發熱，他們本身就是以不得了的發熱源相互交流作用著的。我想這畢竟是如果忽視了社會本身的飢餓感就無法談論的現象。現在可能會像「這次聽說布蘭福特・馬沙里斯要來。要不要去聽？哦，不錯啊。剛才好開心哪。那麼現在就去吃飯好嗎？」可能這種程度就結束了。（當然可能有人說不是這樣，但這只是以一般論來說），當時情況並不這麼簡單。以來訪的音樂家方面來說，剛開始可能也半信半疑「日本說白了不是世界盡頭嗎？這些傢伙能確實聽懂我們所演奏的爵士樂嗎？」不過實際來到一看，卻受到意想不到的盛大歡迎，所以更激動得發奮賣力演出。應該也有這部分因素。

然而對布蘭福特與溫頓・馬沙里斯兄弟年代的黑人爵士音樂家們來說，那種事情只是從前的事了。在美國現在世代的黑人眼裡，猶太人看來已經不是被壓迫的少數民族（看來反而是對中東少數民族的壓迫者），在他們眼裡看來日本人已經不是該懷著同情的有色民族。換句話說我們對他們來說不是「兄弟」。連「半個兄弟」都不是。這或許是有點極端的例子，不過一九九三年所發生（紐約）長島鐵路的濫射事件的犯人柯林．法格森（Colin Ferguson），在犯案時所帶的聲明文中明確指出以「白人、亞洲人、湯姆叔叔（白人化的黑人）」爲殺害對象，實際當時列車上的乘客有日本生意人被擊中。伴隨著這種人種間位置關係的變化，所帶來的摩擦相當激烈而嚴重，對日本爵士樂迷可能也有必要做理性確認。對美國黑人來說，日本人是已經掌控美國社會，和擁有大半財富的白人和猶太人一樣，基本上是轉到壓榨他們的一方去了。對他們來說，我們是堆滿整疊鈔票收購美國電影公司，收購哥倫比亞（CBS）唱片公司的民族。我們可能稱那爲正當「投資」，但他們可能稱那爲文化和經濟的「掠奪」「搾取」。結果我們由於對美國經濟「投資」這件事，不管喜不喜歡已經把那個社會所包含的不平等本身在內，也越過太平洋接收過來了。

所以和邁爾斯譴責鮑伯．溫史塔克一樣，我們日本人也會被他們指責（或可能指責）。以馬沙里斯來說，或以他背後的那些黑人來說。站在這種壓榨一方的人卻輕易理解爵士樂，他們反而傷腦筋。因爲爵士樂這種音樂（還有布魯斯和饒舌音樂）對他們來說，是爲了團結民族的一種重要精神財產，一個心靈依託的確實的地方。

在這層意義上，以馬沙里斯兄弟為主的新世代爵士音樂家，可以說相當有政治意識。或不得不有政治意識……。世間對馬沙里斯兄弟的音樂認為音樂本身確實很高明、很帥、品質很高，但也有聲音說聽了並不會多興奮，也沒受到很大感動。我的意見算來也接近這個。

確實同樣說是政治，卻看不到過去查爾斯·明格斯（Charles Mingus）的音樂中所含有的那種熱烈的直接憤怒，一切都是都會的、酷的、洗練的。我覺得從這裡找不到我們過去從爵士樂這音樂所感覺到的同樣熱情。不過要在他們的音樂中追求那種特質這件事本身，說來就像扣錯釦子般，他們的音樂價值應該不會因此而被貶低。我基本上想，與其把馬沙里斯一派的音樂當成正確說是狹義「爵士」來說三道四，不如以更廣義的黑人文化的一個領域，將爵士樂做整體重新評價，換句話說應該在修正主義者（revisionist）、啓蒙性趨勢中來掌握。不管喜不喜歡又加上新思想趨勢的戰鬥性「非洲中心主義」（Afrocentric）。而且至少在現在這個時間點，他們的那種視野中要納入日本人的存在，恐怕除了少數例外，老實說幾乎沒有餘地。當然這是說從「修正主義者的觀點」來看事情的條件下。

馬沙里斯所面對的具體聽眾，換句話說是以這種修正主義者的文脈為中心所支持的，和史派克·李的電影的情況相同，可能是住在都市地區「年輕憤怒的黑人階層」。如果沒有這熱烈的——有時是有點過熱的——溫床，可能無法談論現在美國的黑人文化。如果要極簡單地區分的話，可能那個階層在意識上、年齡上，由他們接掌上方部分，至於比較下方部分則由饒舌音樂接掌。史派克·李和馬沙里斯兄弟都屬於知識階級的黑人，他們很自然地穿上義大利西裝，或在哈佛大學講課，或在高級休閒度假地度過優雅的夏天。他們的觀眾和聽眾包含許多知識分子白人。而且可以想像到現在馬沙里斯一派的情況，收入的相當大部分結果是從日本市場或日本系企業所帶來的（原書註：這是針對一九九四年當時的狀況所寫的）。

但並不因此，就像從前許多中產階級黑人那樣，以白人的生活樣式或價值觀當「標準模式」做爲努力目標。他們對自己是「非洲裔美國人」的一員的意識非常強，並引以自豪（或努力這樣），他們的眼睛一貫沒有離開積極勇敢的年輕黑人階層。因爲他們非常清楚唯有那個階層才是他們可以立足的眞正土壤，也是自己身爲創造者身分的源泉。所以如果布蘭福特·馬沙里斯在美國的採訪上親口說「日本人和我們黑人同樣很瞭解爵士樂，是非常棒的聽眾」的話，他可能在本國會受到支持者激烈的噓聲。所以就算假定他這樣想（這大概絕不可能），這種事還是非常難開口。日本評論家中有人善意地解釋成「這可能是美國雜誌採訪馬沙里斯，口頭上說得好聽而已，大概沒什麼惡意」，但可能不盡然。我想反而是《花花公子》雜誌上的發言是他未經修飾的心聲，如果不是對日本市場禮貌性口頭服務地說，無論如何都會變成這樣——的典型樣本。雖然不是說要更政治化，但日本爵士愛好者某種程度也需要認識，美國的種族狀況還繼續會有新變化這件事。

那麼日本人眞的瞭解爵士樂嗎？現在回到這當初的問題，可能會得出兩種不同的結論。

①「我們黑人在歷史上所嘗過的苦，你們怎麼會瞭解。而且不瞭解那種苦和痛的人種，怎麼會瞭解爵士這種音樂的眞髓？你們只會堆滿金錢雇用我們製造唱片，把我們叫到日本去在你們眼前演奏而已。我們是不得已才演奏的，可是大家都在背後偷笑喔。」如果跟布蘭福特·馬沙里斯面對面毅然被問的話，可能只好這樣回答「確實是這樣」。或者不能有效證明會說「不是這樣」。從這觀點來看。被說日本人其實不瞭解爵士，確實也有部分是沒辦法的。有時我感覺到日本人經濟上變富裕之後，對別人的眞誠體貼和同感之類的，比以前好像變淡了，所以布蘭福特·馬沙里斯對日本聽眾也不再能擁有那麼強烈的親密感了。

②但是「不，不是這樣喔，馬沙里斯先生。這樣說不公平。爵士這種音樂已

經在世界的音樂中得到確實的公民權了，說起來是具有世界公民財產作用的。日本有日本的爵士樂，俄國有俄國的爵士樂，義大利有義大利的爵士樂。確實黑人音樂家身爲該核心推動者，應該受到很大的尊敬，那歷史絕對不容忽視。不過要說他們才是唯一這種音樂的正統理解者、表現者，其他人種沒有進入的餘地，這理論和世界觀未免太傲慢了。這種一級公民和二級公民的分別，豈不正是種族隔離（apartheid）的精神嗎？」也可以這樣反駁。在這種文脈下，日本人是相當熱心而誠實地，以「世界公民」理解著爵士樂的，這樣說應該沒有什麼不妥。

哪一種說法才對？不用說，就看站在哪一種立場來看事情而定了。以我個人的意見來說，哪一種看法都對。這種下結論的方式或許有點過於優等生式，我們日本人如果要認眞聽爵士樂的話（或想認眞聽布魯斯或饒舌音樂的話）我想別只說「音樂只要以音樂來說是優秀就行了」，不妨對美國黑人的歷史和文化整體付出多一點敬意，而且今天隨處看得到的「我們有錢哪，鈔票準備好了所以要來整頓爵士（不限於此，可能還有其他什麼）」的風潮，如果可能我想最好改一改──至少稍微收斂一點比較好，就算沒有惡意。同時我覺得以馬沙里斯兄弟爲首的年輕黑人音樂家們，與其高聲主張文化的占有權，不如把自己的音樂向世界更推廣出去，以更廣泛地確立民族身分地位的認同感，不妨擁有這種宏觀視野會比較好。那種以一般論來總結一切的做法，或許使現今的社會狀況顯得太閉塞太沉重了。至少從反種族主義來對抗種族主義的構圖，我想是無法產生眞正創造性東西的。

回想起來，我從現在往前倒推三十年前，第一次去聽爵士音樂會時，剛開始也不知道是怎麼回事，「這些人到底在幹什麼？」像這樣張著嘴呆呆注視舞臺。不過從布蘭福特・馬沙里斯所說的「什麼都不懂的觀眾」中，我想一定會出現幾個努力想瞭解爵士樂的人。而且就那樣音樂的潛力應該就會大爲膨脹起來。從樸素地相信有那種力量存在的地方開始，才會生出眞正的音樂價值這東西。我這樣相信（不僅限於音樂，對小說來說應該也一樣），布蘭福特・馬沙里斯在《花花公子》雜誌上的發言，在這層意義上還是不得不說有點讓人感到寂寞。無論如何，在有限的文脈中對狹小東西的看法，就算假定本身理論是正確的，結果卻只有使音樂本身變成令人窒息而失去生命的東西而已，應該對誰都沒有好處。那種不算幸福的實例，我們過去看過好幾次。

不過對世間提供議論的題目，在這一點上，這次布蘭福特這「日本人不瞭解爵士樂」的發言，對彼此來說（我是指對黑人音樂家方面和對日本人爵士樂迷方面）我想可能分別都很有意義。這種對問題大家都能彼此誠實地開誠布公說出心裡的眞心話，我想是很有益的事。因爲是好機會，所以對於要怎麼樣彼此才能互相更瞭解，可以徹底議論下去。只要有愛音樂的共通項目存在（當然存在），什麼時候一定能達成一個妥協點、合意點才是。或說得誇張一點，這種看來好像微小而沒什麼的文化上的摩擦，要踏實地面對、不要太感情用事，從一件一件細細檢討中，或許可以明確看見前面原來有更大的摩擦的眞相。而且同時，說不定日本這個國家中和美國不同的歧視結構的眞相般的東西，也會浮上來。

和比爾·克勞的談話

我到爵士樂的貝斯手比爾·克勞（Bill Crow）家拜訪、和他談話。因為我翻譯過他的著作《再見鳥地方》❶、《爵士逸聞》，因此談了很多和這些內容有關的事。克勞先生是一位很安靜的人，非常親切地跟我談了很久。聽他談的事情，真的感覺從一九五〇年代到六〇年代初，身為爵士音樂家，實在真是快樂而興奮的事。本文刊登於《*GQ Japan*》（日本版紳士季刊）1994年10月號。

最近的爵士樂迷或許不知道比爾·克勞的名字。不過如果是稍微認真聽過五〇年代到六〇年代初爵士樂的人，應該會記得聽過這名字。比爾·克勞是五〇年代初史坦·蓋茲五重奏的貝斯手；傑瑞·穆利根（Gerry Mulligan）的無鋼琴四重奏及傳說中的協和爵士樂團（The Concert Jazz Band）的貝斯手；也是克拉克·泰瑞／鮑伯·布魯克梅爾（Clark Terry / Bob Brookmeyer）雙領班樂團和艾爾·康恩／

祖特・辛斯（Al Cohn / Zoot Sims）雙領班五重奏的貝斯手，而活躍一時。以一句話來說，眞的是在高明的樂隊演奏技巧高明的樂手。以演員來說是名配角，雖然不是以主角炫耀的類型（事實上沒有留下一張掛頭牌的唱片），但只靜靜地確實地，在時代的每個節骨眼上留下長存人們心中的演奏。

他不僅和摩登爵士世界的音樂家，而且也樂於和豎笛手皮・威・魯歇爾（Pee Wee Russell）和伸縮號手威克・狄肯森（Vic Dickenson），或康特・貝西樂團的成員等咆勃爵士以前風格的爵士樂手們，一起演奏。五〇年代的爵士，說起來人氣總是從硬式咆勃往放克❷的路線聚集。他的演奏則和這種積極的音樂不太有緣，說白一點我覺得他偏向於類似「留有傳統色彩的穩健新感覺」。雖然絕對不是消極的人，但他也不喜歡標新立異，或閃亮的東西。相當頑固，看得出好惡強烈。

他本人說「因爲常常旅行，所以我沒有像別人做那麼多錄音室的工作」，但話雖這麼說——雖然比不上米爾特・辛頓（Milt Hinton）或雷・布朗（Ray Brown）那麼多——其實他錄的唱片數也很多。我也到處找過收集了相當多，不過實在收不全。我把他錄音的唱片做成目錄帶去，他說「你查得相當齊全啊」，於是把他自己編的目錄用電腦列印出來給我，這有我查的兩倍之多。

最近的比爾・克勞與其演奏，似乎以他的著書更出名。他的第一本書《爵士逸聞》（*Jazz Anecdotes*）眞的眞的是很好笑的書。讀著之間好幾次大笑出來。這是將他四十年左右身爲爵士音樂家的生活之間所見所聞龐大數量「有點好笑的事」全部收集成的一冊。以好得驚人的記憶力和述說的巧妙，獲得眾多爵士愛好者的讚賞。他說「在休息時間的後臺，我們都在閒聊一些荒唐的話題，大家大笑一場好度日。那樣的時候，一定有人說『嘿，這麼好笑的事，應該有誰來記錄下來吧』。我只是碰巧做了而已」。

不過擅長述說的人說的有趣事情，化爲文章還能讀起來有趣，可就不簡單了。在這層意義上，我覺得他好像在做著一種爵士樂說書人的工作。

他的第二本書名叫《再見鳥地方》（原題是「從鳥地方到百老匯」（From Birdland to Broadway））的自傳，這也是一本非常快樂的書。可以很流暢地讀下去而且很有趣，讀著之間會漸漸想聽爵士樂。雖然不是說全部都這樣，不過有些書不是很大牌的人物＝配角級自傳中，比主角級自傳有趣多了。心想這種人也寫自傳嗎？拿起來讀讀看，卻眞的很有趣很有趣……有時不是沒有這種事。我想可能因爲寫的人不會老是「我如何如何」地處處出風頭，而可以退一步，以觀察者的冷靜眼光看事情來寫的關係。麥爾斯．戴維斯的自傳或明格斯的自傳，以證言的意義來說當然很深很重，不過讀完後也有點「心情沉重」的感覺。

比較之下這克勞的書，則會說「不過，其實也發生過這種事喔」輕輕鬆鬆把讀者引誘到閒聊的世界裡去。這是一種才華，也是一種藝術。

比爾．克勞生於一九二七年十二月二十七日，美國華盛頓州奧賽羅（Othello）。從小就學過小喇叭、法國號、鼓等各種樂器，後來又因偶然的機緣成為貝斯演奏者，直到現在。父親是木工，在不景氣時代一家生活絕不算輕鬆，但因為母親是業餘歌手和音樂老師，而以音樂為唯一娛樂度過少年時代，歷經學校的管樂隊、軍隊時代的軍樂隊，終於深深迷上爵士樂。無論如何都想以音樂安身立命，於是一九五〇年從華盛頓州立大學輟學，從西雅圖到紐約。在那裡暫時以無名音樂家度過一段有一餐沒一餐的貧困生活（這段描寫相當引人落淚），但五二年終於能加入史坦．蓋茲五重奏這樣的一流樂團，從此活躍在第一線上。一九六〇年代末期美國爵士樂漸漸走下坡，克勞為了生活開始到百老匯音樂劇伴奏樂隊工作。現在據說每周有二、三天到紐約的俱樂部去演奏爵士樂。因為有退休年金本來不需要工作了，只為喜歡而做。

比爾．克勞的住家在紐約州一個叫新市（New City）的地方。從曼哈頓北上朝西度過塔班吉橋（Tappan Zee Bridge）再稍微往北走。我和攝影師松村君從波士頓開車花了將近四小時。是個安靜的郊外住宅區，因為太早到，想找個地方喝杯咖啡消磨時間，卻沒有任何可以喝咖啡的地方。克勞先生夫婦搬到這裡據說已經二十九年了。我們坐在庭園的桌子邊一面喝茶一面聊。四月溫暖的下午，桌邊有一口據說是克勞先生自己做的小池子。

比爾·克勞瘦瘦的，以美國人來說個子算相當小，他也像這類型的人往往會有的那樣，動作相當俐落。

——我讀了您的這本書首先想到的是，「這個人記憶力怎麼這麼好！」不過您眞的記憶力很好嗎？或者每天每天都詳細地記日記呢？爲什麼三十年前、四十年前的事，連細節都還記得那麼清楚？

「我記憶力實際上就非常好喔（笑）。而且，我雖然沒記日記，不過倒一直有在記錄自己工作的日誌（備忘便條）。這與其說爲自己，不如說因爲剛開始工作時，常常會被要求履歷，所以像在做資料般一直在記著。換句話說像『我到目前爲止在某某地方，和哪些人一起演奏，也做了這種錄音』之類的事，爲了自我介紹用的。這一直繼續做到現在喲。然後我只要稍微看一下這種便條，當時的光景就會刷一下浮上眼前。連細節都清楚浮現。所以可以把那照著寫成文章啊。」

——非常有趣的書，讀得好愉快喔，是不是其實還有更多想寫，卻寫不出來的情況？

「這個嗎？確實有很多。實際還活著的人物有些事寫出來會給人家添麻煩，所以想寫的事其實堆積如山，但很多卻不能寫。因爲非小說的限制很大。所以我現在，反而想把這借用小說的方式來寫。因爲如果是虛構的小說問題比較少。不知道順不順利。」

——不過雖然如此史坦・蓋茲因爲注射海洛因差點死掉的那一幕相當刺激喲。很多以前和您一起演奏過的音樂家已經過世了。非常多人早死。您覺得這畢竟和毒品有很大關係嗎？

「我想確實有關係。還有酒精。其實海洛因這東西是從一九四〇年代開始才普遍起來的，在那之前大家都是喝酒或抽大麻。大概以酒精中毒爲主吧。所以那段時期的世代，音樂家全都被酒精搞壞身子。然而從四〇年代開始海洛因成爲主流。所以當時啊，眞的誰都還不知道，海洛因是會致命的危險東西。因爲打一針就會很舒服所以就打一下吧，只以這種輕鬆心情打。知道這玩意兒不妙，是在過了很久以後。眞不幸啊。海洛因我只試過一次，幸虧身體怎麼都不適應。因爲一打就非常不舒服啊，從此以後完全沒再碰過。我體質上酒精也幾乎不行。大麻只稍微抽過，不過當時抽大麻如果被抓到也會判重罪喲，我的朋友只因被發現持有大麻，就被關進佛羅里達的監獄去用鐵鏈拴在一起重勞動了幾年。光是大麻就那樣了，我可不適合。所以我沒用毒品。」

——很健康。

「是啊。雖然抽過菸，不過中途也戒掉了。」

——不過我覺得很奇怪，就像讀克勞先生的書也知道，當時的音樂家大多沒錢吧，可是為什麼能繼續買得起那麼貴的毒品呢？

「那是因為，當時毒品還不像現在這麼貴。只要有五塊錢美金就能買很多海洛因。當然灌了多少水只有神知道。不過五塊錢美金，說來也不是窮音樂家買不起的金額。是啊，五〇年代初的鳥地方爵士俱樂部一個晚上的酬勞大概是十塊美金。曼哈頓的房租一星期的租金是十五塊左右。從前打海洛因這東西眞是社會底層的人。所以當然，價格也便宜。不過最近毒品都是有錢人在用，所以價格就漸漸抬高了。

我在想，美國人本來就非常喜歡毒品之類的東西。這可能因為美國人這人種基本上就喜歡『有效果的新東西』。這裡，怎麼說都是發明和發現的國度啊，你知道吧。不管是機器也好是藥也好，只要聽說有新東西出來了，大家就會衝過去。以後的事以後再想。四〇年代是海洛因。六〇年代是ＬＳＤ。然後是古柯鹼。這個國家那種傾向相當顯著。」

——也有人說讓海洛因流行起來的是查理．帕克。據說年輕音樂家全都崇拜帕克的演奏，因此連麻藥的習慣也模仿了。

「不，應該不是帕克特別讓那個流行起來的。我覺得那已經成爲一種趨勢了。帕克只不過是那一部分而已。」

——我是史坦．蓋茲迷，不過讀了您的書，他個人好像是有各種問題的人喔。他來日本的時候我好期待地去聽了，但老實說並不算多愉快的經驗。吹一下就停下來，然後讓節奏部繼續一直演奏下去，這樣……。可以說草率了事或什麼的，我不太明白爲什麼，不過總之以一個樂迷來說，是有一點失望。

「史坦是一個傑出的演奏家，不過問題很多。這倒是眞的。當然毒品是有影響，但不只那樣。本來個性就有點問題。說白一點，他對周圍的很多人，做了不把人當人看的事。不過最後我聽他演奏時，眞的是非常好的演奏喔。

鋼琴是艾伯特．狄雷（Albert Dailey），是個非常優秀的演奏者。我第一次聽到狄雷的演奏，是跟亞特．法莫（Art Farmer）和詹姆斯．霍爾（James Hall）一起的時候。我知道他跟史坦一起搭配演奏覺得好高興。因爲在史坦的樂團演奏，再怎麼說，對他的職業生涯都是一件美好的事啊。你知道？不過他不久後就死了。但不管怎麼說，當時的史坦的演奏眞精采。搭配的成員也都很棒。以前，七〇年代鮑伯．布魯克梅爾從西海岸回到這邊來的時候，暫時進了史坦的團。以前就常常會和史坦搭配的年輕鋼琴師成爲那樂團的中心，他和貝斯和鼓形成音樂的概念，史坦很巧妙地把自己的風格和那配合。鮑伯說他覺得自己好像變成備胎了（笑）。覺得以管樂爲中心組合起音樂的感覺不對勁。結果他並沒有在那個樂團久留。」

——傑瑞．穆里根怎麼樣？

「穆里根的樂團在音樂上是我最喜歡的樂團。非常有音樂性，非常令人振奮，而且也可以學到很多東西。不過我跟穆里根分手了好幾次。我們吵架、暫時分開又在一起，這樣反覆幾次。這種衝突的反覆。」

——那是由於音樂性的原因而起的衝突嗎？

「這個嘛……我跟他之間幾乎沒有音樂性的衝突之類的。在音樂方面我們合得非常順利。那完全是個人性次元的衝突。我們經常冒火吵架而分手。經常這樣喔。不過時間稍微過一陣子頭腦冷靜下來之後，他會打電話來說『喂，要不要再一起做？』（笑）。因爲他喜歡我的步調，我喜歡他的音樂呀。所以經常又再復合。我也因爲和他一起演奏的關係，才能過著成果很多的音樂生活。不過六〇年代中期我們最後大吵一架，從此鬧翻了沒戲唱了。」

（＊關於克勞和蓋茲或穆里根之間的「衝突」種類，具體上他什麼也沒說。似乎是個口風相當緊的人，這方面人格的高潔眞不簡單。一般人這種地方豈不正想說東道西嗎？）

——不過穆里根的協和爵士樂團是個很棒的樂團。我尤其特別喜歡《星期天在前衛村》❸的實況錄音盤，現在還常常愉快地聽著。我覺得越仔細聽就越能懂得那優點。

「嗯，是啊。那張唱片太棒了。我也覺得那是最好的。不過那個樂團的東西全部都很好喔。」

——您一直參加的穆里根的無鋼琴四重奏也是我喜歡的樂團之一，有亞特·法莫加進來的四重奏和有鮑伯·布魯克梅爾（Bob Brookmeyer）加進來的樂團，氣氛有點不同喔。我想兩邊都很棒，不過我個人比較喜歡亞特·法莫加進來的這邊。

「不過鮑伯是非常令人振奮的演奏者喔。他第一次在紐約的音樂場子現身時，同時擁有兩種面貌。一種是非常現代主義的感覺，另一種是傳統Kansas City Jazz的感覺。狄基·威爾斯（Dicky Wells）和威克·狄肯森（Vic Dickenson）式的東西。而且鮑伯無論伸縮喇叭或鋼琴都演奏得很棒。」而且我就是因爲他而把耳朵養肥的。尤其是和聲部分。在這層意義上，他實在令我振奮。

Art眞是在非常巧妙的時間加入傑瑞的樂團。如果在那兩年前，這聽唱片就知道，他的演奏完全像迪茲·吉萊斯皮（Dizzy Gillespie）的感覺喲。不過後來他開始努力尋找自己的聲音。不過那並不簡單，一直非常煩惱。那時候他遇到喬治·羅素（George Russell），開始接受他的指導。喬治當時正在提倡什麼呂底亞音階概念（Lydian Chromatic Concept）這種名字很難的理論。不過，他所做的，其實是把向來爵士音樂家在無意識中自然聽著和實行著的事，寫在紙上化爲理論而已。創造出詳細的專門用語，把那以嚴謹的系統來掌握，以理論來說明。什麼音階scale啦、調式mode啦。以前幾乎沒有人特地認眞提出過，Art是那少數人之一。Art把這當成一種道具來用，因此成功地找到許多自己的概念之類的東西。接下來的兩年左右之間，他開始能把那具體反映在自己的演奏上，正好在那時候很巧地加入傑瑞的樂團。時機正好。他離開傑瑞的樂團後，正如您所知道的，和班尼·高爾森（Benny Golson）聯合組成Jazztet。雖然只有一段時間，不過跟他一起演奏是很美好的事情。而且Art是個非常好的人。我們之間有吃過同一鍋飯的夥伴這種強烈的連帶感。

Art還在樂團時，有一件事我記得很清楚，是去舊金山時的事。那時候我們是在做甚麼樣的工作，有點想不起來，不過正好那時候桑尼・羅林斯（Sonny Rollins）的樂隊也正爲了在爵士工坊俱樂部（Jazz Workshop）演奏而來到舊金山。住在同一家飯店。佛瑞迪・赫巴德（Freddie Hubbard）那時候剛加入那個樂團，不過Art和我早上很早要經過那個房間時，聽到佛瑞迪正在練習樂器的聲音。什麼音階之類的眞是以難以相信的速度在練習。片刻都沒休息地繼續練喏。我們經過那房間走下去吃早餐，過一會兒再回來時，他還在練。桑尼招呼我們說「下午要排演，歡迎大家一起來玩」。我們到俱樂部時，佛瑞迪把排練完全變成即興演奏。居然一連吹了二十次反覆部分呢，而且是從頭到尾繼續不停地以雙倍分節（double tempo）地加速度吹！他的情況，只要一連吹兩、三段，大家就會毫無怨言大爲滿足了（笑）。佛瑞迪有時到半夜都一個人躲在房間裡沒完沒了地繼續練。這種非凡的能力、超凡的技能、令人驚訝的專注力，說起來眞是與生俱來的天賦異稟啊。

——有鮑伯・布魯克梅爾加入的傑瑞・穆里根的四重奏在日本巡迴公演是一九六四年的事吧？

「是啊，就是東京奧林匹克那年。整個東京到處都挖翻了，把舊建築物拆掉，我記得非常騷動喔。那是一趟非常愉快的旅行。我從那時候就完全喜歡上日本這個國家（＊比爾・克勞把在日本所經驗的各種有趣事情詳細寫在書中）。上次到紐約的壽司餐廳去，談到當時的事情時，廚師說『先生，您雖然這麼說，但那時候我還沒出生呢』（笑）。唉呀歲月過得眞快。我總之在東京街上到處逛。手上拿著地圖搭地下鐵轉車喔。我最喜歡做這種事了。那時邀我們去的日本方面的主辦人不是和音樂有關的，而是專門辦拳擊賽的人。邀請我們的樂隊是想藉以和文化有關來提高聲望為目的，因此從一開始就完全沒打算從這裡賺錢。因為從拳擊方面已經賺夠了，所以我的行程難以相信的輕鬆，託這個福讓我們可以很過癮地觀光喔（笑）。總之我在日本覺得非常快樂，心想有機會一定還要再去一次。如果有這種工作機會的話，很好啊。」

——日本有很多熱心的爵士樂迷，所以我想不久一定會有機會的。

「這我也很清楚喔。不久前哪，我跟亞特・法莫談了一下，他年收入的主要來源，他說就是和日本有關的收入。他現在住在維也納，不過有時會到美國來在俱樂部演奏，然後到日本去做旅行演出，這樣賺的，就夠他暫時悠閒地過日子了。不得了吧。」

——不過日本的酬勞雖好，物價卻很高啊。

「我知道，我知道。據說萊諾・漢普頓（Lionel Hampton）的樂團在日本公演時，有一次團員發生反抗糾紛喏。因爲萊諾只發給樂團成員和在美國國內旅行演出時同額的酬勞。還叫他們每個人從那裡面自己付飯店費和餐費呢。那樣的話等於變成完全自己負擔了啊（笑）。於是大家說開什麼玩笑，拒絕去日本，沒辦法萊諾只好在當地雇用日本的樂團。」

——克勞先生現在是以紐約的俱樂部爲主從事演奏活動嗎？

「是啊。現在跟巴巴拉·李（Barbara Lea）和鮑伯·多洛夫（Bob Dorough）等一起工作。鮑伯·多洛夫在做著名叫「豪吉在我心中」（Hoagy on My Mind）這集合了豪吉·卡邁克爾（Hoagy Carmichael）音樂的類似秀。艾迪·洛克（Eddie Locke）打鼓，詹姆斯·史利洛（James Shriro）彈吉他，我彈貝斯。和鋼琴師里歐·克萊蒙特（Rio Clemente）在紐澤西的爵士俱樂部一起工作。雖然不是定期性的工作，不過只要紐約一帶有工作我就接，這樣的情況。然後如果有唱片公司找我寫解說文我也寫。在音樂工會的報紙上每個月也寫一點輕鬆的文章。」

——您來到紐約不久之後，就開始演奏貝斯喔。在那之前演奏伸縮喇叭。您在成爲貝斯手時，誰是您最喜歡的貝斯演奏家？

「這個嘛，說到當時我喜歡的貝斯手，嗯，是以色列，克羅斯比（Israel Crosby）。因爲我從小就聽他的唱片覺得他很了不起。然後當然還有吉米·布蘭頓（Jimmy

Blanton）。我能買到的艾靈頓公爵的唱片，一直在聽啊。不管有沒有布蘭頓在裡面，艾靈頓公爵的唱片我都很迷，不過有布蘭頓在裡面的特別聽得更入迷。

但從自己開始彈貝斯以後，我的偶像變成，雷・布朗和奧斯卡・彼得福（Oscar Pettiford）這兩個人。他們當時活躍在紐約，尤其是奧斯卡的聲音，我想演奏的聲音，說起來完全就是這種聲音。他著名的Big Sound，還有那超群的節奏感。我尤其用心聽他們身爲節奏部的一員是如何襯托音樂的地方。其實奧斯卡也是更傑出的獨奏演奏者。其次我也到處聽了很多不同的演奏者的演奏。當時大家都說泰迪・柯迪克（Teddy Kotick）很棒。波希・希斯（Percy Heath）也銳不可當地開始走紅。還有因爲和查理・帕克共同演出而出名的兩個貝斯手，柯利・羅素（Curly Russell）和湯米・波特（Tommy Potter），我總之很佩服這兩個人。因爲畢竟他們是跟那個查理・帕克同台演出過啊（笑），光那樣就夠讓人噢噢噢地佩服了。那些人當然是優秀的演奏者。聽著就會覺得眞高明。不過，喔，奧斯卡・彼得福——總之是特別獨樹一格的。他的演奏中有一種讓你刷刷被電擊到般的感覺喲。那是把貝斯這種樂器的可能性提升到所謂極限的地步了。上一代人喜歡的米爾特・辛頓（Milt Hinton）。沃爾特・佩吉（Walter Page）也還相當活躍。佩吉和喬・瓊斯（Jo Jones）的節奏部的絕妙氣勢眞不得了喔。太棒了。

還有第一次聽到瑞德．米契爾（Red Mitchell）時，啊，居然也有這種演奏法，也可以這樣當獨奏樂器來用，覺得大開眼界喲。當時誰都還沒把貝斯接在擴大機上，大家總之都想朝近在身邊的麥克風發出巨大的聲音演奏。那樣演奏的話，不用說就不可能分辨出微妙纖細的音樂表情（articulation）了。不過瑞德則不同。完全不同。他以輕而易舉 light and easy 的感覺悠哉地演奏。他的音樂表情是和其他任何貝斯手都不同的。他當時得了輕度結核病，醫生說至少一年不可以去空氣不好的地方。因此他無法去俱樂部演奏，只能在自己家客廳找幾個合得來的朋友一起演奏。他不再以巨大聲音演奏，可能和這也有關係。」

——我聽起來您的貝斯路線也和其他貝斯手相當不同的樣子。

「這是本人不太清楚的事情啊（笑）」。

——您的貝斯路線有時聽起來相當傳統，有時聽起來又覺得非常前進……。這種類型的貝斯手我實在想不到別人。

「我啊，認為所謂貝斯基本上還是一種擁有低音域的貝斯樂器喲。以我個人來說，喜歡又粗又長的貝斯聲音。我喜歡史考特．拉法羅（Scott LaFaro）的演奏風格，也喜歡受他影響把貝斯簡直當吉他來輕巧彈奏的年輕樂手的演奏。不過，如果問我自己怎麼樣的話，我不太想用那種彈法彈。要問爲什麼，因爲我想貝斯就應該確實好好地以貝斯的樣子彈。我不太喜歡以太高的音域放手華麗地彈。工作上如果被要求要那樣彈時，當然不會不彈，不過我還是比較喜歡以低音域爲主，把音樂扎實地組合起來。」

——說到華麗，我聽唱片時，您好像不太華麗地做貝斯獨奏，那也像是您的一種演奏哲學嗎？

「不，倒不如說，以唱片來說，我跟優秀的樂團合作比較多，所以老實說輪到出場的機會不太多。管樂器的演奏者一一接著獨奏下去時，就沒有餘地讓貝斯出來了。我也喜歡來一段獨奏喔（笑）。尤其在傑瑞・穆利根的樂團，首先第一是傑瑞喜歡盡情發揮地獨奏。其次鮑伯也不服輸地獨奏。這麼一來貝斯和鼓就完全找不到出場機會了。還有當時，我把弦調得比較高，無法踩出讓大家驚喜的流行步法也有關係。現在動作比較輕了，擴大機也大爲進步，貝斯手獨奏也輕鬆多了」。

——不過傑瑞・穆利根的樂團，以海盜版流傳的現場錄音中可以聽到相當長的貝斯獨奏噢，尤其是在歐洲旅行時在義大利錄音的。雖然是古老的錄音，聲音聽起來卻非常好。

「是啊，在那邊錄了相當多獨奏喔。因爲那時候已經透過擴大機演奏了。因此我想我的演奏也做了很大的改變。我雖然不喜歡透過擴大機傳出來的尖銳高聲，不過有不錯的擴大機或拾音器（pick-up）幫助的話，貝斯手的工作眞的輕鬆多了。不必太辛苦聲音就能拉得很長，弦調低一點也能演奏快速音節。又可以讓聽眾聽見更纖細的聲音。我想這樣一來音樂本身也改變相當多了。」

比爾·克勞很懷念地想起從前，爵士樂還很接近熱門音樂的時候。現在紐約的爵士樂風景比前一段時期有幾分好轉，俱樂部的數目似乎也增加了，當年爵士樂還曾經是大家的東西喲，他說明。「現在爵士樂和流行歌曲已經變成分開的存在了……。五〇年代在紐約玩爵士很快樂。有好幾家好幾家俱樂部接連著開，自己的舞台休息時間可以跑到別家去聽別的樂團演奏，或插進去演奏。當時的紐約愉快的爵士俱樂部多得像天上的繁星。我個人最喜歡的是Half Note（二分音符），演奏用設備和條件雖然不算最好，不過店的氣氛總之很美好。非常有親密的家庭感，來的客人類型也很愉快。相反的我覺得有點差的是Embers（餘燼）。我幾乎無法相信。請這麼高明的演奏家來，付了那麼高的費用，爲什麼大家不好好去聽那裡的音樂呢？我眞無法理解。眞是完全很糟糕的俱樂部。」

我們在那舒服的春天下午，面對庭園桌一邊喝著啤酒，他一邊繼續談著過去參與時的史坦．蓋茲樂團，談著克拉克．泰瑞／鮑伯．布魯克梅爾雙領班樂團的事。可惜在這裡無法全部寫完，松村攝影師在那幾天後到紐澤西名叫「小喇叭」的爵士俱樂部去拍他的演奏。可惜我正好有工作沒辦法去，據說是非常熱烈的愉快演奏。

❶鳥地方（Birdland），位於紐約百老匯的爵士俱樂部名稱。一九四九年成立，一九六五年關閉，一九八六年重新開張。

❷放克（Funky），一種音樂風格。結合爵士樂、藍調、靈魂樂等，特色是切分音節奏、重音和反覆低音。

❸《星期天在前衛村》（Sunday at the Village Vanguard），一九六一年錄音。「前衛村」是位於紐約格林威治的爵士俱樂部。

紐約的秋天

克勞德·威廉森三重奏（Claude Williamson Trio）和比爾·克勞

這是為維納斯唱片發行的比爾·克勞新錄音專輯（《紐約的秋天》）所寫的解說文。1995年7月。我因為不是音樂界的人，所以平常很少寫解說文。不過因為是緣分很深的克勞先生邀請的，於是我說「好吧」欣然答應。就像文中所寫的那樣，我正在做橫貫美國的旅行，因此這篇文章是在汽車旅館面對簡陋桌子所寫的。

和這張CD的演奏內容無關，不過老實說這是我在印地安那州名叫拉波特（LaPorte），一個不太起眼的小地方，坦白說不太出色的假日飯店（Holiday Inn）汽車旅館的一個房間裡寫的。當然我不是說在全美擁有無數假日飯店的連鎖店，全都不出色。其中也有相當氣派、「很出色」的假日飯店。這是爲了假日飯店連鎖店的名譽特別補充說明的。不過在這階段，我可以明白說的是，印地安那州拉波特的假日飯店，很遺憾卻未能給住宿旅客多幸福的印象，則是顯然的事實。或許是我多管閒事，如果哪天有機會開車穿過印地安那州的話，最好乾脆通過這地方，我想這樣忠告您。

老實說，我現在正從波士頓往洛杉磯，預定開車約八千公里，正在橫貫美洲大陸的途中。今天早上從加拿大的查塔姆（Chatham）出發，希望傍晚能到芝加哥，但途中遇到挫折才在這拉波特的極偏僻小地方〔以英語來說是middle of no where（茫茫荒野之中）〕不得不住一夜。然後我坐在假日飯店汽車旅館一個陽光照不到，設計奇怪的房間（五十九美元）的桌前，面對麥金塔Powerbook 520電腦，啪搭啪搭敲著鍵盤。冷氣像得了肺病的騾子般噓噓喘著，相對的卻幾乎沒有涼效。何況窗子底下立刻就是室內溫水游泳池，因此，悶熱得頭腦都快瘋掉。能把這種像拷問般的建築物，設計出來釘上住宿設施的招牌，世界上居然有這麼滑稽的建築師。

另一張桌上擺著Aiwa的CD收錄音機，我現在就用那個播放克勞德．威廉森三重奏的樣本CD聽著。我在這趟旅行臨出發前，住在紐約郊外的比爾．克勞打電話到我家來，照例以他那悠閒但年輕的聲音說「嗨……春樹，其實這次……嗯，日本的唱片公司要出我和克勞德．威廉森（Claude Williamson）合作的三重奏CD……，想請你幫忙寫個解說文……嗯，可以幫我們寫嗎？」。我回答「沒問題。當然，我很樂意寫。」但因爲忙著準備旅行，沒時間好好仔細聽寄來的音樂。所以我把收錄音機和寄來的樣本CD丟進Volvo 850廂型車後座，不管三七二十一總之就出發開始橫貫大陸之旅了。

路上每在一家汽車旅館住下來，一個人在房間裡一邊小口小口啜著威士忌，一邊一次又一次反覆聽著這張CD。正如您所知道的那樣，這怎麼客氣都實在不能說是聽音樂的理想環境。不過老實說，一個人孤零零關在一間汽車旅館房間用小收錄音機聽著時，這鋼琴三重奏的演奏竟然不可思議地滲入體內。而且與其在氣派堂皇的飯店的房間裡聽，不如在這不怎麼樣的汽車旅館，把自己帶來的威士忌倒在塑膠杯小口小口啜著一邊聽來得更貼切。

您可能現在正在豪華講究的音響設備上，聽著這片CD，可能在白天沒喝酒地聽。當然我不是說這樣不行。完全沒有。那樣這演奏的價值絲毫沒有減少。不過在印地安那州的偏僻鄉下的假日飯店的一個房間，上半身赤裸，偶爾瞥一眼映在昏暗歪斜鏡子裡自己的臉（和假日飯店的室內裝潢一樣不起眼）邊用收錄音機聽也不錯。爲什麼會這樣，我也無法適當說明。

我在美國書店的架子上偶然發現比爾．克勞寫的《再見鳥地方》這本書時，我想「咦，比爾．克勞？是那個比爾．克勞寫的書嗎？」相當吃驚。我從很久以前就是那史坦．蓋茲和傑瑞．穆利根的熱烈樂迷，所以比爾．克勞的名字當然記得很清楚。他絲毫沒有華麗氣派的地方，卻是個演奏品味良好根基扎實而知性的貝斯手。傑瑞．穆利根那著名的無鋼琴四重奏的貝斯手，這麼困難的位置長年都請他擔任，只從這一個事實來看，應該就可以知道比爾．克勞這個人價值的重要了。他雖然沒有奧斯卡．彼得福、雷．布朗、保羅．張伯斯那樣緊迫穿透的熱勁，但仔細注意聽時，比爾．克勞所刻出的清楚辛辣路線卻很難能可貴。可以感覺出讓我想稱爲「頑固的個人主義」般的獨特風格（他在現實生活中似乎也相當固執）。

這樣說也許怎麼樣，不過比爾．克勞絕對不是會留在歷史上的爵士巨人。這是眞的。假定比爾．克勞這個貝斯手從來沒有在這個世界上存在過，爵士樂的歷史可能和現在沒有多大差別。雖然如此，但我想，正因爲有像他這種「非巨匠」的音樂家們，分別在各自的角落腳踏實地確實屹立不搖，爵士的世界才能獲得現在這樣豐富的深度和色調。如果每個爵士貝斯手，全都聚集起來像雷．布朗和保羅．張伯斯那樣，爲大店演奏的話，固然不錯，不過也有一點累吧。

比爾．克勞在一九六〇年代後半就離開爵士的第一線，在百老匯以音樂伴奏的工作維持生計。每天每天在劇場的管弦樂團位置默默演奏同樣的樂譜。那對正統爵士樂來說是極其艱苦的時代，許多職業高手在那個時期被逼到形同退休的處境。

「不過時代趨勢又變了，最近終於又能以爵士樂的工作維生了喔」，克勞先生非常高興地告訴我。聽了收在CD中的演奏時，他那時喜悅的表情再度浮現。在這裡比爾．克勞顯得非常快樂，讓我們聽到生動的演奏。雖然依然固執，但稜角似乎去掉不少，變圓融了。好像在說「這是……嗯，現在的我。如果您喜歡的話……啊，我非常高興」。雖然是非常單純的說法，但裡面可以感覺到一個親眼確實看過各種事情的人，確實的年輪般的東西。

一直只寫比爾．克勞的事，卻沒有寫這張唱片的領導人，重要的克勞德．威廉森。這個人也是我個人喜歡的爵士音樂家之一。雖然主奏的作品不太多，不過每一張，聽過後都會留下感覺舒服的作品。以前我常常聽。從此經過相當長的歲月，過去那飽威爾似的前傾的強烈模樣似乎稍微淡化了，不過他獨特的不鬆懈的「良好姿勢」現在依然健在。由於比爾．依文斯和賀比．漢考克的出現，在大半的鋼琴家或多或少風格和音色都不得不改變後的世界，如果想聽從前那種純正的咆勃鋼琴的優質演奏的話，選擇就很有限了，不過克勞德．威廉森可以說依然高居那名單上位的一角。

這張CD是獻給去世的艾爾．黑格的。內容包括黑格創作的曲子，以及以克勞德所喜愛的經典曲爲主所選的曲子。這些結果都相當美好，不過姑且不說這個，在這裡我特別喜歡和艾爾．黑格沒有直接關係的克勞德．威廉森創作的〈Cross Other Nest〉和比爾．克勞令人懷念的創作曲〈來自藍色小船的消息〉（News from Blueboat）的演奏。

〈來自藍色小船的消息〉是克勞所作的少數創作曲之一，收在傑瑞．穆利根那美好的唱片專輯《要說什麼？》（What Is There To Say?）中。這首曲子剛開始取了一個奇怪的名字叫「桶子頭」（「這是亞特．法莫小時候的綽號」），在法莫說「拜託千萬別這樣」強烈抗議之下才不得不改掉的。當然這是從《來自新港的憂鬱》（Blues from Newport）變來的不同說法。讓人不解為什麼他不更熱心地去從事作曲？這是發揮得很好的布魯斯曲，我非常喜歡穆利根四重奏的嚴峻而緊繃的年輕演奏，這威廉森三重奏的節奏稍微放慢步調的版本也有放鬆的味道，令人喜歡。也許顯得我很固執，不過至少在印地安那州拉波特的假日飯店房間裡聽起來，非常棒。

其次這也是和演奏完全無關的事，這地方有一家叫「探傑林」餐廳的名菜（據說）威靈頓牛排肉好像有點太硬。

如果大家都擁有海

柴田元幸先生❶託我為《搖滾人101》（佐藤良明．柴田元幸編，新書館）這本書特別寫的。1995年7月。我記得為很多地方寫過海灘男孩，不過這是以文章來說，我覺得整理得最簡短完整的。寫完這篇文章後，有關海灘男孩的狀況卻大為改變。包括布萊恩．威爾森的奇蹟式復活有好幾個動向。關於那些，不妨請讀收在我的拙著《給我搖擺，其餘免談》中有關布萊恩的記述。1990年代中期的情形大概是這樣。

能夠身懷神話性力量的搖滾樂團或歌手的數量極其有限，身懷那個而能平安無事地存活下來的數量更有限。例如吉姆．莫里森和賈尼斯．喬普林和吉米．韓崔克斯雖然能披上神話的外衣，但他們卻因此不得不丟掉性命（或許）。我不是說如果他們能健康而長壽的話可能就不會成爲傳說。不過不管喜不喜歡，我只是說到現在他們所留下的音樂，他們的太早死就像所謂的前提般不可能分離地染上色彩而已。就像普希金和莫札特作品的成立，結果也內含了他們過短的神話性生涯那樣。Beach Boys活得相當長，而且成爲傳說的稀有例子之一（其他還有……鮑勃．狄倫？）他們從出道開始已經經過三十年以上歲月了。威爾森兄弟之一的丹尼斯．威爾森（Dennis Wilson）因爲毒品、酒和女人的結果，意外因事故死亡，其他的原始成員，雖然有沉迷於毒品、或得了精神病、或離婚、破產、不和、大吵、訴訟，但總算大家還能抓著同一根帆柱一起留在樂團裡（彷彿像約瑟夫．康拉德所描寫的被暴風雨所摧殘的小貨船的模樣），他們後來的巡迴演出還在全美各地聚集驚人之多的聽眾。從錄影情況看來布萊恩．威爾森已經處於歌無法正常唱好的狀態，其他成員也相當老了，如果沒有聚在旁邊的幾個年輕樂手的助陣，可能很難維持令人滿意的舞臺演出模樣（最近連最初的吉他手艾爾．賈汀（Al Jardine）的兒子好像也出來了」，大半觀眾似乎不太在乎這樣的事實。人們只爲了目擊Beach Boys這一九六○年代的傳說或記憶或光景，爲了慶祝而來到那裡。就算布萊恩每首歌只能唱四小節，那又怎樣？他們要以現在的狀況錄新唱片似乎很困難，但現在到底有誰會熱烈期待海灘男孩的新唱片呢？只要到唱片行去，就可以買到Capitol（神殿唱片公司）時代黃金老歌集再發行唱片的ＣＤ不是嗎？

一九六三年第一次在收音機上聽到Beach Boys的〈Surfin' USA〉（美國衝浪）時，我好像受到一點衝擊。當時我十四歲，從早到晚總之只要有時間就用收音機在聽西洋熱門歌曲。雖然著迷各種曲子和很多歌手〔瑞克·尼爾森、艾維斯·普里斯萊、巴比·維（Bobby Vee）、巴比·達林……這樣的時代〕，但〈Surfin' USA〉和過去我聽過的其他曲子完全不同。那眞的很新鮮、很創新。名叫Beach Boys名字好像很輕鬆的樂團，以鼻音唱出那豁達開朗的衝浪歌曲，一瞬間就逮住我了，在某種意義上，是推開了我的心扉似的。雖然我無法以言語適當說明，不過可以感覺到裡面似乎含有某種對自己來說很特別的東西。聽著那曲子時，心會擴大一圈，眼睛仔細看時，覺得好像可以看到遙遠地方的東西。爲什麼會發生這種事情？這是個謎。因爲那眞的是單純而天眞無邪的音樂。旋律是從查克·貝里（Chuck Berry）的〈甜美的十六歲〉（Sweet Little Sixteen）借來的，創意是從查克·貝里的〈在美國扭動〉（Twistin' USA）得來的（當時這兩首曲子我都不知道）。歌詞只是把那個時代衝浪者的隱語排出來而已。〈Surfin' USA〉是以這樣的歌詞開始的。

全美國的人
如果都擁有海，大家

都會來衝浪吧。對，
就像加州那樣。

我雖然就住在海邊，不過很遺憾瀨戶內海並沒有可以衝浪的壯觀海浪。壯觀的海浪只有在颱風來的時候才有。因此當然不能衝什麼浪，連衝浪是怎麼一回事都不知道。只能從唱片封套的照片想像大概是這樣。我有生以來第一次看到眞正的衝浪，是在那二十年後的一九八三年，三十四歲的時候。我在冬天夏威夷的馬卡哈海灘看到人們乘在難以置信高度的大浪上，心想「原來如此，這就是所謂衝浪啊」。不過總之，這"SURFIN"的語音，對十四歲的我來說，感覺非常具有異國魅力。那是在伸手無法到達的遙遠地方，陌生的人們在做著的很棒的未知運動。我想，大家好像很快樂地在做著那件事的地方，存在於這世界上的某個地方。當時所謂的加州，對我們來說眞是像月球般的存在。

我知道住在加州的人並不是全部都衝浪，是在很久以後。也知道原來布萊恩・威爾森自己其實一輩子也從來沒有衝浪過。其實他是怕水的，連靠近海都不喜歡。布萊恩是一個精神上有麻煩的孤獨青年，音樂對他來說是爲了做夢的手段。而且做夢對他來說是一種治療，也是在嚴酷現實中生存下去繼續成長的必要工作。

結果，現在回想起來，布萊恩·威爾森的音樂會打動我的心，可能因爲他是對「伸手到不了的遙遠地方」的事物拼命眞摯地歌唱的關係。燦爛的陽光照射下的洛杉磯馬里布海灘，穿著比基尼泳裝的金髮少女們，停在有賣漢堡的停車場閃閃發亮的雷鳥汽車（Thunderbird）、堆滿衝浪板的車廂貼了木板的小貨車，像遊樂場般的高中，還有最重要的是永不退色永遠繼續的天眞無邪。那對十幾歲的少年（少女）簡直就是夢中世界。我們正好和布萊恩一樣地做著那樣的夢，和布萊恩一樣相信那寓言。感覺只要一伸手就可以搆到，我們透過他們的音樂聞到了那可能性的香氣。布萊恩一個人孤獨地從昏暗的房間裡（Now it's dark and I'm alone, but I won't be afraid in my room.），繼續對我們述說加州這個虛構國度的美麗寓言。那風景的細節，那裡形形色色東西的美麗名字，以假聲繼續唱著。他們的歌詞大多簡單得不能再簡單，但那就夠了。布萊恩天性是寫歌的人，他爲那歌詞配上旋律後，就像點石成金的邁達斯王的傳說般，一切都變成黃金語言。

布萊恩獲得新靈氣的〈Good Vibration〉（美好的振動）確實是美好的曲子，而《Pet Sounds》（寵物喧囂）以後成熟的新海灘男孩和以前一樣是充滿魅力的樂團。不過那裡已經沒有〈Surfin' USA〉所賦予我們的那毫不保留盡情開放的魔術了。而且布萊恩不再唱永遠青春的夢了，不再想從那孤獨的黑暗房間走出來了。

如果乾脆說出來的話，Beach Boys這樂團如果隨布萊恩的崩潰而消失也不足爲奇。因爲布萊恩才是海灘男孩這個樂團的靈魂、心臟。不過海灘男孩並沒有死。被拋棄都不爲奇的充滿麻煩的家庭，就像只因是家庭就有人想拼命維持那樣，他們把海灘男孩的價值、旗幟、格式，大家合力繼續保護。那音樂已經失去過去的創造力了，海灘男孩無論如何已經從第一線掉下來。不過他們是不認命順從地死去的人。簡直就像以他們自己所唱的歌的夢的記憶溫暖他們自己那樣，海灘男孩度過他們的冬天時代，總算還留在音樂的場域。

然而歲月逝去，Beach Boys成爲活傳說。布萊恩從漫長的退隱生活復出，再度站上舞臺。他們現在仍在繼續唱著加州的夢。那確實應該是值得慶祝的事。但布萊恩已經不在那裡了。如果布萊恩曾經是海灘男孩的靈魂，是心臟的話，那靈魂已經凍僵了，心臟已經停止鼓動了。他們越誇耀那長命，就顯得死去越多。當然布萊恩還在那裡。像黎明的新月般僵硬的微笑還掛在臉上，在野外的音樂會的舞臺上他默默敲著鍵盤。朝麥克風張開口。但同時布萊恩也不在那裡。他在那黑暗的孤獨的房間裡。在精力旺盛足以驚醒死者的蹦蹦跳跳的麥可·洛夫（Michael Edward "Mike" Love）的身旁，他朝我們述說的不是夢的記憶，而是夢的不在。他所顯示的，是再也回不來的什麼。不過我們仍確實地愛著布萊恩。我們尋找著那個房間裡，過去夢的聲音的痕跡。應該還剩下一點什麼吧。因為過去那裡真的美麗的東西，真的幸福的快樂的東西，真的是免費的，多得溢出來般地存在過。但，無論什麼樣的聲音，都再也無法振動空氣了。

❶柴田元幸（1954-），東京大學教授，美國文學研究者、翻譯家、小說家。與村上春樹合著有《翻譯夜話》。

煙燻你的眼（Smoke Gets in Your Eyes）

這是為1998年5月，波麗唱片出版的《爵士群像》CD寫的解說文。這是把和田誠先生和我合著的書中所提到的音樂編輯成的專集。一面讀書一面聽這CD的話，就可以更瞭解內容……是嗎？就不得而知了。

在CD的解說文上寫這種事，有點不好意思，不過我從以前就一直喜歡LP唱片。我喜歡LP唱片的形狀，喜歡手摸起來的觸感，喜歡那氣味。喜歡那重量，喜歡從那裡出來的聲音。用雙手捧著唱片，光一直注視著那圓圈標貼或溝紋的形狀，就沒有比那更快樂的事了。

因此以我的情況，常聽的、喜歡的唱片，只要手一碰——尤其是憑那重量——就記得。例如我很久以前買的，現在還在愛聽著的賀瑞斯．席爾佛（Horace Silver）的《獻給父親的歌》（Song for My Father）是古老時代比較沉重的唱片，因此如果手上感覺不到那沉甸甸的重量，就不是正確的（對我來說正確的）《獻給父親的歌》，有這種地方。偶爾拿起這張唱片的再版盤時，就會想成「這重量不對呀」。然後實際放在轉盤上聽聽看，聲音果然不同。聲音如果不同，音樂聽起來也會不同。LP唱片所帶給我們的喜悅和快樂，可能就在這裡。簡單說，LP唱片這東西是比CD感情來得更深的。這邊不惜花費時間和金錢深深愛上它的話，相對的東西就會還回來。

CD處理起來非常簡單，隨時隨地都能發出美好而正確的聲音，但LP和那熱心的聽者之間所存在的類似「心的交流」，在這裡則不可能找到。我雖然不是一個懷古趣味很強的人，不過夜晚一個人邊喝著酒，邊想認眞聽音樂時，無論如何都會伸手去拿LP唱片那邊。

我想是剛上高中的時候，我從收音機的爵士節目上聽到播放雪利．曼恩（Shelly Manne）和安卓．普列汶（Andre Previn）的三重奏演奏《窈窕淑女》（My Fair Lady）的LP〔Contemporary（當代工作室）錄音〕中的一曲，被那演奏品味之好所感動。於是存了一個月零用錢，到神戶元町的日本樂器店買了進口盤。總之很熱心地聽這張唱片。我想沒有一張唱片是像這麼執著地聽的。因爲實在聽太多遍了，那即興演奏的每個細節我都全部背得起來。從此過了三十多年的現在，全部曲子我還能和著唱片朗朗上口地唱出來。因爲是當時的進口盤，所以價格非常高，不過已經充分回本了。

戴夫・布魯貝克（Dave Brubeck）的《節奏實驗》（Time Out）也很常聽。這是剛上高中時。起初是照大家喜歡的聽〈Take Five〉，不久後也喜歡上其他曲子，結果變成只聽〈Take Five〉之外的曲子。尤其喜歡A面第二首叫〈美麗的野雲雀〉（Strange Meadow Lark）的美麗敘事曲。關於《節奏實驗》裡的曲子，布魯貝克自己有用鋼琴獨奏編曲的樂譜，因此我一面聽唱片一面在家熱心練習。在鍵盤上叮叮咚咚試彈著從來沒看過的不可思議的和絃之間，「啊，我知道了，所謂爵士就是這樣把音組合起來彈響的」，漸漸領悟到這訣竅。在這層意義上布魯貝克對我來說也是珍貴的爵士樂老師。

我在這裡想說的是，「從前我眞的是這樣珍惜地聽著唱片的喔」。現在想再這樣做，已經無法那麼熱心聽了。那是因爲時代的關係，也因爲年齡的關係。

想到過去我所買的許多LP唱片時，記憶中最清楚浮現的——或，最令我心痛的——是法國Vogue盤所出版的瑟隆尼斯・孟克的獨奏專輯。這張唱片是我上大學那年，在澀谷櫻丘沿著鐵路邊的小中古唱片行（我記得店名好像叫都堂）發現了買下的。價格我想大概是二〇〇〇圓左右。是原版10吋盤，封套和唱盤都毫無瑕疵毫無汙點。

我住在三鷹的公寓時，經常聽這張唱片。裡面有壓倒性嶄新解釋的〈煙燻你的眼〉。孟克出了幾張傑出的獨奏唱片，但最初在法國錄音的這Vogue盤的演奏最乾淨俐落，毫不造作，一股勁直敲進心坎來。

當時我養了一隻雄貓（或該說，實際上比較接近同居），我和那隻貓經常一起躺在午後的陽光下聽這張孟克。那陣子大學正在鬧學潮罷課幾乎沒課可上，不管讀書、或聽音樂，總之有的是時間。

住在隔著走廊對面房間的一個學生碰巧也喜歡孟克，他珍惜地擁有一張河畔公司（Riverside）出品的鋼琴獨奏《瑟隆尼斯他自己》（Thelonious Himself）。頭髮留長，和我同年，常常用吉他練習布魯斯。我記得我的房間和他的房間，都不太有客人來。有時他會抱著《瑟隆尼斯他自己》到我房間來，兩個人一面聽著那張唱片，或我的Vogue盤，一面談喜歡的音樂。瑟隆尼斯．孟克的音樂不知道爲什麼似乎擁有靜靜連繫人與人的力量。

不過結果，我遺失了那張唱片。那是什麼時候如何消失的，我也不太清楚。那張唱片對我是很重要的東西，所以當然珍惜。不用說也沒借給誰的記憶。不過在家裡怎麼找——本來就很小的房間——還是沒找到那張唱片。就像被世界的角落悄悄張開的風洞吸進去了似的，消失得無影無蹤。

孟克的Vogue盤因爲是具有歷史意義的優秀演奏，因此經常會以某種形式被刊載在目錄上。在遺失了那張原版10吋盤的幾年後，我買了當時東寶唱片出的再版12吋盤。但把新唱片放在轉盤上聽看看，從那裡所傳出來的音樂，和以記憶留在我耳朵裡的音樂，聽起來相當不同。收在裡面的孟克的演奏本身應該是相同的東西，但我所愛的那獨特的氛圍，卻不可思議地淡化了。不知爲什麼，但在瑟隆尼斯．孟克十根手指所展現的親密歪斜羊水性世界中，我的靈魂已經無法像從前那樣咻一下就自然進入了。

我現在還擁有那12吋唱片，但老實說很少聽。孟克的音樂我現在依然喜歡，但很少有心情把那張再版Vogue盤從唱片架上拿出來。二十歲前的我，在那只有日照很足的三鷹的公寓，由於某種差錯而被勉強漂白了似的奇怪心情下，一個勁側耳傾聽著孟克的鋼琴聲，從那裡已經找不到了。我在那個時代所擁有的水流般的悲哀，或窒息般的喜悅，心愛的人，未能實現的夢之類的東西，都被吸進孟克的那張10吋唱片中，沉進某個深深的地方去，消失掉了。有這種感覺。

只不過是一件東西吧，您可能會這麼說。當然沒錯。對音樂最重要的，是演奏本身的美好。這應該不用多說。不過我想不亞於那個同樣美好的，是我們在那音樂所擁有的美好之上，可以把我們自己的心和身體的重要部分也付託上去這個事實。而且所謂爵士這種音樂，擁有只有爵士才能接受的什麼。所以我們才能把爵士這種音樂，愛得這麼貼近身體吧。

不過什麼時候當年紀更大，對自己的人生想法和現在又有不同時，或許會重新有心情想用CD或什麼，再仔細地一個勁聽Vogue的孟克鋼琴獨奏也不一定。我忽然這樣想。那或許和過去所聽過的〈煙燻你的眼〉又有不同的，美好響法也不一定。

全神貫注的鋼琴師

這是為爵士鋼琴師佐山雅弘先生所出的CD《FLOATIN'TIME》（Victor Entertainment出品）所寫的解說短文。2002年9月。我記得是佐山先生直接託我寫的。就像文章中也寫到的那樣，我在國分寺經營爵士店的時候，他還是音樂大學的學生，有時候會在我店裡彈鋼琴。好久沒聽了變得彈得非常好（理所當然應該這樣），讓我嚇了一跳。

二十多歲的中期，我在東京的國分寺這地方開了一家喫茶店。結婚了，背一身貸款，沒經驗地開始做起生意。理由只有，想從早到晚聽爵士唱片。就這樣世界非常單純。那是一九七四年的事。

我家有一台沒人在彈的立式鋼琴，因此把那搬到店裡，一到周末就請當地的音樂家做現場演出。當時中央線沿線住著很多音樂家，所以並不缺人才。大家都很年輕又貧窮卻充滿意願，拿少少的酬勞做興沖沖的演奏。現場表演完全不賺錢，不過這是彼此彼此。

佐山雅弘先生（習慣了總是脫口稱他「君」），當時還是音樂大學的學生，以爵士音樂家來說眞的是剛起步。骨瘦如柴跟現在不同，不知道是不是因爲這樣，眼睛有一點飢餓光輝般的東西。佐山君實際在我店裡演奏我想並不太多，不過不可思議地讓我記得很清楚。其他年輕音樂家一副像「爵士啊，會呀」似的懶洋洋感覺，散發著粗野的氛圍，比較之下佐山君卻沒有這種地方。可能因此該說是學究型吧，總之從早到晚只想著鋼琴的事，有這種地方。看來好像滿腦子暫時只有和弦進行的事而已。

所以當我聽到他以專業音樂家成名時（那時我已經成爲專業作家了），也沒有太驚訝。心想他會出來也不奇怪呀。聽了他的演奏時，還是沒有太驚訝。有銳利的切入，以知性構築的演奏風格，是他所擁有的和以前沒變的特殊味道。當然變成以前所無法比的高明了，不過其中的指觸和聲音的視野大體上還相同。而且其中還可以清楚感覺到和從前相同的一股勁全神貫注般的東西。

音樂和文學，要繼續創作某種東西是很不簡單的，基本上沒有不同。如果無法再採取積極的態度時，創作出的作品力量和深度就會消失。但願佐山君總之要能一直繼續保持這種，緊緊的深深的全神貫注的「鋼琴御宅族」下去。這種事情不管怎麼樣，我想都非常重要。

我開不了口

這是為大橋步女士❶幾乎是個人自己出版的《Arne》小雜誌所寫的隨筆。2003年3月號刊登。現在好像已經不出了，不過《Arne》是一本感覺非常好的雜誌，為這種地方寫文章時，心情好像會變得暖烘烘的。「我開不了口」是“I Can't Get Started”的所謂意譯，不過從前就一直用這個題目了，是個很別致的標題（不知道是誰取的？）我也繼續用下去。

我做什麼時，有時腦子裡會忽然浮現某一首歌。您不會這樣嗎？例如（純粹只是舉例）面對大海時，口中可能會冒出「海好寬、好大啊」這樣的歌。或口中雖然沒冒出來，但腦子裡卻可能悄悄自然哼起那一小節。

試想起來，您可能六歲的時候，十五歲的時候，三十二歲的時候，站在遼闊的大海前，都會唱出，或想到「海好寬、好大啊」，如果您容許我稍微說得誇張一點，就是那歌的一節會以一種連續行爲，以一條（小小的）縱線，貫穿人生。而且您，會和潛藏在您心中的，六歲或十五歲或三十二歲的幾個自己，所謂反射性地共有那「面對大海」的心情，就算是短暫的片刻。而且那種感覺相當不錯。

我們的人生，說起來是由記憶的累積所成立的。不是嗎？如果沒有記憶，我們只能依賴現在當下的我們。正因爲有記憶，我們才能把自己這東西勉強綁成一束，認知他，並暫且設定一個存在的背脊骨般的東西——就算那只不過是一種假設而已。開場白似乎過長了，不過我每次搭飛機，都會反射地想起〈我開不了口〉這首歌。〈我開不了口〉（I Can't Get Started）是美國的老歌，維農．杜克（Vernon Duke）作曲，艾拉．蓋希文（Ira Gershwin）作詞。一九三〇年代後半大紅過。歌詞相當瀟灑，因此開頭的部分試寫出來看看。

我搭飛機環遊世界一周。
調停了西班牙的革命。
踏破了北極圈。
但面對妳，我卻一步也踏不出去。

畢竟是一九三〇年代的事，因此要搭飛機環遊世界一周，說來是非常大的冒險。普通人實在辦不到。北極圈？是的，北極圈也幾乎是未知的領域。而且那時候，正好西班牙正在激烈地內戰，支持共和體制的熱情冒險家們（例如海明威），就參加了義勇軍到西班牙去跟法西斯作戰。我想可能只是順著飛機這韻腳，而搬出西班牙來的，（因爲這方面的小曲把政治議題帶進來是極罕見的）聽到這歌詞時，一九三〇年代的浪漫主義般的東西，便以情景一下就浮現在我眼前。以日本來說那是昭和初期，一九二九年美國經濟大恐慌的傷痕依舊很深，以世界來說也絕對不是明朗的時代，從此以後的時代正朝巨大的戰爭變得越來越黑暗，雖然如此，人們在黑暗的烏雲周圍，依然在尋找明亮的希望邊框。那種心情，就是沒有生長在那個時代的我，也多少可以了解。任何人任何時候，都在黑暗的烏雲周圍，邊尋找浪漫的淡淡光明而活著。

例如飛向雪梨的飛機。出發的夜晚，下著細細的雨，看得見成田機場管制塔的燈遠遠朦朧地亮著。我一個人坐在椅子上。膝頭放著正開始讀的書。正在分發出發前的香檳。這樣一來已經不行了。不管怎麼樣，腦子裡就自動浮現〈我開不了口〉的一開始部分。

I've flown around the world in a plane.
I've settled revolutions in Spain.
And the North Pole I have charted.
But can't get started with you.

然後我閉上眼睛，想到西班牙戰爭的事。我既沒參加過西班牙內戰，也沒想過要參加（因爲我還沒出生啊），雖然如此，我還是無論如何回到西班牙戰爭時代的風景中去。而且想著頭上的烏雲，和應該躲在那背後的，明亮溫暖的太陽。

〈我開不了口〉是六十多年前所作的，相當多愁善感的小曲子，因此最近果然很少被演奏了。年輕爵士音樂家，一定不會挑出這種骨董般的曲子來唱。歌詞方面，年輕人也可能完全無法理解那是什麼意思。「西班牙戰爭？北極圈？」應該會出現這種情況。不，「我開不了口」這種心情，搞不好都無法適當傳達。不過從前的音樂家，卻喜歡演奏這曲子。好像是情歌演奏固定會出現的曲子。

上次我忽然想到就在我家唱片櫃翻找看看，找到大約四十種左右這首曲子的演奏。很離譜的數目。其他可能還有很多連我都不記得的演奏。從一九三七年大暢銷的邦尼・貝瑞根（Bunny Berigan）樂團的開始，李斯特・楊、柯曼・霍金斯（Coleman Hawkins）、查理・帕克，到去世稍前錄音的史坦・蓋茲聞名於世的美麗現場演奏。留下各種可觀的演奏。其中我把認爲「這個不錯」的演奏整理錄音到八十分鐘迷你光碟裡（很閒嘛），在車上一面開車時有意無意地聽著之間，漸漸開始非常想搭飛機。隨便去哪裡都好，想到遙遠的國家去。

不過例如世上有一百或二百首〈我開不了口〉的優秀演奏存在，我所喜歡的〈我開不了口〉，從以前開始就只有一首。獨一無二，就只有〈我開不了口〉這首。這樣極致的演奏。是比莉・哈樂黛（Billie Holiday）和康特・貝西（Count Basie）樂團一九三七年十一月三日合作錄製的演奏。不過這並不是正規錄音。當時康特・貝西和比莉・哈樂黛因爲和唱片公司的合約關係無法同台錄音（這對爵士樂歷史是一大悲劇）。製作人約翰・哈蒙德，把收音機轉播的聲音「私下」錄下來，後來製成LP唱片發售。因此比正規錄音，音質有點不太理想，不過演奏方面眞可以說太棒了。貝西樂團的實力眞是朝氣蓬勃具有壓倒性魄力，編曲也愉快。尤其樂團的合奏間奏之後出現的李斯特・楊情緒連綿的次中音薩克斯風的獨奏，眞是絕品。李斯特．楊所吹的吐氣般的樂句，眞像「我開不了口」那樣，緊緊貼著比莉的歌，纏綿上去。當然不用說，比莉．哈樂黛的歌樂句是完美的，沒得挑剔。比莉那陣子，加入康特．貝西樂團巡迴旅行演出，這首〈我開不了口〉是她的拿手歌之一。因此能如魚得水般潑辣地盡情搖擺。

她在一九三八年六月也在貝西樂團精挑的成員陪襯下，在錄音室錄了〈我開不了口〉。現在發售的比莉．哈樂黛的〈我開不了口〉，大概都是這邊的人。不過就像剛才說過的那樣，只有老大貝西因爲契約限制的關係暫時避開，由其他鋼琴手坐在鋼琴前。也演奏得相當好，李斯特．楊的獨奏同樣也直逼心坎而來，不過已經看不到前一年十一月錄音的那種驚人的火花迸裂了。如果世上只留下這一九三八年錄音的〈我開不了口〉的話，一定就滿足了，然而對於聽過一九三七年錄音的耳朵，則還有一點意猶未盡。

這一九三七年的比莉．哈樂黛的歌和背後康特．貝西樂團的演奏有多美呢？是多麼驚人地顯示出一個世界該有的模樣呢？實際上如果能讓您「聽」看看的話就好了，但很遺憾暫且只能以文章來寫。

一九二九年我把股票賣光。

到英國去時，受皇室招待。

但在妳面前，我心哀愁憂傷。

只因，對你總是開不了口。

這是繼續的歌詞，怎麼樣？您不覺得這是心境感覺相當美好的歌嗎？而且在這世界上，每次搭飛機時，會和我一樣哼起〈我開不了口〉開頭一節的人，可能有幾百人，不，應該有幾千人吧，我悄悄推測。而且我們分別懷著個人的西班牙戰爭、個人的北極圈、個人的烏雲和個人的光，靜靜地飛往夜晚的天空。

---

❶大橋步（1940-），多摩美術大學畢業。插畫家，並從事書籍設計、出版刊物。曾替日文版《村上收音機》、《村上收音機2》繪製插圖。

Nowhere Man（無處可去的人）

（約翰・藍儂／保羅・麥坎尼）

這篇稿子是為了連載在《*Esquire*》（君子雜誌）日本版的「村上之歌」專欄的一篇而寫的。我的譯詞和隨筆，和田誠先生的畫組合成相當愉快的連載。不過在那個時間點，披頭四歌詞的譯詞還沒得到刊登許可，這篇稿子於是「束之高閣」藏了起來。也沒收在單行本裡。這次交涉也沒談成，很遺憾譯詞部分除外。我模糊地記得大約是2004年的下半年寫的。

老實說，本來決定在這連載上不提鮑勃・狄倫和藍儂＋麥坎尼的曲子的。因爲他們的傑出曲子和歌詞實在太多了，光選一首太難了，而且歌詞譯集般的東西已經出來。但因爲周圍有無論如何只有這首希望我翻譯的聲音，因此例外地做了。

這首〈Nowhere Man〉對我是記憶相當深的曲子。在寫《挪威的森林》這本小說的最後一幕時，我就在想著這首曲子。主角孤伶伶地在「哪裡都不是的地方」，從那裡打電話給女朋友。故事在這裡結束。雖然還不到說像電影原聲帶soundtrack的地步，但面對書桌寫著那文章之間，這曲子極自然地就在我耳邊流著。那時候我住在羅馬郊外的山丘上，一間小公寓裡，停下寫文章的手忽然看看周圍，名副其實可以感覺到自己正在一個「哪裡都不是的地方」。

Nowhere Man和「Norwegian Wood」（挪威的森林）一樣被收在一九六五年發表的專集《橡膠靈魂》中。日本的曲名我記得是〈孤伶伶的人〉。曲子署名藍儂+麥坎尼，但據說實際上是藍儂一個人作詞作曲的。當時，我記得第一次聽到從收音機播出這首曲子時，還想到「啊，好棒的曲子」。是會留在印象中的曲子。而且聽過一次就忘不了。歌詞沒有轉彎抹角，簡單得像寓言般，但舒服地飄散著天性柔軟的幽默感和微微的淡淡哀愁般的東西。

做什麼都不順利。不管怎麼動腦筋，都想不起好點子。也不知道該往何處去才好。覺得自己好像空空洞洞的。任何人一生中可能或多或少都會有這種時期。約翰・藍儂的人生中也有過這種時期。我的人生中當然也有過幾次。二十歲前後的日子尤其是。

Isn't he a bit like you and me?

這種人不是有點像你和我嗎？

眞是這樣啊，我想。不過被約翰·藍儂這樣一問，有沒有覺得好像鬆了一口氣？

比莉·哈樂黛的故事

這是應《君子雜誌》俄國版（2005年9月號）邀請所寫的稿子。日本這是第一次刊出。不過這段比莉·哈樂黛的故事，我記得在別的地方寫過。可能是為哪張CD的解說寫的。大體上內容相同。但我想不起是哪張專輯了。無論如何，這是真的發生過的事。

有時年輕人會問我「爵士樂是什麼樣的音樂？」但被這樣唐突地，像往水泥牆上丟黏土塊那樣的問法，我這邊也沒辦法回答，只能空虛地歪頭想想而已。這就像例如「純文學是什麼樣的文學？」的問題一樣，因爲這裡並沒有像「這個是這樣」一句話就能了結的，乾淨而具體的定義這東西存在。

不過就算沒有定義，某種程度爵士樂聽多的人，只要稍微聽到那音樂就可以即刻判斷出「啊，這是爵士」「不，這不是爵士」。那終究是經驗上的、實際上的東西，而不適合用「爵士樂是什麼」這種判斷基準一一像用尺量般去想。不管誰怎麼說，爵士樂有爵士樂的固有氣味，有固有聲響，有固有觸感。要比較是爵士樂和非爵士的東西的話，氣味不同、聲音不同、觸感不同，而且那些所帶來的心的震動方式也不同。至於怎麼不同？那不同是不實際經驗不會了解的，對沒經驗過的人，要用語言傳達眞是極困難的事。

不過我畢竟也是以寫文章爲業的人，因此像「這種事情經驗是全部喔。說明了也不會懂。隨便什麼都可以，先去仔細聽個十張爵士CD，然後再回來問吧」，這種性格退休老人的說詞，我可不能隨便出口。如果能那樣說或許比較輕鬆（而且我想那可能是正確的對應法），但如果發出那樣放肆的說法，話就說僵掉，沒下文了。而且以文筆家的工作來說，也不是正確的方法。

爵士樂是什麼樣的音樂？

來談談比莉．哈樂黛的故事吧。

很久以前，離現在三十多年前。那是我還沒當小說家以前，不如說，腦子裡還毫無寫小說念頭的時代所發生的事。是眞的有過的事。我那時在東京國分寺市車站南口一棟小建築物的地下室經營一家爵士酒吧。大小十五坪左右的店，角落放著一台直立式鋼琴，周末常常舉行現場演奏（後來店搬到千馱谷時，終於買了演奏型平台鋼琴）。貸款相當高，工作本身很辛苦，但老實說我並不在意。我才二十五歲，只要肯做多少都能做，也不以貧窮爲苦。光是從早到晚可以邊沉浸在喜歡的音樂裡邊工作，就感覺很幸福了。

國分寺在立川附近，因此人數雖然不多，但有時也會有美國大兵閒逛進來。其中有一個是非常安靜的黑人。他大多跟一個日本女人兩人一起來。大概是二十幾歲後半，身材苗條的女人。兩人是戀人還是朋友，我也弄不清楚。不過說起來好像是接近「親密朋友」吧。我記得很清楚那一對，是因爲從旁看著，那距離感也令人相當有好感。不會黏答答，但也不會像陌生人般僵硬。他們會輕輕喝一點酒，小聲愉快地交談，聽著爵士樂。有時他會說「請放比莉．哈樂黛的唱片」。嗯，比莉．哈樂黛的話，想聽什麼都可以。

只有一次，我記得他邊聽比莉．哈樂黛的歌邊哭。夜深了，幾乎沒有其他客人。那時他是一個人？或跟每次那個女人一起？我記不清楚。也記不得是放比莉．哈樂黛的哪張唱片。不過總之他坐在櫃檯角落的位子，用大大的雙手把臉包住似的，肩膀抽動著邊安靜哭泣。我當然眼睛盡量不往那邊看，只在稍微離開的地方工作著。比莉．哈樂黛的唱片播完後，他安靜地站起來，付了帳，開門走出去。

我想那是最後一次見到他。然後經過一年多，在我快忘記那黑人大兵的時候，經常跟他一起來的女人出現在店裡。一個人來。那是個下雨的夜晚。當時店裡也很間，客人很少。她穿著雨衣。我到現在還模糊記得那時下的雨和她雨衣的氣味。我想季節是秋天。秋天夜晚下雨時，還有店裡安靜的時候，我經常會把莎拉·沃恩（Sarah Vaughan）所唱的〈雨中的九月〉（September In The Rain）放在轉盤上。我想像那一夜可能也是這樣。是那樣的夜晚。

她坐在櫃檯，看著我的臉微笑，說「晚安」。我也說「晚安」。她點了威士忌。我幫她準備了端上。然後她對我說。他——那個黑人大兵——前一陣子回國了。說他每次想念留在家鄉的那些人時，就會來我店裡聽比莉·哈樂黛的唱片。說他喜歡我的店。她好像很懷念似地告訴我那些事。

「然後前一陣子他寫信給我，」她對我說。「替我到那家店去，幫我聽比莉·哈樂黛的歌。」然後她嫣然一笑。我從唱片櫃選了一張比莉·哈樂黛的舊唱片，放在轉盤上。然後輕輕把SHURE的Type III唱針輕輕放在溝紋上。LP唱片這種東西眞美好。放LP唱片時，可以感覺到我們所採取的一連串動作，和周圍形形色色的營生行爲，似乎在什麼地方溫柔地連繫在一起。那時完全想不到，LP唱片有一天會落伍於時代。不過這麼說來，哪一天我會當上小說家，會上年紀，當時也完全沒想到。

比莉·哈樂黛的唱片放完後，我把唱針抬起來，把唱片放回封套收進櫃子。

她把玻璃杯裡剩下的威士忌喝乾，站起來，簡直像要爲出去外面的世界而特別準備般，小心地穿上雨衣。臨出門時說「很多事情，謝謝您」。我默默地點頭，然後說「哪裡，謝謝」。然後該說什麼才好，當時我想不起來。腦子裡浮不出話語。我該好好說點什麼吧，一點更有誠意的話。不過，就像平常那樣，我腦子裡無論如何都無法出現正確的語言。那當然很遺憾。因爲這個世界上，很多告別就成爲永遠的告別。當時無法說出口的話，就永遠失去說出的機會了。

現在，我每次聽比莉．哈樂黛的歌，就常常會想起那個安靜的黑人大兵。邊想念著遠方家鄉的人，邊在櫃台角落不出聲地哭泣的男人的事。在他面前威士忌杯中冰塊安靜地逐漸溶化的事。還有，代替遠去的他來聽比莉．哈樂黛的唱片的女人的事。她的雨衣的氣味。還有必要以上的年輕，必要以上的內向，卻不知該害怕這件事，怎麼也找不到能傳到人心裡的正確語言，幾乎毫無辦法的我自己的事。

「爵士樂是什麼樣的音樂？」如果有人問我，我只能回答說「這種事情就是爵士啊」。對我來說，所謂爵士就是這種存在。雖然是相當長的定義，不過老實說，我並沒有其他關於爵士這種音樂的更有效定義。

關於《地下鐵事件》

東京地下的黑色魔法

這篇文章是美國一家雜誌請我對地下鐵沙林事件和《地下鐵事件》這本書寫一篇稿子而寫的，但結果沒被採用。我想大約是2000年稍前寫的。因此，這次是第一次刊出。為了讓外國讀者能更正確理解地下鐵沙林事件的真相，而花時間仔細寫的文章，但我覺得雜誌方面可能期待和這不同類的東西。這種事日本也往往會有。

一九二九年十月股價大暴跌的新聞，F．史考特．費滋傑羅是在遙遠的大西洋彼岸北非的沙漠中聽到的。那聲音聽起來像遙遠的空虛回聲般（We heard a dull distant crash which echoed to the farthest wastes of the desert），他事後這樣回顧。但對費滋傑羅來說，那個事件在世界歷史上會造成多大的影響，他當時是否能理解？或者華爾街的騷動對他而言，不如妻子塞爾妲精神上的疾病和自己身爲小說家的萎靡不振等個人問題，讓他更心碎也不一定。

「你聽到了嗎？」
「沒什麼啊。」
「回國來確認一下比較好吧？」
「不——沒什麼啦。」

（史考特・費滋傑羅，《我失落的城市》）

任何國家的歷史，或任何人的歷史，都有幾個戲劇性的分歧點。例如對美國來說的一九二九年，對凱撒來說的盧比肯河，對希特勒來說的史達林・格勒，對披頭四來說的《花椒軍曹》……。在有些情況下，那些是誰都不會看漏的明白轉折點。人們會屏氣凝神，肅靜地通過那地點。但有些情況，要同時感知那衝擊卻很困難。那事件的眞正意義，就像長期支票的兌現那樣，要等後日才會安靜來臨。事隔相當歲月之後，人們才恍然大悟「啊！現在回頭看，才知道那是一個分歧點」。

無論如何，後世歷史學家要追溯第二次世界大戰後的日本歷史時，一九九五年這一年可能成爲一個重要里程碑。那是日本這個國家，大爲激烈轉變她的航跡的年度。話雖如此，但並沒有任何特定個人對那轉變負有責任。就像基里柯（Chirico）

畫中出現的那樣，沒有臉和名字的神祕的誰，誰都不是的誰，在昏暗的掌舵室安靜地操著舵。

那不祥之年，我在遠遠隔著太平洋的美國麻薩諸塞州劍橋迎接。在波士頓郊外的大學開了一堂日本文學的小班課，每年春天來臨，就參加美麗的波士頓馬拉松跑步，在那之間則寫著長篇小說。離開日本開始在美國東海岸生活已經過了四年。月曆變成一九九五年不久，兩則陰鬱的新聞從日本傳來。不過那時我耳裡聽到的，並不像費滋傑羅所聽到的那樣像「遠方空虛的回聲」。而是聽得很清楚的，不祥的轟聲。

「或許該回國的時候已經到了」我記得這樣想。並開始準備離開新英格蘭。

一九九五年算是安靜來臨了。那開幕——當然是指現在回想起來——或許有點太安靜。如果這個世界眞的有所謂預言這東西的話，預言者可能會到處用全國的木槌去敲響全國的鐘。但就我所知，沒有一個人做過那種事。新年像平常一樣安靜地來臨，人們像平常那樣元旦到神社去，合掌祈求和平健康和繁榮。吃烤年糕，喝屠蘇酒。干支屬「豬」，在日本豬是被視爲「勇往直前的動物」。不會冷靜觀察周圍的狀況，只會一股勁往前衝。這未嘗不是對所謂日本這個國家的一種比喻，年初應該有不少人有這種感覺。雖說如此，當然比喻終究只是比喻。那只會在比喻上傷人，或殺人。

一九九五年，是日本從第二次世界大戰敗戰後正好過五十年告一段落的年度。但許多日本人，在這值得紀念的年度，卻下不了決心到底該以什麼樣的心情、什麼樣的評價迎接新年。日本經濟在泡沫破裂的陰影籠罩下，正一點一點逐漸被吞噬。股價可怕地繼續下跌，由於日圓急遽高漲，汽車、半導體和家電產業等仰賴外銷的產業，被逼到懸崖邊緣。

雖然如此，一般市民的生活並沒有受到多大波及。在這時間點，決定性受害的，是以股票和土地投機，正謳歌著自己一世春天的所謂「泡沫暴發戶」，追求輕鬆容易的暴利，奔走於理財技術的企業，他們的急遽沒落，一般人反而以「健全現象」視之。人們邊搖著頭說「以前反而有點異常」。「景氣實在熱過頭了。沒什麼本事的傢伙卻賺了太多錢。這樣一來日本社會總算可以顯得稍微成熟穩健一點了吧。」

日本經濟現在還很富裕，企業和個人都還有足夠儲蓄和餘力可以吸收損失。經濟活動的下降在許多層面，被接受爲軟著陸（soft landing）所帶來的過渡現象。日本經濟確實受了傷，雖然如此依然像「不沉戰艦」般堂堂浮在太平洋的西端。美國經濟還從衰退的傷中尚未完全復原，路上還留有斑斑血跡。德國統一後陷入經濟混亂的泥沼中，辛辛苦苦難以拔腳。

然而和表面所見的相反，世界的潮流即將大爲扭轉乾坤。這年春天日圓對美元匯率跌破八〇日圓，創下史上最高價紀錄，那一時看來像要席捲世界般，成爲日本經濟的「史達林．格勒」。像雲霄飛車般的地價暴跌和與那步調呼應的股價暴落，金融機構所保有資產的大部分，慢慢確實地化爲不良資產。就像體內危險的膿悄悄增殖下去般。然後地獄的蓋子終於被打開了。

一月十七日上午五時四十六分，巨大的地震沒有任何預兆地襲擊神戶和附近的都市。那是第一個惡夢。寒冷的早晨，離日出還有一段時間，大多數人還窩在溫暖的棉被裡沉沉睡著。人們被崩落的水泥牆壓扁，被房屋活埋，被火災的火焰燒焦。超過六千四百人喪失性命。

剛開始從CBS的新聞聽到這則報導時，還沒辦法相信那事件是事實。因爲神戶在全日本是以地震最少的地區之一爲人所知的。我少年時代在神戶近郊度過，在那十八年間記憶中並沒有經驗過像地震的地震。住在那裡的人應該任誰（包括因地震失去家園的我父母在內）做夢都沒想到，大地震有一天可能會襲擊自己。

加上日本政府對大地震的危機處理能力，難以相信的拙劣。他們名副其實因驚愕而呆住了，未能迅速敏捷地適當對應。對幾個申請派出救援隊的國家猶豫該接受或拒絕，延遲自衛隊趕赴現地的派遣。時間在無作爲中過去。在那之間許多人在瓦礫下喪失性命。政治家的束手無策和官僚系統的僵硬是很大原因。權力中樞沒有一個人敢說「我下決斷，決斷的責任由我負」。

這次地震給許多日本國民，帶來兩個極陰鬱的認識。

①我們終究是活在，不安定而暴力的地面上。

②我們的社會體制，似乎有什麼錯誤的地方。

然而不安定的暴力性東西，不僅停留在地面而已。在阪神大地震的僅僅兩個月後，人們不得不面對這個事實。三月二十日一個叫「奧姆眞理教」的新興宗教團體，用沙林毒氣（納粹在第二次世界大戰中所開發的劇烈毒氣，因薩達姆．海珊用來鎭壓庫特人而爲人所知）襲擊東京地下鐵車輛。五個變裝的實行犯，在東京的三條路線進入五輛列車，把裝有二〇〇毫升的液態沙林毒氣的塑膠袋兩個重疊放在地板上，用尖銳的雨傘尖端刺破。星期一早晨的尖峰時段。結果，乘客及地下鐵站員十二人喪生，超過三千個市民被送進醫院。這是不分對象無差別的恐怖行動。東京都內陷入戰後最大的混亂狀態。「這裡簡直就是戰場」電視播報員對著鏡頭喊叫。

死者人數雖然遠不及阪神大地震，但這地下鐵沙林事件卻從根本大大動搖了日本人的精神基礎。日本人是和地震和颱風等自然所帶來的災難共存的民族。說得極端一點，自然所帶來的暴力性已經在精神中無意識地程式化了。人們心中某個角落經常準備著災難的來臨，無論那被害有多巨大、多不講理，都學會咬緊牙根忍耐度過。所謂「諸行無常」是日本人最愛的詞句之一，也就是，一切東西都在變遷。日本人是一直繼續忍受崩潰，知道萬事皆空，耐力堅強，會朝設定目標努力前進的民族。

但地下鐵沙林事件，是日本人——至少就我所能想得起的範圍內——從來沒見過、沒經驗過的完全不同類的新災難。那是①宗教團體以教義的延長所引起的，②使用特殊毒氣武器的計畫性犯罪，③日本人事實上以無差別殺害日本人爲目的。那所顯示的是，日本是「世界罕見安全而和平的國家」這共有觀念的崩潰。人們一直以爲「我們的社會或許確實有些缺陷」。「但至少，我們是住在安全的社會裡。任何城鄉的任何道路上，都不用害怕遇到犯罪，可以自由走動。這難道不是一種成就？」然而現在連那都變成只是空虛的幻想了。

很多人從這事件中感覺到，一個「無邪時代」宣告結束的事實。奧姆眞理教團所嘗試的無差別殺人的被害者可能是你，也可能是我。而且那武器可能是比這次所用的沙林毒氣更具破壞力更致命的「什麼」。因爲奧姆眞理教實際上就在開發細菌武器，連核子也納進他們的視野中。他們擁有俄國製軍用大型直升機，甚至意圖購入戰車。

知道了這些事實，許多人大爲震驚。原來他們還想以組織殺害更多人！人們深深不解。到底是什麼樣的精神會鼓舞人衝向那戰鬥性的憎恨？而且那憎恨，是突然變異地產生的嗎？或是我們自己所製造的體制必然地生出來的東西？

事件進行搜查，犯人陸續被逮捕，人們從震驚變成困惑。因爲地下鐵沙林事件的五個實行犯，全都不是一般所熟悉的單純而狂信的「宗教狂熱者」，而是受過極高教育的知性「菁英」。

在千代田線造成兩個站員死去的林郁夫（當時48歲）曾經是評語很高的心臟外科專科醫師。在丸之內線造成一個乘客死去的廣瀨健一（當時30歲）是早稻田大學（我的母校）理工學院應用物理學系第一名畢業，進了研究所。同樣在丸之內線造成二百人輕重傷的橫山眞人（當時31歲）在東海大學主修應用物理學。在日比谷線造成一個乘客死亡的豐田亨（當時27歲）從東京大學理學院應用物理學系，進入日本屈指可數的優秀研究室上博士課程。同樣在日比谷線事實上造成八個乘客死亡的林泰男（當時37歲）在工學院大學研究人工智能。

他們本來應該是負起日本產業社會中樞任務的人。如果早生十年或十五年，他們可能會活用自己的頭腦和技能貢獻日本經濟耀眼的發展，成爲社會棟樑——非常自然，可能不會懷疑自己。然而他們卻沒有意願朝那條路前進。他們主動脫離社會體制，從世間一般認爲荒唐無稽而危險的神祕主義新宗教中，找到一個代替的新體制。他們辭去社會所尊敬的職位，離開大學的研究室，把所有的財產捐給教團，捨棄了家人，爲追求宗教的理想而出家。而且最後，在教祖麻原彰晃的命令下，執行了殘忍的無差別殺人的事。

要說是皮肉或許只是皮肉的小事——但也可能完全不只是皮肉的小事——他們所殺的人，並不是企業的菁英，也不是擔負日本體制的高級官僚（據推測他們本來是目標）。在地下鐵車站吸進沙林毒氣陷入呼吸困難，在莫名其妙之下，激烈痛苦中，猛抓喉嚨地死去的，是在體制內每天辛苦勤勞地努力工作的極「普通的人」。我爲了寫成書而採訪了這事件六十多位受害者，知道其中半數以上的人並沒有受大學教育，感到相當驚訝。只有極少數擁有足以和實行犯相匹敵的高學歷。

這五個實行犯除了全體都是研究理工系學問的「菁英」之外，還擁有另外一個共通項目。當時大多三十幾歲。他們是六〇年代後半的學生運動時代之後進來的「遲到」世代。進大學時，大的政治、文化運動已經結束。鐘擺改變方向，統治階層再度掌握權力。他們眼睛所見的是「宴會後」的慵懶安靜。過去所高舉的理想已經失去光輝，尖銳叫喊的口號已經失去力量，應該具有挑戰性的對抗文化也失去了尖銳性。已經沒有吉姆．莫里森和吉米．韓崔克斯，從收音機聽到的，只是有點莫名悲哀的迪斯可音樂而已。散發著「好東西都被前一個世代吃光了」似的漠然失望感。

他們被稱為「白色世代」❶。先行的「團塊世代」傾向上是熱烈的、集團性的、攻擊性的、容易落入垂直性思考。相較之下，一般認為「白色世代」則是冷酷的、個人主義的、防禦性的、思考型態是水平性的。在這樣的意義上，他們或許可以說是在經濟富裕的背景下所出場的日本新人類。

「團塊世代」把政治色彩濃厚的意識型態為主軸的「共有感」放在中心命題，相對地，白色世代反而重視製造和他人間的差異。例如著眼在穿和他人不同的服飾，聽不同的音樂，讀不同的書。當然這沒錯。人應該是自由的，人應該是「不是任何別人的自己」。但事情卻沒那麼簡單。在這裡有個很大的暗中默契的社會規則。所謂「那差異不可超出世間一般認可的範圍」的規則。一方面大主幹是「相同的」，在個別的局面上「和別人稍微不同」。極單純地說，日本還沒有充分整備好接受全面個人主義的基本土壤。這是他們的世代所不得不面對的現實。

在那樣的狀況下，他們所追求的差異，是無限細分化、技巧化的。結果，不再追求為了確立自己身分的建設性差異，而變質為光以差異化為目的的「沒有出口的差異」。而且和泡沫經濟的出現互相呼應，那差異化變成越需要花錢。朝名牌Armani、BMW，有年分、名貴的Vintage葡萄酒，事情往商品目錄式進展。六〇年代的年輕人所提倡的「理想主義」像鴿子鐘般變成過去的遺物。那種競爭所帶來的東西，在很多情況下，是無限的閉塞感，是喪失目的所帶來的挫折。

他們的世代的一部分會驚人地無妨備地被神祕主義式運動所吸引，或許那窒息性可以成為原因。擁有強烈神祕氛圍的誰從體制外來到，嘩啦嘩啦打開窗戶，送進新鮮空氣，招呼他說「什麼個別差異，沒必要做那麼麻煩的事。到這裡來照我說的做吧」時，他們無法抗拒。因為沒有足以對抗那引誘的思想支柱。

在通勤途中遇到地下鐵沙林事件的被害者，三十多歲的上班族中，很多人口中雖一邊對犯行感到憤怒，一邊還——稍微小聲地——補充說「他們會被奧姆眞理教吸引的心情，我個人並不是不了解」，令我有點驚訝，也讓我沉思。

我所面談過的奧姆眞理教信徒中，許多是從還算不錯的「正常」中產家庭長大的人。他們並沒有遇到不幸的成長方式。都生在極普通的家庭，沒問題地長大。基本上也認眞用功，成績還好——至少沒有很差。面貌長相也不錯（整體上有幾分光滑，有缺乏強烈個性的傾向）。對雙親或多或少具有批判性，但也沒有特別反抗。無法喜歡學校，卻也沒打破校規拒絕上學。對社會懷有不信感，雖然批判物質主義的風潮，但並沒有從內部去改良的社會意識。交友關係大概都狹小，幾乎沒有能敞開心說話的朋友。多半孤獨、耽溺於抽象性思考，對生和死或宇宙的成立認眞地煩惱。對交異性朋友感覺困難。就算交了，也難維持健全關係。大學多半主修理科方面。

這類型的人——周圍可能會稱他們爲「怪人」、「御宅族」——任何社會應該都存在著一定的百分比。而且日本過去的社會往往會視他們爲有益的專家而主動接受他們。他們中有很多進入企業成爲研究者，或留在大學成爲學者，開發新產品，或做專門研究收到成果。他們各自以「日本產業株式會社」的成員被賦予活躍的場所。社會有積極接受他們的餘地，他們也由於被接受，而各自成熟並完成「社會化」。

然而從某個時間點，他們對被社會體制「接受」這件事，開始猶豫、拒絕。這是重大的轉變。到底是什麼讓他們這樣改變的？答案很清楚。社會本身喪失目的了。說得稍微具體一點，是喪失了眼睛看得見的目的。當被「社會化」變成不是顯而易見的善時，他們開始宣言「No」。那與其說是反抗，不如說處於直率的疑問的延長上。他們所發出的疑問，往往是有道理的。（戰後五十年這麼熱心地工作，繼續追求物質的豐富，結果我們到達什麼地方了呢？我們的社會最終所指向的地點，到底是什麼樣的地方呢？）

或許聽起來顯得奇怪，但在戰後的日本歷史上，能發出這種根本性疑問是很稀罕的。因爲對先行世代的大半日本人來說，答案是自然明白的。「我們爲了更豐足而努力工作。雖然我們確實還有幾個問題，但當社會本身富裕起來時，問題應該會自然解決」。那是對未來的基本願景。「只要肯努力，事情就會發展性地變好下去」。那認識是無限接近烏托邦幻想的東西，同時也是徹底實效性的命題。

但「社會的經濟發展，並不會就那樣帶來個人的幸福」這件事以實際感受領悟到的第一個世代在這裡出現了。例如就算收入變成兩倍，土地卻比那漲更多，人們也無法在職場附近買到像樣的房子。他們在遙遠的郊外買房子，每天花一小時半到二小時在擠死人的客滿電車搖晃下通勤，爲了還貸款而加班，把寶貴的健康和時間都耗損掉。企業競爭過於嚴酷，也難爭取到帶薪休假。夜晚遲遲回到家時孩子們已經在床上睡熟了。周末假日主要用來休息以消除疲勞。

我所採訪的日比谷線通勤的上班族，邊自嘲地笑著說「不用誰來特地撒沙林毒氣，這電車沒有擠死人本身已經很奇怪了」。這麼擁擠的程度——簡直就是殺人的。有時不能呼吸。因爲車門附近尖峰時間的推擠，就有人手腕骨折。一個女人說在通勤電車上常常站著睡覺。因爲從上車後到下車爲止，身體幾乎可以不用動一下。「那簡直就是戰爭。」一個上班族這樣述說感想。「而且，我們每天早晨、每天早晨，一星期五天，到退休爲止三十年以上都不得不繼續這樣。」

「不覺得苦嗎？」我問。

他稍微歪一下頭。當然不能說不苦吧，臉上表情這樣說。但刻意不說出口。因爲如果說出口，可能自己內部有什麼會崩潰。他代替地這樣說「你知道嗎？大家都在這樣做。不是只有我這樣。」

這就是我們的國家。

不管日本在數字上多麼誇耀經濟的繁榮，構成社會的「普通人」，卻很難實際感受到自己得到相應的豐足生活。就像不管多接近，經常都會再遠離而去的沙漠海市蜃樓一樣。所以他們——歸依奧姆眞理教的人們——自己不可能不對容易的社會化說「No」。他們說「或許大家都這樣做，不過我不想這樣」。

問題是，對社會的主要體制喊「No」的人們，能夠接納他們的有活力的次要體制，日本社會還沒有這種選擇存在。這可能是現代日本社會所擁有的不幸和悲劇。只要這種次要體制的缺乏狀況無法根本解決，類似的犯罪就很有可能再度發生。並不是把奧姆眞理教消滅掉就能解決的簡單問題。

一九八〇年代以後所出現的日本新宗教，很多和舊有宗教的各派色彩不同，受到從一九六〇年代後半到七〇年代中期對抗文化（counter culture）影響的色彩濃厚。在日本，不像美國那樣受到毒品文化和社區運動的巨大影響，代替的是朝瑜珈開始的東洋神祕思想傾斜的現象很顯著。以這爲主，以崇尙自然爲本提倡重新重視身體性。這些宗派很多情況，標榜超越科學整合性的「超能力」。

例如麻原彰晃就以「空中浮揚」和「水中困拔」（在水中不呼吸能停留長時間的修行）當成大賣點。稍早之前，那應該會被當成荒唐無稽的事，而從腦子裡排除的。但跑進奧姆眞理教裡的「菁英」們，卻不認爲那是荒唐無稽的。他們不僅完全相信那種超能力的存在，還試圖使用電腦來將這些能力理論化、計量化。

麻原彰晃還對人們預言，不久的將來末世決戰（Harmagedon）即將來臨，並強烈主張因此教團必須高度武裝才行。我們在日本這個國家之內要建立另一個國家，必須爲正義而戰。麻原舉出日本國、美國和共濟會爲假想敵。因此他們建立起生產化學武器沙林的全套巨大設備。從俄國購入武器，把信徒團體送進俄國，讓他們在俄國軍人的指導下接受射擊訓練。從信徒的捐獻累積巨額財產充當資金，「菁英」們則收集網站上的情報，調查各種化學武器的製造方法（透過網際網路一般人可以多簡單地得到許多致命性情報，您知道嗎？）。麻原彰晃無疑是個反社會的偏執狂。他高度評價希特勒，把他當成模範角色之一。但他那樣的偏執狂熱，藉著和宗教教義和神祕能力的混合，而獲得一種催眠性幻覺（vision）。在封閉的集團生活中，信徒們徹底接受心靈控制，大多數信徒或多或少，都共有那偏執的幻覺。

在採訪幾個歸依奧姆眞理教的人時，我對他們全體問了一個共同的問題。「你在思春期有沒有熱心讀過小說？」。答案大體一樣。都是No。他們幾乎都對小說不感興趣，甚至有點排斥。有人對哲學和宗教非常感興趣，很熱心地讀那類的書。也有很多人著迷於漫畫。換句話說，他們的心或許主要在形而上的思考和視覺虛構之間來回（形而上思考的視覺虛構化，或相反）。

他們可能對所謂故事的成立方式並沒有十分了解。正如您所知道的，通過幾個不同故事的人，對虛構的小說或故事和實際的現實之間所畫的一條線，能自然地找出來。在那之上能判斷「這是好故事」「這是不太好的故事」。但被奧姆眞理教吸引的人，似乎無法找到那重要的一條線。換句話說可能對虛構本來所發揮的作用沒有免疫性。

奧姆眞理教的教祖麻原彰晃提供給信徒們的世界觀中，對世界、對生命，可能包含某種貴重的眞實。就承認這個吧。我並沒有要連根否定麻原彰晃的宗教思想。就算那只是西藏密教教理方便的翻版，其中——至少在初期階段——似乎確實具有吸引很多人心的primitive（原始的、樸素的、幼稚的）吸引力。而且很多人證言麻原對引出人們體內各種潛能的技術，擁有超越常人的能力。尤其初期的信徒們（說）體驗過麻原親手引發的多數奇蹟式事象，因此他們對麻原發誓一〇〇%忠誠。

不過麻原對信徒們所提示的世界觀，基本上是一種虛構的故事。也就是說「是超出實證框架之外的東西」。不，我並不是在批判這個。不怕被誤解地說，所有的宗教基本上都成立在故事和虛構上。而且在許多局面上，故事——也就是以白色魔術——能發揮無與倫比的強大治癒力。那也是我們讀到優良小說時往往能體驗到的事。一本小說，一行文字，可以治癒我們的傷，拯救我們的靈魂。但不用說，

fiction（虛構的故事或小說）經常必須和現實區分開來才行。有的情況fiction會把我們的實在深深吞噬掉。例如康拉德的小說好像會把我們實際上帶到非洲的叢林深處去似的。但人們什麼時候總會把書頁闔上，不得不從那個地方回到現實來。我們在和那個fiction不同的地方，可能以和fiction相互交換力量的形式，不得不建立起面對現實世界的自己。

但很多歸依奧姆眞理教的人手上拿到的，是極危險的單程車票。那裡似乎沒有賣往返車票的窗口存在。缺乏像這種公正的informed consent（聽過說明後同意）的虛構，眞是非常容易變成「體制方的虛構」。我們很多人可以憑經驗感覺而知道。但沒有「習慣虛構」的信徒，很多沒考慮到那樣的危險，把麻原所提示的虛構，和事實混淆在一起，從正面接受下來。而且一度被全面接受的虛構，就會乘著流勢，一直封閉地體制化下去。而結果，正如他們所說的同心圓式地，被吞進麻原彰晃內在的個人的虛構中去。簡直像被鯨魚吞下的約拿那樣。麻原彰晃的虛構一動他們的也動，麻原彰晃的虛構膨脹的話他們的也膨脹。

因此當麻原彰晃的虛構被致命的臭蟲——我想像那可能是他的靈魂裡潛在含有的東西——汙染了時，他們也就被那臭蟲汙染了。一個人的噩夢和妄想把許多人同時並同質地包含進去。於是他們就依照麻原的妄想，或那故事所發揮的黑色魔法，所命令（或暗示）的那樣，抱著沙林的袋子對所謂「統治階層」勇敢地實施虛妄的會錯意的攻擊。他們脫離了一個大體制，接受他們的應該是柔軟的網子，但其實卻是極危險的蜘蛛網。

但當然事情並沒有在這裡結束。奧姆眞理教團，甚至在引起這麼大的淒慘事件之後，許多主宰者已經進了監獄正在接受審判中，然而新的信徒依然繼續加入行列。網路上他們的網站現在還依舊在吸引著許多年輕讀者。人們說這是危險的事。不過那只是，日本社會在結構上所擁有的更大危險的預兆之一而已。

*

當我在寫《地下鐵事件》時，想盡量多收集被害者方面而不是加害者方面的採訪，動機是過去日本的媒體上幾乎沒有出現被害者的聲音。大眾媒體的關心集中在奧姆眞理教這個宗教集團，和那身爲師父相貌異樣的半盲男人——從地方上的小瑜珈教室的主持人爬升到巨大宗教組織的師父，謎樣的人物——麻原彰晃身上。因此受傷這邊的人們只受到一種「背景」程度般的對待。他們只是「在電車上共乘的可憐人」。說得極端一點，他們是誰都沒關係。只是在那輛電車上共乘的，吸了沙林毒氣受到傷害的「普通市民」。他們沒有臉，也沒有被賦予固有的聲音。像電影上的路人一樣。

相對的，我想嘗試的，是傳達他們被害者也有活生生臉孔和聲音這個事實。他們是不可替換的個體，分別擁有不同固有故事的活著的寶貴存在這回事（也就是說他們可能是我，也可能是你，這回事），我想盡量在這本書中顯示出來。我想這應該是小說家的任務之一。小說家或許不得要領，或許很愚笨。但我們不會輕易把事情一般化。

我希望您能側耳傾聽人們說話的聲音。

不，在那之前請您想像如果那是您自己的事。

時間是一九九五年三月二十日。星期一。很舒服的初春晴朗的早晨。風還有點冷，走在路上的人都穿著大衣。昨天是星期天，明天是放假日——換句話說是夾在兩個假日的夾縫中。您可能正想「今天眞想休息」。但很遺憾因爲種種原因您無法休假。

因此您在平常的時間醒來，洗過臉，吃過早餐，穿上西裝走向車站。而且和平常一樣上了擁擠的電車要去公司上班。那是沒有任何改變和平常一樣的早晨。看不出有什麼差別，只是人生中的一天而已。

直到戴著假髮，貼上假鬍子的五個年輕男人，用砂輪磨尖的傘尖，刺破裝了奇怪液體的塑膠袋爲止。

1 二〇一〇年三月的現在，死者人數變成十三人。

2 正確說是他們證言「察覺師父命令我這樣做」。這可能是只有日本人才有的高等技術。和第二次世界大戰日本戰爭責任的最終部分消失在黑洞中一樣。

3 東京都上班族年收入的五倍能買得到的適當新建獨棟房子（土地一〇〇平方米），一九七〇年是離都心二〇公里的車站附近，泡沫經濟全盛時期的一九九〇年拉遠到距離都心六〇公里的地點。泡沫崩潰後的現在拉回到距離都心四十五公里的地點。

4 在海外很多情況，彙集沙林事件的被害者、遺族的證言所編成的《地下鐵事件》，和彙集奧姆眞理教信徒、原信徒的證言所編成的《約束的場所》，以合而爲一（並縮短些）的形式出版。

❶白色世代：しらけ世代（shirake 世代），掃興的褪色的世代，或稱新人類。

追求共生的人，不追求的人

這是２００２年３月，應共同通信社之邀，寫關於森達也❶先生所製作的電影《Ａ２》的文章。電影是自然而執著地描述奧姆真理教（阿雷夫）信徒們生活模樣的紀錄片，和前作《Ａ》的時候同樣，有某些成為話題的地方。也因為沒有彈劾教團而遭到批判。不過我認為這些電影是以誠實的態度製作的一種珍貴的記錄。

森達也先生所導演的《A2》，是把「後麻原」體制下的奧姆眞理教的模樣花時間綿密採訪，製作成的紀錄影片，名副其實是前一部片《A》的續集。比起《A》，那幾乎是碰到什麼拍什麼，隨處瞎拍亂攝的情況淡化了（令人想起從前的新現實主義（neorealismo，第二次世界大戰後在義大利電影、文學領域出現的流派）那雜亂模樣，不用說是《A》的一大魅力），手法更熟練，畫面更銳利，以作品來說方向性也比較明確。

但以作品來說，哪一部比較優越？比較有衝擊性？這種比較沒有意義。藉著把這兩部作品當成一對東西來對照看看，我們才能更正確、更立體地觀察和掌握，反倒是從這兩部作品彼此的不同中，應該更能找到繼續性的意義。

《A2》所描寫的，是一九九五年地下鐵沙林事件後經過四年到六年的世界。奧姆眞理教名字雖然改了卻還繼續存在，並進行宗教活動。後期麻原所追求的那種反社會的、暴力性組織行動當然封印了（可能現實上也沒有進行那個的餘裕），以出家制度爲主的嚴格而積極的修行體制這根幹則沒有改變。對麻原的個人崇拜，雖然口頭上不對外公開，但現在卻依然繼續。麻原的照片在他們的修行設施中很容易看到。問個人對麻原有什麼想法，大多只能聽到不得要領的回答。實際上《A2》中，也有信徒透露「如果那時師父命令我去撒沙林，我也會去」這種意思的發言。

如果奧姆眞理教信徒在附近設立團體住處和修行場所時，住在鄰近健康正常的一般市民就會感到害怕、混亂、憤怒。試想起來這或許也是理所當然的事。心想過去引起集團恐怖事件的莫名其妙的傢伙們，聚在一起不知道正在做什麼莫名其妙的事。

於是人們會做出「殺人集團奧姆滾出去！」的看板，不斷歇斯底里地示威遊行，做各種惹人厭的事。無論如何都要把信徒們趕走。鄉鎮區公所不受理戶口遷入手續，學校拒絕他們的孩子就學（當然違反憲法）。最後他們終於把信徒們驅逐出去。那麼被驅逐的奧姆眞理教信徒們又到哪裡去了呢？當然不得不到別的地方去。隱藏身分悄悄地租房子，當集會所。然後同樣的事情又再反覆發生。就像追趕鼴鼠那樣。

然而這些排斥方的運動中也出現了「這種事情反覆重演也沒發展吧」的心情。《A2》相當細膩地描寫這種人的模樣。在建起監視小屋在那裡監視信徒之間，和該監視的對象逐漸建立起友情，那些叔叔伯伯開始思考「每個人看起來，好像也不是那麼壞的人」。他們送信徒書和食品，希望他們能「回心轉意」。想把他們拉回自己的「正常」社會裡（當然沒回來）。

或透過反權力（反警察）這種心情上的共通點，雖然立場完全不同，但也試圖和奧姆信徒們對話的右翼民族派的部分人。或總算試著接受奧姆眞理教幹部的謝罪，松本事件被害者中有一位河野義行先生。其實奧姆眞理教的幹部這邊在這個時間點，對河野先生謝罪的明確意志還沒確定，因此事情幾乎是在不巧的情況下錯過了……。

那樣的人未必盡然從頭開始就一味排除奧姆信徒，由於發現可以和他們共生的新路，反而看來似乎在想或許可以讓自己——或自己所屬的社會——順利適應。基本上那是極正常的想法。而且教團方面表面看來，也對那些對象所伸出的手微笑接受的樣子。但是否眞的這樣？信徒們這邊，眞的有和包圍著自己的社會共生下去的意願嗎？

這方面認識的——有時是沒道理的——分歧模樣，可能才是這所謂《A2》的影像作品對我們所提示的重大命題，坐在電影院的觀眾席我忽然想到。那樣的意識分歧，其實是否正製造出我們社會的巨大扭曲般的東西。

我們所居住的一般社會，就是所謂「開放的迴路」，社會中並列存在著好幾個「封閉的迴路」。以逆說式說法，也可以說我們是以吞進和容許那樣的封閉性，來維持那開放性原理的。

奧姆眞理教也是那種，我們體內「封閉的迴路」之一。那是擁有獨立教義，在那理論之下追求大義，結果犯下無差別殺人事件這樣的犯罪行爲的。然而我們對他們迴避適用破防法（破壞活動防止法），容許他們以宗教團體繼續存在。換句話說，我們的社會一面從內部接受那深深的傷，也要刻意選擇維持那開放性。而且我想那應該是正確的選擇。

但只要沒有發生太大的事情，教團的封閉性今後大概也不會改變。因爲他們所追求的，是在離開現世的地方建立修行空間，在和現實社會不同價值觀之下追求自己的內在。不管麻原在或不在，那裡已經完成了確實穩固的修行營運體制。周圍現世的人可能會迫害他們。但那迫害可能反而加強他們的團結。

在這同時，他們現實上也需要自己在社會上所處的地位。也就是修行的場所，和獲得生活資源的經濟活動基礎。因爲如果沒有這些活動很難繼續下去。但他們是否在追求和外部現實產生有結果的「共生」呢？這點非常可疑。因爲他們的體制，本來並不需要那種相互交換的「共生」。

那麼基本上需要共生的人，和並不需要共生的人，在同一個社會裡共生下去到底可能嗎？《A 2》這部電影把這種本質性的疑問丟給我們。

我在《地下鐵事件》這本書中，採訪了超過六十位地下鐵沙林事件的被害者。並在那之後爲了《約束的場所》這本書，採訪了幾位奧姆眞理教的信徒（及過去的信徒）。在聽取他們的談話中，與其跟事件本身的關係，我對他們是什麼樣的人更感興趣。首先我想知道他們生在哪裡，之前怎麼活過來，經過什麼樣的過程和原因會在那裡。換一種說法，我是在收集他們的個人歷史。

但兩者中哪一邊的歷史比較感動我呢？壓倒性的是「普通人」所說的那邊。爲什麼？因爲在那些人所說的歷史中，有除非深深扎根到現實裡否則無法獲得的深度和厚度，而且是那種確實涉入我身爲小說家的意識的那種東西。

相較之下信徒（原信徒）所述說的個人歷史，多數雖然含有不平常的經驗，但開始的方式平板而缺乏深度，因此打動人心的東西很稀薄。爲了更一般性地鋪陳敘述，不妨把「歷史」（history）換成「物語」（narrative，說話體文學）的用語。

在封閉的集團中，「意識的語言化」有和「意識的記號化」結合的傾向。他們當然對意識的語言化極爲熱心。但他們在那裡以言語所思考的，其實多半只是採取言語形式的記號而已。在狹小而緊密的社區裡，資訊的記號化很簡單，而且因爲那樣傳達效率要好得多。藉著與夥伴同時共有那記號化的資訊，也可以加強連帶感。在辯論的場合，這種記號化語言可以發揮無比強大的力量。

但從長期看來，這種記號化確實會降低個人的物語（narrative）＝歷史（history）的潛能，損壞那自立性。這是身爲小說家的我透過和他們的對話，相當確實感覺到的。

換句話說，那是非常危險的事。

相較之下我們則活在效率非常差的，混沌的社會中。看看每天的報紙就可以一目了然。不難了解想從那種地方趕快逃出去，到一個舒服的同質性社區裡去的心情。

森達也導演在《A2》電影中表達了「社會確實在惡化」（雖然發言相當抑制，但這應該是製作者方面所留下的重要訊息）。不過眞的是這樣嗎？

老實說，我就無法斷言社會正在惡化。我的基本觀點是，社會並沒有特別變好，也沒有變得多壞，只是混亂的模樣每天在改變而已。以粗魯的說法就是，社會本來就很惡劣。但不管多惡劣，我們——至少我們中的壓倒性多數——都不得不盡可能誠實、正直地在裡面想辦法活下去。重要的眞實反而在這裡。

說得更深入的話，我想，這裡所有的外在混沌，並不是應該被當成他者、當成障礙來排除的東西，反而應該當成我們內在混沌的反映來接受的。其中的矛盾、庸俗、僞善和軟弱，其實不就和我們自己內心所擁有的矛盾、庸俗、僞善和軟弱一樣嗎？走進海裡時，包圍在身體周圍的海水和我們體內的體液，成分似乎互相呼應……。

這樣想下去時，我們的心情或許會輕鬆幾分。我們皮膚內側（自己）和外側（社會）或許能順利開始通信。我們所擁有的個人性物語，或許會開始擁有成爲結合兩者間的裝置的必然性。在這裡會產生有效的進出流通，我們的觀點會複合化，我們所採取的行爲可能會逐漸有幾分多層重疊。

很多人可能會覺得進入奧姆眞理教追尋自我的年輕人很「純粹」。但所謂純粹到底是怎麼回事？如果那只是單純排除外在的混沌或矛盾，豈不同時也排除了自己的體液＝物語？

在那樣的意義下，無論喜不喜歡，或許我們都不得不把這個社會所存在的若干「閉鎖系」以自己的一部分來接收。當然犯罪應該受到法律制裁。教團必須爲自己的行爲負責。但只把幾個犯罪實行犯處以絞刑，我們的社會從內部所受的傷是否就能痊癒？恐怕不能，而且可能也不宜那麼簡單地被治癒。我們今後還不得不一直繼續把那痛，當成自己的痛來接受、來感受。

把他們當成痛來接納，或有時是容許——我想，這豈不就是和他們「共生」的意思嗎？或許透過這樣的接納和容許，我們的物語才能增加厚度，而且或許以那集合體的社會組成，同樣地也才能逐漸增加厚度。

這社會無論原本多麼惡劣，就算改良的餘地不多，我們還是不得不逐漸一點一點地把它補強。只有這樣的意志，一面忍受痛，一面維持社會開放性的堅強意志，才能讓我們內在的閉鎖性正確地活性化。我基本上這樣認爲。無論對方是否這樣希望。

電影《A2》中當然並沒有包含那樣具體的訊息。其中包含的是公正而率直的影像性情報。所有判斷都留給每一位觀眾。我也只以其中的一個人，邊看電影邊達到我的結論而已。

❶森達也（1956-），紀錄片製作人、導演、作家、早稻田大學客座教授、明治大學客座教授。

尋找有血有肉的聲音

本文是《地下鐵事件》出版時，為講談社出版的小冊子《本》（1997年4月號）所寫的文章。《地下鐵事件》對我來說是相當大的工作，應該是出了很大力氣的，但這篇《本》的稿子卻寫得相當輕淡。也許是寫完後，忽然鬆一口氣的狀態。從前寫的東西偶爾像這樣試著重讀時，雖然是自己寫的，有些卻也覺得頗有深趣。

爲了寫《地下鐵事件》這本非小說類的書，我在一年之間採訪了六十二位地下鐵沙林事件的被害者和關係者。大約以五天一個人（弱）的步調。本來想採訪更多人，但因爲種種原因，在量方面已經是極限了。

每個人所分配的採訪時間，平均大約一個半小時到二小時。其中也有將近四小時的，不過這畢竟是例外的個案。但無論如何，整體看來時間相當長。正在做的時候，太專心了幾乎沒留意到時間的事，不過像這樣工作結束後，看到裝滿紙箱的一百二十分鐘的錄音帶堆積如山時，感慨卻相當深。

常常有人問我「聽那麼多人說話，把那寫成稿子一定很辛苦吧」。不過老實說，也沒有多辛苦。當然確實很費功夫，但並不覺得特別累。因爲我本來就喜歡聽別人說話。自己不太擅長說話，自己被採訪時，多半緊張得說不太出來（自己所想的事能流暢說出來的人，不會特地辛苦地去寫小說）。不過相反的，我從以前開始就喜歡聽別人說話。尤其是普通人說的普通的事更好。

並不是想有一天要用來當小說題材之類的，只是單純覺得「哦，那麼後來怎麼樣了？」津津有味地聽著。或許可以說我是擅長聽的人。幸虧這樣，在採訪時很多人相當坦白地告訴我許多事（實際上在寫好稿子之後，很多篇是因爲「太個人性」而未採納的）。

當然因爲這次採訪的主要目的是把地下鐵沙林事件的現場以文章重現出來，因此不能只是「興趣濃厚，津津有味」。這邊的動機和所談的事實是非常嚴肅的。雖然如此爲了知道被採訪的對象是「什麼樣的人」，這「興趣濃厚，津津有味」的好奇心發揮了重要作用。說到好奇心這用語並不太妥，但其實，對方是什麼樣的人，如果不親自去感受對方的內心，就無法了解「對這個人來說，地下鐵沙林事件到底是怎麼回事」這最要緊的部分了。光是把對方所說的話寫成文章排列出來，並不能成爲有血有肉的採訪。有必要掌握那樣的話是從哪裡出來的出處。

這樣的作業我繼續一點一點地繼續做了一年。我見了各種人，聽他們說了各種話，經驗過各種事情。雖然以「難得的體驗」一句話帶過很容易，但那對自己來說是怎麼回事，以眞實感受來說，還無法適當掌握是眞的。沒辦法那麼簡單解決。

不過只有一件眼睛看得見的改變。那就是搭電車時，我會極自然地把眼光轉過去瀏覽周邊的乘客。並想到「在這裡的這些人，每個都有他們各自不同的深刻人生」。想到「對了。我們在某種意義上是孤獨的，不過在某種意義上並不孤獨」。在做這件工作之前，並沒有想到這種事。那只不過是電車，只不過是「不相干的人」而已。

現在，那對我來說是一種收穫。

翻譯，和被翻譯

翻譯，和被翻譯

這是為國際交流基金這團體所出版的雜誌《國際交流》而寫的文章。1996年10月出版的73號。我因為自己也從事翻譯，因此對翻譯我書的人們盡量努力表現親切。我常常想，翻譯一本書總是很辛苦而傷神的作業，所以作者如果能幫上什麼忙的話，我會很樂意主動伸出援手。

過去所寫的作品，除非有什麼重大的事否則我不會重讀。說「不回顧過去」好像很帥氣，其實是拿起自己的小說，總覺得有點害羞，而且知道反正重讀也不會喜歡。倒不如往前看，去想接下來要做的事。

因此往往已經完全忘記，從前的書中，自己是怎麼寫的了。被讀者問起「那本書的這樣這樣的地方，是什麼意思？」我經常會歪著頭說「有這種地方嗎？」在某些書或雜誌上看到文章，一讀之下覺得「這個，還不錯嘛」，有時那居然是我寫的文章的引用。好像相當厚臉皮……。

不過相反地，被引用的如果眞是討厭的、自己並不喜歡的文章時，一定一眼就看出來「啊，這是我寫的文章」。不知道爲什麼，不過每次都這樣。好的地方大概都忘記了，不滿的地方卻很記得。眞不可思議。

總之就因爲這樣，我的小說，寫完幾年之後，被翻譯成外國語出版時，往往已經想不太起來，自己在那本書中到底寫了什麼。當然大概的情節不會完全忘記，不過至少細節的大半，簡直就像夏天驟雨後濕氣從柏油路面無聲地快速蒸發掉那樣，從我的記憶——本來就不是多上等的記憶——乾乾淨淨地消失掉了。

我自己的小說被翻譯成英語的，我大概都會試著啪啦啪啦讀過。開始讀起來還滿有趣的（因爲自己已經忘記情節了），有時讀得興奮動心有時覺得很好笑，一面讀到最後，很快就讀完了。所以後來被翻譯者問到「翻譯得怎麼樣？」我只能回答「噢，我讀得很流暢啊。應該不錯吧」。可以說完全沒辦法指出「這裡如何，那裡怎樣……」這種技術性意見。被問到自己的小說被翻譯有什麼感想，老實說，我也幾乎沒有眞實感。

不過，只要沒有沉滯的地方，能很流暢地讀下去，因此得到閱讀的樂趣，那翻譯以翻譯的義務來說已經充分達到任務了——這是我身爲原著者的基本態度。因爲我所想到的故事，所設定的故事，也就是這種東西。至於那故事是否要比那更多地說什麼？那是「前庭」的部分有效地清理（clear）之後才開始的「前屋」（front room），或那後面的「中屋」（central room）的問題。

自己的作品被轉變成其他語言的喜悅之一，對我來說，也可以說在能像這樣以別種形式來重讀自己作品的地方。如果是日本語，首先就應該不會去重讀的自己的作品，由於經由誰的手轉換成別種語言的關係，隔一段該有的距離再重新回頭來看，也就是說能以準第三者的眼光來冷靜地享受。這麼一來，也可以從不同的地方重新評價自己這東西。所以，我確實非常感謝翻譯我的小說的譯者們。對我的書能被外國讀者拿在手上，也非常高興，而同時，我的書能被我自己讀——這在目前很遺憾只限於英語的情況——對我來說也是相當愉快的事。

換句話說，自己所創造出來的文章世界，由於轉換成其他語言體系的關係，感覺我和我自己之間好像多出一個墊子似的，因此可以輕鬆多了。那麼乾脆從一開始就用外國語來寫小說不好嗎？不過技術上、能力上有問題，並沒那麼簡單。所以我想也可以說，我可能向來都以我的方法，把母語的日本語在腦子裡一度轉爲疑似外國語化——也就是迴避自己意識內的語言生來的日常性——來構築文章，努力用這個來寫小說。回想起來，感覺好像從一開始就一貫在做著這樣的事情。

在這方面，我的創作作業是和翻譯作業密切呼應的——或者不如該說可能有一部分是表裡一體的。因爲我自己，有很長時間在做著翻譯的工作（英語→日語），因此我很知道翻譯是一件多麼辛苦的工作，同時又是一件多麼快樂的作業。或者，某種程度也知道，每一個翻譯家，能把原文所擁有的味道改變多大。

傑出的翻譯，最必要的東西不用說是語學能力，然而不亞於這個的——尤其是小說的情況——我想必要的可能是充滿個人性偏見的愛。說得極端一點，只要有這個，其他可能什麼都不需要了。我甚至這樣想。我對自己作品的翻譯，最希望要的，說起來正是這個。充滿偏見的愛，才是我在這個不確定的世界，最充滿偏見地熱愛的東西之一。

我心中的《捕手》

這是為2006年5月出版的《系列　最想知道的名著的世界④　麥田捕手》（田中啟史編著，米納瓦書房）所寫的文章。由於《麥田捕手》翻譯的出版，受到世間許多批評。當然也可以說回響很大。因此我想有必要把我的類似翻譯態度，在某個地方說明一下，因此寫了這篇文章。

《麥田捕手》的翻譯作業，進行得比我預期的快得多。或者說，一旦開始工作，就有停不下筆的感覺（雖然這只是近來用語上的花樣而已）。但我想這畢竟是原文所擁有的氣勢之好，口語體之輕巧、流暢，還有更重要的是故事本身的趣味使然。進一步說，是沙林傑的文體和我自己的文體可能有巧妙重疊的部分。我自己老實說，雖然沒有特別感覺「受到」沙林傑作品的「影響」，但年輕時讀過後就有心被震撼的記憶，因此或許有過類似自然烙印的情況也不一定。例如即使不是披頭四的熱烈的迷，但他們的暢銷曲也幾乎全部滲透到腦子裡了一樣。這本書確實有這種自然影響力般的東西。

本來我就想過哪天要來試著挑戰《麥田捕手》的翻譯。也有很多人勸我做，而且，那文體該以什麼形式轉換成日語，自己也很感興趣。然而查一下就知道，日本白水社擁有這本書的獨占翻譯權。因此根據契約規定，其他出版社無法翻譯出版，白水社已經出版了野崎孝❶擁有一定評價的翻譯了。從同一家出版社，出版同一本書的複數翻譯版本，是沒有前例的事。因此很遺憾，我要親手翻譯的可能性，怎麼看都相當低。

不過，在我有自己的網頁時，有一次曾經稍微寫過類似「如果可能，我想有朝一日翻譯《麥田捕手》看看」，讀者對這反應相當熱烈。傳來許多「務必請翻」的鼓勵mail（電子郵件）。因此我重新感到佩服「啊，這本小說現在也還相當受歡迎」，也許是這訊息的來往吸引了白水社編輯的眼光。竟然來邀我「以和野崎先生的既有譯本並存的形式，要不要出新譯本看看？」和編輯見過面，試談看看，同一家出版公司裡並存複數翻譯版本，只要下一點功夫，是很有可能的。於是決定以「就這麼辦」的形式，欣然接下這個邀約。

優秀的古典名作，可以有幾種不同的翻譯，是我的基本想法。因為翻譯不是創作作業，只是技術上對應的一種形式而已，因此有各種不同型式的試探翻譯方式並列存在是理所當然的。人們常常使用「名譯」這個用語，不過那換個說法只不過是「非常傑出的一種對應」而已。原理上不可能有獨一無二完美的翻譯，如果假定有這種東西，那以長遠眼光來看，對作品來說或許反而招致不良結果。至少能被稱爲古典的作品，必須有幾種選擇。有幾種高品質的選擇途徑存在，透過複數觀點的累積，原作應有的姿態自然浮上來，這才是翻譯最值得期待的狀態不是嗎？我想《麥田捕手》已經進入那樣的「古典」範疇了。野崎先生的翻譯不用說是優秀的翻譯，不過野崎先生翻譯後已經經過漫長的歲月，而且日語本身在那期間也有了很大的變化。我們的生活樣式改變了。差不多也該重新檢查了。根據傳聞，野崎先生也考慮要自己修訂既譯的版本，可惜在那之前就去世了。因此我儘管能力有限，雖然僭越，還是決定提供多一種選擇。

只是對中高年世代來說，野崎先生所翻譯的《麥田捕手》，已經成爲一種「固定品牌」，也就是有些地方已經有「烙印」作用了。這點某種程度我也有覺悟，但那烙印程度之深，卻遠遠超出我的預測。對這樣的世代來說（其實我也是其中之一），我的新譯說得極端一點，感覺就像「侵犯聖地」一般。老實說，從這種地方而來的心理抗拒般的現象並不少。這當然是因爲野崎先生翻譯的美好所產生的現象，不過試想起來，這件事——一種翻譯和原作的文本長年之間如此密切地一體化這件事——也有一點可怕。以我來說（身爲一個翻譯者，而且身爲自己的作品被翻譯成外國語的小說家），有很多讓我深思的地方。

這次翻譯這本《麥田捕手》，重新感覺到，「這本小說的故事，把即將從社會脫落的少年心裡的害怕，相當眞實地描述出來」。試想起來，我也很能實際感受到那種心情。我第一次讀完這本小說是高中的時候。因爲自己就完全泡在那樣的人生局面的漩渦裡，有難以掌握小說全體像的地方，然而經過將近四十年再試著仔細重讀（不如說，一邊一行行轉換成日語），相當鮮明地確實感覺到那方面的事情。「哦，對了，是這樣的故事」不禁抱臂沉思。

試想起來，我和荷頓一樣，對學校這種機構不太有好感。不喜歡用功讀書，因此考試成績也不太出色。因爲上課很無聊，因此大多一直在讀自己的書。本來上面如果施加壓力說「做這個」，我就不會說「遵命」乖乖接受的個性。說得快一點就是很任性，只有自己想做的事才會認眞去做。加上碰巧老師們多半不是我所敬愛的那類型的人。教法多半無法讓我心服，還常常使用暴力。學校的校規過多、過細，幾乎無意義得近乎超現實的地步。好像因爲班上有幾個親近的朋友和一些可愛的女孩子，成爲我上學的樂趣，才去上初中高中似的，如果沒有他們，我可能會輕易放棄上學。對共同生活也不擅長。上了大學後到東京時，住進一所學生宿舍，這裡的生活也讓我厭煩，不到半年就搬出來了。

我是無論任何類的書都讀很多的少年，所以就算學校功課沒認眞做，腦子裡還是自然累積起基本常識，因此總算能考上考試科目少的私立大學。現在可能沒那麼簡單了，當時還很輕鬆。不過進了大學之後，我對學校的討厭幾乎沒有改變。上課多半不精采，教育內容的品質很遺憾也沒有戲劇性的提升。校園有點髒，人太多。當然不斷鬧學潮、罷課、封鎖也有關係，因此我幾乎沒怎麼去學校，一直在打工。當然因爲幾乎沒去學校，所以也不太清楚學校的活動和日程，因此考試也常缺考。當然當掉很多學分，結果，迫不得已大學拖拖拉拉念了七年。不過第五年就結了婚，開始做起生意，並不能算純粹的學生。

因此看到功課不好（或絲毫無心上課）的荷頓的模樣，某種程度我也可以理解那種心情。我到現在還常常做學生時代的夢。在夢中，我不是搞錯考試日期，就是出席日數完全不夠，無法升級。或雖然去到考場，試卷上出的卻是莫名其妙的問題「傷腦筋，這個我完全不會」而抱頭煩惱。我的人生逐漸變暗。將來的可能性越來越窄，被世間冷眼捨棄。那樣的夢。做著那樣的夢忽然驚醒時，心情非常難過。現在想起來，那已經是很久以前的事了，不管是留級也好，落第也好，都無所謂了，但在夢中——因爲不知道是夢——所以我也相當拼命，「眞糟糕，怎麼辦？」總是非常煩惱。那難過的心情，醒來後還會繼續一陣子。

我讀沙林傑的傳記時，作者自己好像也和荷頓一樣，根本就討厭做功課。或者該說，從各種情況綜合看來，似乎有為嚴重學習障礙而煩惱的地方。無論如何，都沒辦法面對書桌專心做功課。如果是現在，會被視為一種精神障礙，應該也可以採取適當對策，但當時還沒有那種觀念。從周圍人的眼光看來，只是個「偷懶的人」。因此為了「糾正根性」，在父親的意向下，被送進斯巴達式軍事學校去。這對沙林傑少年來說，精神上一定是過於嚴酷的狀況。自己身上到底發生了什麼？本人也無法適當自覺。那種沒出口的難過，我覺得在《麥田捕手》這本小說中，似乎塞得相當濃密。

尤其沙林傑是猶太裔的。在一九三〇年代經濟蕭條風橫掃的美國（不只美國，連全世界都一樣），反猶太主義風潮相當強烈，猶太裔的人沒那麼容易被社會接受。他們在社會想爬上某種程度較高的地位，只能自己經營商店或公司，或就專門職業（律師、醫師、研究者、教育家）。而且若要以專門職業安身立命，當然要進好學校，拿好成績才行。因此學業有問題，一次又一次被學校趕出來這件事，對沙林傑來說應該是極嚴重的事態。當然，父親會對兒子大失所望暴跳如雷，母親則毫無辦法只能繼續哭泣。他本人的心情一定也很難受。

這次試以大人的眼光來重讀《麥田捕手》這個故事，感受最深的，是貫穿整本小說的那種悲哀。和世間無法適度妥協，也無法在自己心中建立起自我評價的主軸，只能一直東搖西擺，浮現在我們眼前的是這樣一個鬱鬱寡歡的少年形象——雖然這多多少少也是我自己的形像。穿破饒舌的牆壁，以幽默來掩飾，有時一味胡亂逞強，但那悲哀則一貫存在那裡。不如說，那悲哀如果不以幽默粉飾，或饒舌隱藏的話，可能已經深得無法忍受了。

而且這次重讀，由於親身絲絲感受到這種少年期的悲哀，我比第一次讀時，對這位叫沙林傑的作者似乎更能懷有自然的親近感和共鳴了。不過我記得以高中生初次讀本書時，是最被那柔韌的感覺，自由自在的文體，突發奇想的修辭，和紐約街頭生動的描寫所吸引的。

結果，我覺得《麥田捕手》這本小說，長久以來是世間大多數人都可以把自己的身影投映在裡面，發揮個人的鏡子機能的作品。因不同的時間，不同的人所處的立場，因光線和所朝角度的不同，我相信一定能映出各種不同的鮮明姿態來。這種能夠經得起長期間，多面性檢驗的小說，以我的讀書經驗來說，並不太多。因此，在美國出版後歷經半世紀以上的這本小說，描寫有點奇怪的十六歲少年的個人故事，現在依然還有多得驚人的人（其中大半是年輕人）捧起書來，熱心而確實地讀著，今後應該也會一樣地，被許多人繼續閱讀下去。我重新這樣確信。《麥田捕手》這部作品，要從文藝批評的角度來仔細批評可能不太困難。也可以從感情上的喜歡或討厭來解決。但能代替《麥田捕手》，達成《麥田捕手》任務的小說。應該沒有了。我現在在這裡這樣主張雖然也沒有用，但確實是獨一無二的小說。

❶野崎孝（1917-1995），日本翻譯家。帝國大學英文科畢業。曾任數所大學教授。譯有沙林傑、費滋傑羅、海明威、史坦貝克的作品。

準古典小說《漫長的告別》

早川書房出版《漫長的告別》時，我為《推理雜誌》（2007年4月號）寫的。把本書的後記濃縮成雜誌刊登用的短文。這篇後記相當長，因此覺得讀來麻煩的人，請讀這篇。關於錢德勒的事想寫的很多，文章不知不覺就拉長了。

我第一次讀錢德勒的《漫長的告別》（*The Long Goodbye*）是高中時候，從此以來四十年之間，偶爾有機會就會反覆重讀這本書。首先是讀日語翻譯（清水俊二譯）❶，然後是讀英語原文。以後就看當時的心情有時讀翻譯本，有時讀原文。有時從頭讀到最後，有時隨便翻開一頁只讀那一部分。就像一張大油畫，從遠處看看，再走近看看細部那樣。所以連細微的地方我都記得很清楚。

那麼爲什麼我對《漫長的告別》這本小說，這麼執著地反覆幾次一讀再讀呢？或反過來說可能比較容易了解。這樣反覆重讀，爲什麼還讀不膩呢？

這本書讀不膩的原因，首先第一點應該說是文章的高明。錢德勒豁達獨特的文體，在這本《漫長的告別》裡毫無疑問達到了登峰造極的境界。我第一次讀這本小說時，爲那文體的「不尋常」眞是大感驚奇。居然能有這種文章！錢德勒的文章在所有意義上都極爲個人性，極富創意，是誰也無法模仿的那種。在錢德勒生前和死後，都有許多人想試著模仿他的文體，但多半無法順利達成。在這層意義上，他的存在，可能有些像爵士樂的查理·帕克的存在。他的語法可能借來應用。或者可以說，他的語法現在已經成爲珍貴的公共領地public domain（文化共有資產）了。但那風格style＝文體的核心，卻誰也無法學到。因爲那終究是屬於一個人的私有資產。文章（大體上）可以照著抄襲。然而抄襲來的文體，幾乎所有的情況，原來的生命已經消失。

錢德勒的文章，什麼地方？如何特異？如何獨創？在本書（單行本）相當長的譯後記中，我試著做了深入的分析，對《漫長的告別》這本小說結構的美好，也想在那裡盡量多說。另外還有關於本書是以什麼形式感化身爲小說家的我的。希望有興趣的人能讀一下。

《漫長的告別》正如您所知道的，已經有清水俊二先生經手翻譯的《長別》，這同樣也是早川書房出版的。本書譯名特地用「ロング・グッドバイ」（Long Goodbye），也有和清水先生的既譯區別的用意。正如前面所述，我也是因爲清水先生的翻譯而第一次知道有《漫長的告別》這本小說的。非常容易讀，是傑出的翻譯。但爲「早川袖珍推理」翻譯是一九五八年的事了，在寫本文章的時間點，刊出後已經快迎接半世紀。我如果把翻譯這東西比喻成房子的話，二十五年差不多該修補，五十年則需要做大改建，或新建了，我常常想這應該是大約的標準。關於我自己的翻譯，迎接二十五年的東西需要逐漸做少許的修補。當然和房子一樣，個別不同的翻譯經過多少年會惡化的年數多少有差別，但如果經過五十年（就算中途多少有修補過），所選的用語和表現法總是會漸漸顯得老舊了。

不只語言這樣，就拿翻譯方法本身來看，就有很大的變遷。翻譯技術也著實在進步。而且有了網路之後可以說特別顯著，關於其他文化和其他語言的資訊量，作家和作品背景的資訊量，以前和現在也有壓倒性差別。在這層意義上，我這樣說或許有僭越的地方，不過這本《漫長的告別》新譯的問世，現在或許應該說是適當時候了。說到具體經過，該從兩年多前開始，早川書房編輯部來試問我有沒有意願翻譯本書，以我來說因爲從很久以前就想做了，因此二話不說便一口答應下來。

我會想挑戰重新譯的另一個理由，是事實上清水先生所翻譯的《長別》有相當多文章，或文章細部，可能刻意省略了。這是長年以來，錢德勒小說的許多愛好者，相當無法滿足的地方。清水先生是在什麼原因和情況下，把細微部分大幅削減地翻的，我當然無從知道。也無從知道那是出版社的意向，或譯者自己的意向。不過在一九五八的時間點（在美國出版後才經過四年），身爲作家錢德勒的價値，至少在日本，還沒充分被認識，我推測這可能是「文章整體被縮短」的一個重大原因。或更一般性的意義上，當時可能有「推理小說沒必要正確翻譯到那麼細的地步，只要好好知道大情節和氣氛就行了」的共通想法。經過半世紀的現在，當時的情況已經隱入謎中了。

只是，爲了清水先生的名譽，我要在這裡大聲補充說明，清水譯本「就算細部刪節地翻譯，和那無關，倒可以沒有任何不滿地愉快閱讀，是相當生動的讀物」，這點是萬人承認的地方，而且他所經手《長別》對日本推理小說的歷史眞的影響很大。這功績應該加以大大讚賞，我也想對前輩的翻譯志業表達深深的誠摯敬意。畢竟我也是因爲清水先生的翻譯才第一次讀到這本小說，而深感佩服的，因此個人也不可能不感謝。無論如何，是古老美好時代悠閒的翻譯，不太拘泥於細節，是具有大人風格的翻譯。

但那個歸那個，今天考慮到瑞蒙·錢德勒這位作家的重要性和這部作品在他作品群中的地位時，應該稱爲「完全翻譯版」，或至少所有細部都譯到的，以（接近）現代感覺重新檢討的《漫長的告別》，應該可以和清水譯本以並行的形式存在，而且也應該存在，這是我的想法。基本上來說，我想同時代的作品或許不妨有以氣勢翻譯的清水譯本和以所謂「準古典」比較嚴密翻譯的村上譯本來掌握。不用說，至於要考慮「希望盡量能讀完全的翻譯」，或考慮「多少削減一點也沒關係只要讀得愉快就好」，就讓讀者選擇。或許也有熱心的讀者想兩種翻譯對照讀更愉快的。實際上如果能這樣，我會非常高興。

❶清水俊二（1906-1988），日本電影字幕翻譯者、影評家、翻譯家。帝國大學經濟部畢。譯有多部錢德勒作品。

追逐麋鹿

這篇也是和《漫長的告別》相同，是把《再見，吾愛》譯後記縮短了，登在《推理雜誌》（2009年5月號）的文章。我大約以兩年一本的步調，出版錢德勒長篇小說的翻譯。這與其說是工作，不如說完全已經像是興趣的世界了。翻譯錢德勒真愉快。

如果要從錢德勒所留下的七本長篇小說中選最喜歡的，很多讀者可能會選《漫長的告別》、《大眠》和這本《再見，吾愛》。我的情況也會做同樣的選擇。因此在《漫長的告別》之後翻譯本書，這樣的順序幾乎沒有猶豫。再怎麼說都是我個人最喜歡的作品。

第一次讀是在高中時候，這個故事留在我腦海裡最深刻的，是腕力強壯的大塊頭（麋鹿）·摩洛伊的模樣，和馬羅上了單身賭博船的那一幕。故事細節雖然忘了，不過這兩個印象卻一直烙印在我腦子裡。能清楚留下幾個印象，我想畢竟還是優越小說的資格之一。世間有不少作品是，讀的時候很佩服，或甚至相當感動，但經過一段時間之後，終究沒留下任何印象。

錢德勒這種鮮明的印象，在每一部作品中都能留在讀者腦子裡，或確實留在手掌中，畢竟是這位作家胸懷之深和壓倒性文章的力道使然。翻譯這本《再見，吾愛》（*Farewell, My Lovely*），我重新這樣感覺到。這個人所寫的文章有骨氣，有氣勢。我想只要讀開頭三章，應該就能清楚感覺到那描寫的確實和節奏之美好。

《再見，吾愛》是錢德勒繼《大眠》之後出版的第二本，以菲力普・馬羅為主角的長篇小說。一九四〇年寫完，那年由**Knopf**（諾夫）出版社出版。歐洲大戰已經爆發，而當時美國則尚未參戰，然而已經充滿巨大的暴力動向。少年時代在英國度過的錢德勒，關心歐洲大陸戰爭的進行狀況，心情似乎不太能專注在執筆上。

《再見，吾愛》精裝本初版發行數僅二千九百冊，當時銷售量美國一萬一千冊，英國四千冊，以現在來看是有點難以想像的微小數量。當時的小說家，多半與其靠長篇小說賺取版稅，不如主要靠賣短篇給雜誌社以維持生計，雖然如此這銷售量還是太少。出版社對這方面的書花錢打廣告，但世間充滿推理小說新書，要在那市場吸引一般人的注目並不簡單。書評家們大多忽略過去，幾乎沒有被報紙或雜誌報導出來，然而少數評論家則毫不保留地大爲讚美「太精采了」。可惜那樣的聲音，似乎也沒特別影響一般的銷路。

諾夫出版社的社長阿爾弗雷德・諾夫（Alfred A. Knopf）個人對錢德勒的書評價很高，爲了保持良好印象，不願意出便宜（而且品質不太好的）平裝版。也因爲這樣，銷售數量對錢德勒來說雖然無奈卻依然沒有改善。《大眠》的精裝版也絕版了，變成如果想讀只能到圖書館去找的狀況。雖然如此，錢德勒所寫的「馬羅故事」口碑還是穩穩地、確實地上升著。但錢德勒要突破還是需要花時間。他眞正獲得廣大讀者和高度評價，反而是在他死後。

這本《再見，吾愛》是根據已經在雜誌上發表過的三篇較長的短篇小說寫成的。〈Try The Girl〉（一九三七年一月）、〈翡翠〉（一九三七年十一月）和〈喜歡狗的男人〉（一九三六年三月）。當時，和《再見，吾愛》同時進行所寫的《湖中女子》，同樣也是根據短篇小說〈灣城藍調〉（一九三八年六月）和〈湖中女子〉（一九三九年一月）而來的。當時的便宜雜誌幾乎是看過就丟的，所以作者把作品重複使用誰也不會留意。錢德勒把這種短篇小說內容的轉用做法自嘲地稱爲cannibalizing（吃屍肉）。旁人看來或許會想如果用cannibalizing的做法，可以省掉構想新故事的時間應該很方便，但錢德勒的情況正好相反，那作業似乎相當花時間。他在執筆寫創作長篇小說時，是以特別的氣勢推進的，這時他會追求品質。而他自我要求的品質是相當高水準的。因此要把本來有的東西——爲了生活而快速寫成的零散東西——好好重新改寫時，比從白紙開始寫，反而耗時間。其次，要把原本個別獨立寫成的幾個短篇小說，整理成一個完整故事，如何去組合、縫合也相當費工夫（而且就算努力了，一看結果卻未必完全整合好。到處可以看到類似細微的破綻）。

何況他在這部作品的執筆中，被愛國心驅使，一九三九年九月，志願加入已經對德宣戰的加拿大陸軍。但主要因爲年齡關係而被拒絕。如果當時他被接受，就那樣加入陸軍，或許這部《再見，吾愛》就沒有見天日的一天了。這樣想來有點可怕。對於不太願意接受看來身體不算太健壯的五十一歲推理作家當兵的加拿大陸軍，我們倒要深深感謝了。

《漫長的告別》第一次是在一九五三年出版，這本《再見，吾愛》則是一九四〇年，中間流過十三年的歲月。我想讀過《漫長的告別》的讀者可能會有相同感覺，本書中的菲力普．馬羅還年輕。雖然沒有明白顯示年齡，不過以設定來看並沒有多少年齡的差別（正如您所知道的那樣，連續劇的私家偵探和警官幾乎都不會老），讀的印象覺得「相當不一樣啊」。馬羅在兩本中都同樣語帶嘲諷，喜歡說些惹人生氣的笑話（因此常常碰釘子）。《漫長的告別》中的馬羅散發著中年男人微妙壓抑的苦澀意味，相較之下本書中馬羅的言行，則可以感覺到三十歲上下的男人，略帶輕浮的嘲諷。各有各的味道，但過了中年的我，對《漫長的告別》的馬羅這邊，比較有自然共鳴的感覺。在譯《再見，吾愛》的馬羅言行時，邊譯邊想「喂，你也年輕過啊」有幾個地方不禁苦笑起來。不過當然，年輕歲月的馬羅，特有的羞澀在跋涉過江湖水路後也終於沾上流氓氣了，這種心情也充分可以理解，而且那樣歸那樣還相當有魅力。也稍微感覺得出一九五〇年代，年輕歲月的勞勃．米契所醞釀出的那種「優雅酷薄」。不過主演本書改拍成的電影《再見，吾愛》時勞勃．米契已經接近六十歲，就覺得有點牽強。

以譯者來說，我眞是充分在翻譯工作中享受過來。翻譯的作家沒有比翻譯錢德勒更快樂的。好像走在一棟棟的房屋、一塊塊的舖石都擁有意義的地方那樣，反覆走幾遍興趣都不會消失。每天早晨執筆長篇小說，下午翻譯本書以消除疲勞。這樣的日子連過幾個月。如果您從這譯稿中，能多少感覺到一點那喜悅和感謝的心情，身爲譯者就再高興不過了。

史蒂芬・金的絕望和愛——良質的恐怖表現

這是為1985年6月北宋社出版的《摩登恐怖和U.S.A.——史蒂芬・金的研究讀本》這本書所寫的。當時金先生還沒有現在這麼有名。因此以我來說想把他作品的優點廣泛介紹出來。最近沒怎麼熱心讀他新出的作品，不過當時只要新書一出就會立刻買來讀。

我第一次讀史蒂芬・金是《魔女嘉莉》（*Carrie*），老實說這本小說我不太喜歡。首先因爲讀後的餘味不太好，所謂psychokinesis（念力）這道具也不算特別新。我承認寫得相當有趣，不過印象並沒有強烈到史蒂芬・金這名字會烙印到腦子裡的地步。

我把金和其他眾多恐怖故事作者分開來想，是從第二部作品《撒冷地》（*Salem's Lot*）（日譯「被詛咒的町」）開始的。這本小說從開頭幾行起，就有令人感到「咦」密度濃厚的緊迫感，結尾依然陰暗，但餘味絕不差。接著到了《閃靈》（*The*

Shining，電影《鬼店》）時，故事開始帶有雲霄飛車般的淒絕味，在這樣那樣說著之間，金已經名副其實地攀上摩登恐怖的王者地位了。從此以後，金的小說我幾乎全部讀。可以稱爲他的書迷的地步了。

我本來就非常喜歡洛夫·克拉夫特（Howard Phillips Lovecraft）和霍華德（Robert Ervin Howard）的小說，我是與其從愛倫·坡不如從這些人學到更多的人，因此想給通俗怪奇小說打的分數相當偏高。

不過我感覺到史蒂芬·金小說的有趣，不只是從那種怪奇層面而已。對他的小說我覺得最有趣的，是那所喚起的感情的質。

總之往往容易被忽略的，怪奇小說最重要的要素，不是如何讓讀者感到恐怖。不只要讓他們覺得害怕，只要技巧好的說故事者誰都可以寫出那種程度的東西。問題在於那能讓讀者感到多不安（uneasy）。雖然uneasy卻不會uncomfortable（不舒服，不快），這是良質怪奇小說的條件。這是相當困難的條件。

爲了滿足這條件，作家必須確實掌握住「對自己來說的恐怖是什麼？」這件事。這樣他才可能成爲一流怪奇小說作家。只要看看出現在史蒂芬·金前後的許多恐怖小說作家的末路，就可以知道要滿足這個條件有多困難了。

跟他們比起來，史蒂芬·金的小說，就算多少有好一點差一點之分，卻能繼續確實地保有打動讀者感情的某部分。所以就像洛夫·克拉夫特和霍華德的小說擁有值得有系統閱讀的意思相同，金的小說也有有系統閱讀的價值。因爲想到「爲什麼史蒂芬·金的小說很恐怖，而且那會刺激讀者的感情，讓他們不安呢？」我們就知道史蒂芬·金所定義的恐怖的質，並進而能夠重新思考隱藏在我們的世界和日常生活中的內在恐怖了。

當然這種作業，並不是只有恐怖小說、怪奇小說這種狹義領域才有可能。恐怖存在於所有種類的作品和表演中。甚至可以想成在所謂現代這個時代，去除恐怖之外的意識的表現，可能已經無法存在了。

然而，狹義的怪奇小說正因爲那狹義性，而能達到對恐怖的專注性（那往往連小說的結構性和密度都犧牲了）是其他領域作品所無法企及的，那往往向我們提示恐怖這種感情的明確結構。通俗的怪奇小說經過所有的時代，仍能吸引我們的理由就在這裡。我們希望自己心中所隱藏的不安，能以不是不快的形式爲我們明確顯示出來，能滿足這種欲望的，未必需要所謂「純文學式的」文學性。

史蒂芬·金所思考的恐怖的質，如果以一句話說出，就是「絕望」。史蒂芬·金小說的出場人物一邊害怕那絕望的影子，一邊想在某種暫定的價值觀下追求有救的生活。那很多情況是男女的愛或家庭。剛開始看來似乎進行順利。然而絕望總是以不可抗拒的超自然力量壓倒他們。就算擁有愛也無法推開那力量。因爲他們一生下來身體就被烙上「絕望」這印記了。反過來說，他們唯有透過所謂絕望這〈無救〉才能表達愛。

例如《撒冷地》的男人和少年把變成吸血鬼的愛人殺掉、雙親殺掉，才能把那短暫的愛留在自己心中。在《閃靈》中藉著殺父親，《縱火者》（*Firestarter*，電影《勢如破竹》）中藉著燒盡世界，《死亡區域》（*The Dead Zone*）中反過來藉著犧牲自己來救世界，《寵物墳場》（*Pet Cemetery*）中知道沒有任何救援了，卻讓死兒復活，他們在絕望中藉著選擇死，想留下愛。那裡絲毫沒有得救的希望。儘管如此他們還是在那裡逆說式地述說著愛。金的小說雖然一方面不安（uneasy）卻不會不舒服（uncomfortable）的原因，可能就在這裡。

他的絕望性喚起我的共鳴，另外一個理由，我想是可以在同時代性中求得。以年齡來說我和他屬於同一個世代。十幾歲的大半時間是在六〇年代激烈動盪的價值轉換中度過的，經驗過對抗文化（counter culture），置身於政治的對抗混亂中，七〇年代被迫沉默的世代。因此——並不是這個意思，不過我對他那種只能透過恐怖和絕望的濾色鏡才能述說自己、述說愛的心情，非常痛切地了解。他的恐怖假藉反權威、反父權的形式述說，那短暫的幸福被壓倒性的黑暗力量摧毀的過程，也不需借助於隱喻般的中間性認識，就可以從生理上產生共鳴。本來這——所謂共鳴（sympathy）大概就是這種東西——就是個人的認定。

對史蒂芬・金應該去除「怪奇小說」這個偏見，而談更多才對，而且他也應該是值得這樣被重視的作家。

提姆·歐布萊恩❶到普林斯頓大學那天的事

這是我為《*Esquire*》（君子雜誌）日文版所寫的，關於翻譯歐布萊恩短篇小說的導讀。刊登在1993年10月號。從那以後我沒見過歐布萊恩先生。在很多場合都差一點見面，但不知怎麼卻沒見到。真希望不久後能見到他，跟他促膝慢慢談談。

幾個月前，我在普林斯頓大學時正好提姆·歐布萊恩來朗讀他的作品。歐布萊恩穿著垮垮的運動襯衫、戴著棒球帽，這樣相當休閒的模樣站上講台（如果拿著球棒的話，看來可能就像哪個小鎮的少年棒球教練了），有點沉不住氣似地環視周圍一圈之後，開始朗讀新長篇的一部分。我想可能他不太適應這種「常春藤名校英語系」式的氛圍吧。看了就知道。老實說我也不太適應，因此很了解他的不自在。歐布萊恩不知道為什麼從頭到尾一次也沒脫下棒球帽。我想這應該也不能說是普林斯頓大學式的態度。

朗讀開始前，作家瑪莉·莫里斯（她那時候，在英文系教創作課），到我這裡來，說「朗讀後有英文系主辦的晚餐會，請你一定也來喲。我幫你介紹提姆」。瑪莉住波士頓的時代和提姆是相當熟的朋友。說是英文系主辦的晚餐會，雖然不太有食慾，不過心想可以跟歐布萊恩談話，就決定乾脆去露面了。

晚餐席上喬伊絲．歐慈（Joyce Carol Oates）一直坐在歐布萊恩旁邊，陪著他。並在用餐間，兩人不知在悄悄繼續談著什麼。瑪莉嘀嘀咕咕地對我說「爲什麼喬伊絲那麼熱心地跟他談個沒完呢（他們應該是談不來的啊……）」。不過後來喬伊絲終於跟別人開始談起來，因此瑪莉把歐布萊恩介紹給我。我們談到他的小說翻譯成日語的事，和他現在正在寫的長編小說。談起話來歐布萊恩是一個非常不擺架子不做作，感覺像個「很爽快隨和的歐吉桑少年」，從臉色推測果然好像沒什麼食慾的樣子。應該不會有吧。我問「今晚住這裡嗎？」他竟然回答「不，現在開始要開車回波士頓」。讓我有點吃驚。因爲已經是夜晚超過十點了，從普林斯頓到波士頓開車要花五小時。到波士頓就半夜三點了。「爲什麼要……」本來想問他，但他本人似乎認爲那是理所當然的樣子，因此終於沒有問。

❶ 提姆．歐布萊恩（Tim O'Brien，1946-），美國小說家，作品經常描寫越戰及對參戰美國士兵的衝擊。著有《鬱林湖失蹤紀事》、《七月，七月》等。

巴赫和全明星的效用

本文刊登於《新潮》雜誌1994年5月號。雖然是為保羅．奧斯特（Paul Auster）的某本書所寫的書評，但想不起是哪一本了。我想可能是柴田元幸先生翻譯的書。不知道是不是《月宮》（*Moon Palace*）？當時的奧斯特在日本還沒有現在這麼出名。因此我在這裡談奧斯特這個人的全體像。我從奧斯特的作品得到的印象，現在依然幾乎完全沒有改變。

在還沒導入文字處理機或電腦之類機器之前，在那種文筆產業革命還沒華麗地（還不至於）席捲我的書房之前的世界，我當然是用鋼筆或原子筆寫字的。因爲我平常習慣用右手，用右手握筆，左手壓著稿紙，勤快地填滿格子。我覺得那樣就那樣也相當不錯。那時一切原理既單純又明快。也沒必要爲了增設記憶體，或去除文字格式等而一一傷腦筋。

不過那也有一個很大的障礙。比起分給左手的勞動，右手的工作量就多太多了。不必一一去想也知道，與其一直壓著稿紙，寫字要辛苦多了。所以當專心寫長篇小說時，不知不覺身體就會失去平衡。我很幸運有生以來一次也沒有肩膀痠過的經驗，雖然如此還是感覺身體好像變歪了。那樣的時候我每天會做體操，但光體操還不夠時，會面對鋼琴彈巴赫的「二聲部創意曲」。話雖如此我的鋼琴其實談不上會彈。一面想起過去學習的時候，一面看樂譜斷斷續續彈而已。不過那樣很有效。我想如果有人為同樣的症狀煩惱的話，不妨試試看。這個有效。

說到巴赫的創意曲，正如您所知道的，設定成左手和右手完全均等運指。關於這點眞是出奇的徹底。所以我在寫東西前，把這曲集，想成本質上是爲了練習鋼琴技術的高級、藝術性手冊。不過有一天，我發現這是爲了治癒人類的身體，還有和身體相連的精神的平衡，巴赫這稀有的天才所創作出來的壯絕的小宇宙。因此我寫稿子累了，就坐在鋼琴前叮叮咚咚地練習這曲集，舒舒服服地把身體交給那令人屏息般左右對稱的宇宙。而且巴赫這個人或許是天才，不過我想像他可能是個相當怪的人。

我第一次讀保羅．奧斯特的小說時所感覺到的，就是和那大約相同的感覺。也就是我在奧斯特的書中看到，爲了治癒身體平衡而彈巴赫創意曲時所有的同類心情。而且那印象在讀他的幾本作品時每次都更加深刻。那有些情況，與其說是讀書不如說甚至感覺像在復健。

不久前我私下見到保羅．奧斯特時，試著問過他這件事。你的小說中有類似音樂性的、樂器性的，精密建構起來的印象，你自己有演奏什麼樂器嗎？不，我沒有演奏樂器，他回答。雖然想，但很遺憾我不會演奏樂器。他說，不過你對我的書所懷有的印象可能很正確。因爲我一面寫文章一面經常強烈地感覺到音樂的存在。

我也覺得我所懷的印象可能是正確的。那裡面眞的有某種甚至致命性的音樂性東西。如果他的小說中有思索、有訊息的話，那應該是非常音樂性的（也就是非常記號性的）思索、或訊息。讀保羅．奧斯特的作品感覺之舒服，說起來那種純粹，某種意義上可能是委身於物理的器樂性上，我想。至少對我個人是這樣。手上拿著喝的東西，在沙發上坐下來，翻開保羅．奧斯特新小說的第一頁，等待即將來臨的東西。不會錯，那個會來。就像翻開巴赫的創意曲樂譜的任何一頁一定都能發揮那效果一樣。

但當然就像巴赫的創意曲不是只靠結構的概念成立的那樣，奧斯特的小說也不是只靠結構的概念成立的。巴赫或奧斯特身爲創作者眞正傑出的點，在於那「容器」，和裡面所裝的「內容物」，可以說是擁有表裡一體的強大力量，而且必然擁有互補關係上。他的小說中就像obsession（強迫觀念、執念）般反覆出現，繞著出場人物名字的名字遊戲、身分的等價互換性、縱線主題的血緣，橫線主題的不斷移動空間，這些主題連結的可能性無限擴大的偶然性（機會），對於提示的一個原則的追求，壓倒性狂信的熱忱，和那對終極純粹思考的憧憬。這些要素是歐斯特所紡出故事的重要材料，同時也言及把那故事自在裝進去的結構的建構性本身。我們可以一邊涉足他所提供的魅惑的故事（旋律），一邊不知不覺間在小說本身的對位法胎內繞行。這，簡直像春天午後在簷廊讓清掃耳朵的名人清掃耳朵那樣舒服，這樣說有點怎麼樣，不過可能只有知道的人才知道。

關於小說的內容，在這裡刻意不多說。也不需要一一說明，讀了就會知道很有趣，而且我只能說眞的寫得很好。奧斯特這位作家的小說有沒有哪一本好哪一本不好？我不太清楚（正確的意義上我覺得沒有），我個人這次也和上次一樣讀得非常愉快。而且當然像每次那樣，肉體上很有效用。不過不管怎麼說您不覺得非常厲害嗎？我絕對覺得很厲害。

葛瑞絲・佩利令人上癮的「嚼勁」

這是文藝春秋出版的《本之話》雜誌，1999年6月號的文章。我翻譯佩利的短篇小說集出版時所寫的。她的作品有一點難以接近的地方。不過仔細讀下去，裡面真的是活生生充滿趣味的小說世界。是唯有她才能創造得出的特別的世界。務必請拿起來讀一次看看。

美國的資深女作家，葛瑞絲・佩利（Grace Paley）的小說，過去從來沒有以完整形式在日本出版過，試想起來有一點意外，但同時也不是沒有「嗯，也沒辦法吧」的部分，相當微妙。說「意外」是因為葛瑞絲・佩利是美國文學界評價極高的作家，這個等級的作家沒有被介紹到日本，怎麼想都不自然，不過也會想到「嗯，也沒辦法吧」，是因為葛瑞絲・佩利女士在文體上和內容上，都是相當有癖性的作家。對翻譯的人來說，和對閱讀的讀者來說，在接觸佩利女士的作品時，需要有一點覺悟。是那樣有癖性和有「咬勁」的小說。以日本作家來說……我想過，但暫時一個也想不起來。

葛瑞絲·佩利一九二二年生在紐約下城，是從俄國來的猶太裔移民的女兒。受雙親影響，對身為猶太人的民族認同意識非常強，長年以來一直積極參與左翼政治活動。以單身母親的身分一手把兩個兒子帶大，近年來介入女性運動很深。而且還是（這種說法或許有點欠妥，抱歉）一個詩人。

別說了，這種作家的小說我才不願意讀呢，您可能會這樣說。「簡直就是純文學嘛」。那種心情，我並不是不了解。然而試讀起來，卻非常有趣。

葛瑞絲·佩利的故事和文體，一旦讀進去後，就會沒有這個不行了，有這種不可思議的上癮性。像凹凸不平卻又十分流麗，像很莽撞卻又親切，富有戰鬥性又有人情味，又即物又耽美，又庶民又清高，不知道怎麼回事卻很了解，男人眞渾蛋卻非常喜歡，這種隨處可見的二律背反式困難文體，反而可愛得不得了。那文體就像她的簽名般成為毫不含糊的獨特印記，就是想模仿（雖然不認為實際上會有人想做這種事），也不是任何人可以模仿得了的。

因此她的小說有很多狂熱的書迷。我幾年前在紐約去聽她的朗讀會，曾經被會場的熱烈氣氛壓倒過。當時會場的滿堂聽眾大多是女性。

我在朗讀會後，曾經和佩利女士見面稍微談了一下，一副爽朗而隨和的伯母感覺，和東部那種高尚的「閨秀作家」印象相距甚遠。個子小，頭髮雪白，眼光銳利，和「矍鑠」這種說法非常吻合。她說「哦，是嗎？你要幫我翻譯。嗯，加油喔」。在我帶去的書上為我簽了名。完全沒有所謂傳說中的作家，或光圈如何如何之類的地方。我對她非常有好感。

佩利的說話口氣我覺得最棒的是，那幽默感。無論多麼黑暗嚴重的事情，都有某些令人不禁噗哧笑出來的部分（實際上，朗讀會場也經常充滿笑聲）。她的幽默，是所謂紐約人的詼諧，滿臉一本正經快嘴利舌地說點奇怪離譜的事，「嗯，沒關係。不管懂不懂」似的感覺，有點害羞，馬上轉到下一個話題。這方面可能和同樣是猶太裔紐約人的伍迪・艾倫有共通的地方。雖然好笑，但那根本部分其實非常認眞且嚴肅。不過可能把那嚴肅完全露出又很害羞，這就是都市人。這方面表裡節奏的拿捏，說來正是佩利的眞本事，同時，翻譯要把那味道表現出來也非常困難。到目前為止在我所翻譯的作品中，我想可以說眞是「難度第一名」。到譯完之前，花了非常多時間。不過很值得翻譯，也翻得非常愉快。

佩利女士畢竟是以寡作聞名的作家，自從一九五九年出了第一本短篇集以來，四十年間只出了三本短篇集。熱心的讀者非常珍惜地熟讀玩味，簡直像在咀嚼優質魷魚絲那樣，再三細細品味。這本《最後瞬間的極大改變》，是她的第二本短篇集，一九七四年發表的。不過現在讀起來，一點都沒有變舊。

以我來說特別希望喜歡小說的女性，能拿起這本短篇集來讀，不過當然男性能讀也完全沒關係。應該會喜歡（我也是男性，讀得很高興）。我今後還想繼續翻譯她的短篇小說，不過因爲預料得到下一本翻譯還會花一段時間才能完成，所以希望暫時仔細品味這本。原作文本中的「良質魷魚」味道，但願翻譯也能抽取保留下來我就很高興了。

（原書註：葛瑞絲・佩利在本稿寫完後，於二〇〇七年去世。）

瑞蒙．卡佛的世界

收錄在朝日新聞社所出版雜誌書《世界的文學39》的文章。2000年2月刊出。關於瑞蒙．卡佛我雖然在許多地方寫過各種文章，不過我覺得像以這種長度的「人物介紹」般體裁所寫的，這好像還是第一次。關於瑞蒙．卡佛雖然想說的事很多，但首先還是希望有更多人讀他的作品，這是我真誠的心情。

瑞蒙．卡佛的作品我第一次翻譯是在一九八三年。短篇小說的題目叫〈腳邊流的深河〉（一九七五年發表）。我偶然讀到某個選集裡有這篇作品，深受感動「這小說精采」，就不顧一切一口氣地翻譯出來。

然後第二年我到華盛頓州他在奧林匹克半島的家拜訪，很親近地談了話。但在那個時間點，還完全沒想到他所寫的全部作品會由我親手翻譯出來。

試想起來從那次以後的歲月裡，圍繞著瑞蒙．卡佛的狀況也完全改變了。一九八〇年代初，可能一般美國人都幾乎沒聽過他的名字。不過後來他的文學評價逐漸提高卻得了肺癌，才五十歲就英年早逝。他的名字甚至帶上神話性色彩。

經過幾年後有一部分（大概可以預料到），又稍微緩慢下來。不過公正地看來，瑞蒙．卡佛在美國的短篇小說系譜中，是已經獲得堅固獨自地位的優秀作家，應該是不可否認的事實。

他的名字在美國文學史上將會占該有的地位，他所留下多達六十五篇的短篇小說中至少有半打作品，應該會成為古典而長久繼續被閱讀。位置大約會落在史坦．貝克和考德威爾❶之間，我私下這樣想。

當然卡佛雖然是天才作家，但他表面上卻沒有天才的樣子。他並沒有採取「我是為喜歡而寫的。只要能懂的人讀就好了」這種從上方俯視的高姿態。他為了讓更多人閱讀，或面對自己深入對談，而只以簡潔明白的日常語言寫小說，也寫詩。這是他身為作家，始終一貫採取的態度。當然不只這樣。他的作品到處都潛存著令人吃驚的某種奇妙的非日常性，有令人爆笑的開朗幽默感。有令人錐心的現實感。有強烈的氣勢，讓人一旦開始讀就會不顧一切地一口氣讀到最後，這是卡佛作品的特長。這畢竟只能稱為與生俱來的「才能」。

他生在奧勒岡州鄉下，是貧窮製材工人的兒子，生長在和文化的洗練毫無關係的世界。十幾歲就和高中時代的戀人結婚，每天的生活在忙著養育幾個幼小孩子的日子中度過，一邊對人生感到淡淡的幻滅，在那之間一邊對文學逐漸覺醒。

他的前半段人生充滿苦難和失望。經歷過失業、沉溺過酒精、宣告過破產、妻離子散，朋友對他失望極了，他掉進人生的深淵底部。不過雖然如此，他仍然沒有放棄文學的追求。在他的文學世界裡，確實有那種類似「自己終究只是一個美國平民。身爲這樣的美國平民，自己有不能不說的東西」的矜持。那是長久之間美國文學中一直被忽視的觀點，而他的作品在一九八〇年代的美國文學風景中，注入了新鮮的活力。

制度性語言和多餘的裝飾性形容全部剔除之後，自己的靈魂能以「故事」的形式多誠實而溫和地吐露，那是他所指向的文學目標。因此卡佛幾次又幾次地重寫作品，綿密地重新推敲。讓人想說「何必一定要做到那個地步」的程度。

完成後已經出版的作品，如果不喜歡，還要動手修改。因此身爲翻譯者爲了幾種版本的不同而大傷腦筋，雖然如此每次在驗證他的足跡時，都會感覺「這個人對寫小說這回事，眞的是實實在在非常認眞的」，眞心被感動，而且不得不對他正襟敬佩。

見過他的人都異口同聲地說，他是個不擺架子的人。寫的是不擺架子的小說、不擺架子的詩、不擺架子的人。他人生後半段遇到女詩人黛絲·加拉格（Tess Gallagher），開始共同生活。把酒戒掉，重建生活，在他自己稱爲「第二人生」的安靜環境中，寫出許多優異作品。黛絲還把他的書房保留原樣。他的打字機上還夾著雪白的紙。好像在繼續等待最初的一行那樣。

❶ 考德威爾（Erskine Caldwell，1903-1987），美國作家，作品有《菸草路》、《上帝的小畝地》等，描寫他家鄉美國南方的貧窮、種族主義和社會問題。

史考特·費滋傑羅——爵士年代的旗手

這篇也是和前一篇關於卡佛的文章相同，被收錄在朝日新聞社所出版的雜誌書《世界的文學39》中。2000年2月刊出。介紹美國現代文學。關於費滋傑羅和卡佛的文章寫在同一個地方，感覺好像有點不可思議的組合，不過因為兩邊都喜歡所以也沒辦法。

史考特·費滋傑羅說起來，是美國這個國家青春期的激烈又美麗的散發。那吐氣在空中忽然神話性地結晶的東西，就是費滋傑羅的作品群，還有他這個人。他把美國這個國家所擁有的最純眞而浪漫的部分，靈魂的安靜震動，以自然的有生命的語言鮮活地描寫出來，寄託在有美麗陰影的故事形式中。

一九二〇年代的美國要求史考特·費滋傑羅這個作家，爲時代代言，他二話不說地接下這個召喚。站在那顚峰，看來甚至所有旗幟都向著他飄揚似的。誰也沒料到，費滋傑羅所描寫出來的故事美麗的陰影，終於變成深沉的黑暗，連作者自己也完全被吞進去。

一九一八年，德國簽下停戰條約，第一次世界大戰結束時，費滋傑羅還是個適合軍服、英俊挺拔的少尉。然而一旦脫下那軍服，卻又回到沒什麼可取的普通青年的身分。

沒有財產，沒有人際關係。比別人擁有更多的，只有過高的自尊和膨脹的自我。他因爲成績不良而從普林斯頓大學退學，在一家不太大的廣告公司找到工作，爲不太起眼的廣告寫文案。抱著想當小說家的大夢，長時間辛勤地繼續寫著作品，然而帶去出版社卻總是得不到認可。

他戰時在阿拉巴馬州服役，愛上認識的一個美麗女孩。被稱爲「全喬治亞州和阿拉巴馬州合起來，都無人匹敵的美女」。才氣煥發好勝心強的塞爾妲·沙爾（Zelda Sayre）。她雖然也愛費滋傑羅，不過很遺憾完全沒打算和身無分文的男人結婚。塞爾妲是成長在衣食不缺的南方望族的千金，她認爲如果結婚後還得過貧窮日子，還不如死掉算了。

在她跟某個資產家結婚之前，自己必須設法快點成名才行，而且必須賺一大筆錢才行……想到塞爾妲的一股熱勁化爲動力，他忘我地繼續拼命寫。總之除了當個小說家之外他沒有別的路可走。而且當然，奇蹟出現了。

他終於完成的處女作，由於斯克里布納（Scribner's）出版社的年經編輯馬克斯威爾．帕金斯的盡力（排除公司高層的反對），總算能達到出版的目標。而且嶄新的《塵世樂園》（或名《天堂的這邊》，一九二〇年），獲得年輕世代讀者的熱烈共鳴（並繼續帶給舊世代很大的衝擊），成爲壓倒性話題作品，費滋傑羅一夜之間，成爲文壇閃亮的時代寵兒。而且正如夢想的那樣，塞爾妲飛進史考特的懷抱裡來。如同神話一般。才氣洋溢，二十出頭的俊男美女。報紙把兩個人稱爲「史考特王子和塞爾妲公主」。

時間是一九二〇年，美國正爲了未曾有過的好景氣而沸騰。史考特的文名越來越上升，世界正爲他們敞開大門，金錢在不動聲色中滾進懷裡。美女、名聲和金錢，加上上流社會的優雅生活。他在故鄉明尼蘇達從少年時代就悄悄藏在心中的「冬之夢」，毫不保留地一一實現。而且是以遠超出他預期之外的規模。

史考特和塞爾妲像潑洗澡水般揮霍金錢。仗著年輕繼續過著脫軌生活。喝酒必醉，酒醉必做會上報紙頭條的事。拿鈔票點火抽菸，盛裝中跳進廣場飯店（Plaza

Hotel）的噴水池。

他以這樣豪華的都會生活為題材陸續寫出短篇小說（在宴會和宴會之間，幾乎一筆呵成地寫出短篇小說），那以昂貴稿費賣給雜誌。大多是為錢所寫的輕薄的快樂結局小說。雜誌社競相向他邀小說稿，稿費逐漸調高。

然而就算恭維都很難說是用心寫的這些像「按時計酬工作」的作品之間，他卻寫出了可以說幾近奇蹟般完成度極高的文學作品。具體說，是一打左右動人心弦的完美短篇，和長篇小說《大亨小傳》（*The Great Gatsby*）——這些成為美國文學光輝的金字塔，現在依然高高聳立。

年輕時的海明威讀了《大亨小傳》深受感動，在巴黎見了費滋傑羅夫婦，後來對朋友說。寫出像《大亨小傳》這樣傑出作品的作家，為什麼不好好靜下來執筆下一部作品，見了面才知道原因。他說，塞爾妲是一切的元兇，海明威看透了。

費滋傑羅手頭經常需要大筆現金，需要揮霍無度的華麗生活。維持那樣的生活，是對妻子塞爾妲證明自己的能力和存在意義的——可能是唯一有效——方法，史考特似乎這樣想。那樣充滿緊張的生活方式勉強支撐了十年，有效地發揮作用。然後，崩潰。

在一九二九年經濟大恐慌美國夢本身崩潰的幾乎同時，史考特·費滋傑羅的光輝神話也急速失去光彩，像變舊的土牆般紛紛崩潰。我們一面依年代順序追溯費滋傑羅所留下的作品群，就可以清清楚楚目擊那「冬之夢」的宿命性崩潰模樣。或許，實在是太鮮明的幻影，實在是太鮮明的崩潰了。那光景，讓我們感到心痛。

一九三〇年代名副其實埋葬了費滋傑羅。人們板著臉不說話，把浮華的二〇年代塞進所謂「過去」的黑暗壁櫥裡。許多國民在嚴酷的經濟苦境中，爲了尋找新美國生活模式和新美國價値觀，而在各自的場所繼續辛苦奮鬥。而那裡，沒有費滋傑羅的故事進入的餘地。

新時代的文學英雄是海明威。他那毅然明確的乾脆文體和強有力的聲音，是新時代所需的東西。費滋傑羅在四十歲前，就已經成爲過去的人了。

雜誌對刊登他的小說，沒有以前熱心。稿子往往被退回。自己身上到底發生了什麼，連本人也無法適當理解。或許就算能理解，事到如今也不能改變文學方向。費滋傑羅雖然是擁有非凡才華的作家，卻不是機靈的作家，於是在失意中開始沉溺於酒精。

然而作家費滋傑羅了不起的一點在於，無論現實人生如何被嚴酷地打擊，都幾乎沒有喪失對文章的信心。他到最後的最後，都堅信自己應該是被寫作所救。無論妻子的發狂、世間冷淡的抹殺、緩慢侵蝕身體的酒精、膨脹得讓他動彈不得的巨額貸款，都無法消除他那文學的熱忱。

那和無法相信文章的救援可能，最後自己斷絕生命的文友——海明威——的命運恰成對照。費滋傑羅直到臨死之前，都緊緊抓著小說繼續寫。「如果能完成這本小說……」他對自己這樣說，「一切就能復原」。

唯有該來的新作品，唯有爲了產生那作品而苦鬥的自己靈魂的光輝，才是引導他的遙遠燈塔的光明。正如《大亨小傳》的主角那不幸的傑．蓋茲比，以海口對岸閃爍的燈塔的光爲唯一依靠，在充滿污濁的世界拼命活下去一樣。歷經半世紀以上的歲月，現在依然有許多讀者被費滋傑羅的作品群所吸引的最大原因，我想可能不在那「毀滅的美學」，而應該在凌駕於那個的「救援的確信」。

比小說更有趣？

我讀了蕭恩．威爾森（Sean Wilsey）的《這一切的榮耀》（*Oh the Glory of It All*）原著後，覺得非常有趣，因此向新潮社推薦，後來進行到翻譯出版。所以我會在《波》雜誌（2010年1月號）寫這樣的介紹文。蕭恩在那之後受日本招待，盡興地痛快玩過後才回去。嗯，很好。是個非常開朗、積極的美國人。

以前我曾經接受過美國文藝雜誌《麥克斯溫尼》（*McSweeney's*）的長訪談，那時負責採訪的人，就是這本書的作者蕭恩．威爾森。但採訪是以E-mail往返的形式進行的，並沒有直接見面。然後過了一年或兩年，書的印刷樣本寄來給我。咦，心想到底是什麼東西，在飛機上啪啦啪啦讀起來，真是非常非常有趣，讀得欲罷不能。

我手頭上的這本書，現在還夾著西北航空波士頓＝聖保羅間的機票代替書籤。

日期是二〇〇六年五月。是相當長的書，但我記得是在短期間內流暢讀完的。爲什麼能那樣熱心地讀完?原因很清楚。因爲①非常容易讀，②非常好笑，③可是故事相當悲哀。這種書的話多長都可以讀得很流暢。

這本書以類別來說是「回憶錄」，也就是非小說，作者（一九七〇年生）的自傳性著作，但在讀著之間陸續發生「眞的嗎？」之類的事，漸漸看不清到底是小說還是非小說的界線了。於是很佩服寫了一封Mail給威爾森。「讀了你的書，雖然不是小說，但卻有像在讀狄更斯小說般的味道。非常有趣。」他立刻回信「我第一次聽到這麼高興的評語」。不過那絕不是恭維，而是我眞實的心情。「到底怎麼樣了？」繼續一直翻著書頁下去，讀完時慢慢留下人生的哀愁般的東西。

書的內容簡單說明，是大富豪的父親和以美女著名的專欄作家母親之間所生的蕭恩，住在舊金山的豪宅裡過著幸福的日子，但由於雙親的突然離婚而被推落不幸的深淵。過著被繼母惡意虐待，被父親冷淡忽視的生活。親娘忙著社交活動與和平運動，一心想得諾貝爾和平獎，沒空理會兒子。蕭恩在全美各地的住宿學校間被踢皮球般轉學，總之到哪裡都被虐待，或連續遇到殘酷的對待。成績急速下降，對自己失去自信，迷上溜滑板，沾上毒品，被送到可疑的矯正機構，甚至眞正的少年院去。一個典型的問題兒童，落難的……繼續寫下去故事相當黑暗，然而每一段情節插曲卻很有趣，因此不禁笑出來，邊被吸引著讀下去。對自己的行爲沒有自覺的大人，能傷害孩子的靈魂到多深的地步，我想這以例證來說也很珍貴。

但結束的地方，他被送到義大利的特殊機構去，在那裡受到意想不到的救援，人生最後總算重新站起來。在那個部分他提到愛讀的書《挪威的森林》，說明那救援的樣子。我的書會在這樣的地方出現眞是沒想到。不過老實說，那本書對蕭恩能有什麼幫助我覺得非常好。這方面的詳細情形請讀本書。是一本相當不尋常，有一讀價値的書。比小說更有趣……倒不想說到這個地步。

僅有一次的相遇所留下的東西

卡佛全集完成時，受《中央公論》雜誌的委託所寫的文章（2004年9月號）。大計畫告一段落總算鬆一口氣。顯示出肩膀上的擔子可以放下來的心情。其實在那之後也以各種形式，繼續翻譯卡佛有關的東西，翻譯卡佛的作品（或相關的書）對我來說幾乎成為livework（畢生的工作）。

瑞蒙．卡佛全集由中央公論新社（當時還是中央公論社）開始出版，是一九九〇年的事，已經十四年前了。在那前年的一九八八年，瑞蒙．卡佛因肺癌以五十歲就英年去世。從酒精依存症的人間地獄終於解脫，能得到黛絲．格拉加這樣的知音伴侶，將身爲作家的引擎全開，正當開始發表前所未有既深又廣的作品之際，讀者所受到的打擊特別大。我當然也是受到打擊中的一個。剛開始聽到這消息時，完全湧不起「卡佛已經不在這世間」的眞實感。腦子裡浮現「總之我要把他的所有作品，全部親手試著翻譯出來。但願將來可以完整的形式留下來」，是在稍後的事。

我那時已經翻譯了幾本卡佛的短篇集，由中央公論社出版，雖說是全部作品，心裡盤算有五、六年應該可以全部譯完，過分輕估了。實際開始試做之後，並沒那麼簡單。瑞蒙・卡佛留下相當多短篇小說，詩和隨筆，量也比我想像的充實得多。而且如果要採取個人全集的形式，爲了方便讀者，考慮到卡佛作品所附隨的各種資料、周邊紀錄、文獻也都需要翻譯。不只是萬人讚賞的傑作，同時年輕時代的習作，和未公開發表（嚴密意義上來說很難稱爲完成品）的作品，也不得不翻譯。這和只選喜歡的作品，隨興翻譯不同。必須超越個人的偏好，將瑞蒙・卡佛的總合世界，正確而客觀地建立起來才行。老實說，這是相當辛勞而艱難的工作。而且因爲我的本業是小說家，在寫自己的東西時，翻譯工作無論如何都會暫時往後推。

因此，耗費了十四年之久才完成全集。雖然有預定全七卷完結的，增加到八卷的情由，但對於一直追蹤期待全集刊出、愛讀卡佛作品的讀者們，我感到非常過意不去。收到不少「太遲了，等得好累喲」的抱怨信。也常常被問起「卡佛全集，到底怎麼樣了?」每次都邊解釋邊冒冷汗，這下總算可以挺起胸膛回答「全集順利完成了」。以後不能再翻譯卡佛的作品了，有一抹寂寞感，同時「終於做完一件大工作」的充實感更大。也有肩上重擔終於可以卸下的安賭感。同時，以寫文章的人來說，自己也有一種越過一座大山了，啊！的心情。

試想起來，我寫小說並沒有老師，也沒有夥伴。二十九歲那年忽然開始想寫小說，從此以來一直一個人繼續寫到現在。當然個人敬愛並感到親密的作家有幾位，但他們不是已經物故的作家，就是地位遠遠超出的高格作家，只能透過文章高高仰望的存在。但瑞蒙．卡佛比我大十歲，實際見過面談過，也結成親密朋友。一發表在雜誌上（如果容我以誇張的表現，是在油墨未乾之前）就可以讀到那作品，也可以親手把那翻譯成日文。那對我來說是非常寶貴的經驗。以「師」或「友」來表現或許並不合適，不過對我來說，瑞蒙．卡佛和我可以說是「一起走過時代的人」。

我和卡佛所寫的作品風格不同，文章風格也不同。我是以長篇小說爲主從事作家活動的，相對的卡佛則是短篇小說和詩的專家。以作家來說或許與其說是共通點，不如說是相異點來得多。不過雖然如此，我還是以能獲得卡佛這樣一位「同行」作家，得到相當多鼓勵，個人也得到許多溫暖。我覺得那對我來說是非常寶貴的事。

卡佛的作品我感覺最精采的地方，是那小說的觀點絕對不離開「地面」的層次。從來沒有從上面俯視東西過。無論看什麼，想什麼，首先會先走到最下面去，親自憑雙手確認貼地的確實性，從那裡逐漸把視線往上移。無論如何，是不寫「擺架子小說」的人。討厭善辯，討厭要領好，討厭走捷徑的人。徹底排除便宜的現成東西的人。因此他所寫的小說，往往擁有不是「作出來的東西」的逼眞性，擁有寬廣的獨自風景。他所寫的作品超越了單純的便宜的寫實主義，而披上更高度的眞實感。有可以實際拿在手上觸摸的，靈魂的肌觸。我熟讀每一篇作品，一邊轉換成日語，一邊經常可以適度感受到其他地方所見不到的那些溫柔和肌觸。而且，他的作品中有坦誠的可笑，和充滿令人怦然心跳般的超現實奇妙感。其中經常有驚奇的感覺。故事從這裡開始，會朝什麼方向如何發展下去，幾乎每次都叫人猜不透。

只要讀了就知道，卡佛並沒有打算寫所謂「高明的小說」。他想寫的，只是一個瑞蒙．卡佛的故事。只有瑞蒙．卡佛才能切取的世界風景。只有瑞蒙．卡佛才能說的語法，以虛構的小說來述說。瑞蒙．卡佛就是瑞蒙．卡佛，有時辛苦，有時羞恥，有時罪孽深重。以一句話來說，是很悲哀。但瑞蒙．卡佛由於得到了所謂瑞蒙．卡佛式的語法，而可以，就算一時也好，離開那樣的「悲哀」。藉著把那以虛構的小說相對化，而能把自己拉到上面一點的世界去。簡單說，是稍微救了自己。

因此瑞蒙．卡佛，窮其一生，拼命繼續寫瑞蒙．卡佛的故事。而且他因爲稍微救了自己，我們（多半的情況）也稍微被救了。那可能是爲什麼全世界的讀者這麼熱心閱讀卡佛的作品世界的原因之一。

我一九八四年夏天造訪卡佛的家和他談話時，他的反應感覺上就像「爲什麼會特地爲我而來？」彷彿想說「我並不是那麼了不起的人，值得讓你特地從日本來訪問」。這種地方他是非常謙虛的人。完全沒有我是大作家似的舉動或態度。讓這邊想說「嗯，您可以稍微神氣一點沒關係」的人。但另一方面，他所寫的小說卻絕不是謙虛的那種東西。他的作品在我們心裡筆直、不客氣地切進來。不過，我們讀者並不因此而感到激烈的疼痛。我們在那痛中，甚至會感覺到某種溫柔。因爲那是靈魂所需要的，積極向前的補充體驗，重新檢證，讀著之間自然可以感受到。

這個人是值得信賴的人——無論小說，或人品，這是當時我從瑞蒙・卡佛這個活生生的人所得到的印象。沉默寡言，有點慌亂，駝背更彎起來，小小聲細細述說著。想事情要花時間。不時說些好笑的事，又害羞地瞇眼笑笑，然而非常一本正經地板起臉來。一邊說話一邊喝大量的紅茶，不時耀眼地眺望窗外看得見的太平洋。

瑞蒙・卡佛全集終於完成了，首先浮上腦海的是，那樣的卡佛的生動姿態。結果雖然只見過他一次面，但那唯一的一次相遇卻在我的人生留下很大的溫暖，有這種確實的感覺。

謝謝，瑞。

有器量的小說

這是為史考特・費滋傑羅的後期代表作——長篇小說《夜色溫柔》（森慎一郎譯，H社）的解說所寫的。老實說，這本小說我本來想有一天我要親自譯出來的，但很遺憾沒時間去做，新翻譯的版本（2008年5月刊）上讓我寫了這樣的文章。因為是深深感動我的精采小說，因此請務必讀讀看。翻譯也換新了，比較容易讀了。

我和周邊喜歡費滋傑羅的讀者談起時，不少人說「費滋傑羅所留下的長篇小說中，以質來說最高的怎麼說都是《大亨小傳》，但個人的心最被吸引的可能是《夜色溫柔》（*Tender is the Night*，中文或譯《夜未央》）。」

老實說，我也是意見相同的人之一。兩部作品我都重讀過相當多次，而兩者所給我的印象，經過漫長歲月幾乎完全沒有改變。《大亨小傳》是美得不得了，而且完成度高。文體眞是毫無累贅，而且有自然的華麗。另一方面，《夜色溫柔》則是（名副其實）溫柔得不得了，裡頭有挑動心靈的東西。從二十歲左右到現在，這兩者所給我的印象依然還完全相同。這兩冊小說簡直像一對般，依然維持相同的姿態，各自牢牢盤據在我精神的稍微不同的地方。

試想起來——在寫這篇稿子之前並沒有深入思考過——這可能是相當稀奇的個案。書的評價是會隨年齡，或閱讀環境的改變，而微妙變化或上下的。無論莎士比亞、卡夫卡、契訶夫、巴爾札克、漱石、谷崎，不同的時間閱讀，從作品所受到的印象改變相當大。有些試著重讀時有幾分失望，也有些重新受到評價。同一個作家的東西以前覺得A作品比B作品優異，然而從某個時間爲界卻感覺B作品比A作品好。這不僅在小說方面，音樂也可以這麼說。在這種轉變中，或許也可以讀出我們自己精神的成長和變化。把精神的定點設在外部，藉著測量那定點和自己的距離的變化，某種程度可以定出自己所在的場所。那也是繼續讀文學作品的樂趣之一。

然而，《大亨小傳》和《夜色溫柔》這兩本長篇小說，當然是指就我的情況來說，完全沒有所謂動搖。像北極星一般，這邊無論移動多少，位置關係絲毫沒有改變。抬頭仰望天空，那些作品經常在相同的位置，確實地閃著明亮的光輝。

我在幾年前翻譯了《大亨小傳》。翻譯一本書，說起來是在精密吟味寫在上面的一字一句，換句話說是長久而深入地進入那整部作品（以男女關係來比喻的話，或許接近幾年共同起居的感覺），作品和自己的關係往往會有某種變化，然而以《大亨小傳》來說，卻完全沒有這種事。無論多麼緊密地貼近，那作品給我的印象依然絲毫沒有變動。

《夜色溫柔》比起《大亨小傳》，以通俗說法，是多少比較「鬆散」的小說。這絕對不是說完成度低。所謂「鬆散」的意思，也可以指因此胸懷擁有更深入的擴充城府。話雖如此，當然也有產生危險的餘地。就和門戶不緊的房子會有來路不明的人可能闖進來的危險一樣。不過我想說，把這種危險編進來，或納進來的地方，更有這作品獨自的味道，有不同的器量。如果能體會這方面的拿捏之後，作品的趣味自然能逐漸滲進體內。或許可以說，相對於《大亨小傳》是完全把讀者收進掌中的作品，《夜色溫柔》則是給讀者很大「餘地」的小說。

《大亨小傳》說起來幾乎是一氣呵成地在青春洋溢的才華顛峰所寫成的「Jupiter」（主神）式作品（當然作家本人是費了相當辛苦所寫的，雖然如此不過基本上我想這樣說也沒關係）。相較之下《夜色溫柔》則是把逐漸衰弱下去的活力總動員起來，在辛苦狀況下勤懇寫成的作品。費滋傑羅才不過三十幾歲的後半，以普通人來說正是工作能量最旺盛的年齡。然而在妻子發狂、酒精中毒、身爲作家的評價下降，又被家計逼迫之下，在逐漸加深的自憐中（他寫道「我只不過是懂得幾種技巧的文字妓女而已」），爲了繼續寫這作品不得不強自振作起那不尋常的氣力。他覺得自己好像已經非常老了。爲了生活所逼一邊寫些賺稿費的零星短篇稿子，因此完成這部長篇作品耗費了漫長的歲月。

也因爲這樣，《大亨小傳》極自然地，保有驚人的工整，相較之下，《夜色溫柔》有些地方卻令人想到重複改建又改建的陳舊建築。由於現實情況這邊有部分改裝，那邊有部分增建，有些地方多出，有些地方不足，到處出現微妙的失衡。新部分和舊部分的材料彼此不很契合。也可以看到門窗開關不順的地方。但實際腳踏進去裡面看看時，那建築物卻意外地令人感覺很舒服。陽光充足，空氣安靜，家具擺飾看來熟悉，椅子正好合身。連樓梯的咿呀聲，聽來都很溫馨。那空間經常溫柔地接納我們。

費滋傑羅自己對這作品擁有強烈的愛和確信。「如果您喜歡《大亨小傳》，」他寄給某人《夜色溫柔》的贈書，在獻詞加上這一句「也請務必讀讀看這本小說。如果《大亨小傳》是tour de force（特技），這本則是confession of faith（信仰告白）」。

也就是他可能想說《大亨小傳》是很好的傑作，但《夜色溫柔》則是自己這個人都包含在內的。tour de force這句話含有「重心與其放在內容不如放在高度的技術上」的意思。但《夜色溫柔》則不然，是精神上比那更高一段的作品。把《大亨小傳》稱爲只是「特技」的自我評價我想未免太低估了，但對《夜色溫柔》是一種「信仰告白」的發言，我們可能同意「確實如此」。告白這形式（或認識）是天主教徒的費滋傑羅總有一天不得不到達的一個重要地點。

而且我們對於作者雖然那樣自負，但出版當初卻沒有賣出多少（一萬三千本是那數字），並沒有引起世間注目，雖然受到部分人很高的評價，但在評論上也沒造成話題。當時史考特．費滋傑羅已經成爲過氣的人了。人們對他的故事和文體幾乎看都不看。大恐慌的到來，使浮在第一次世界大戰後好景氣的人精神結構大爲轉變，一九二〇年代的文化成爲過去式。而史考特．費滋傑羅的名字則像代表一九二〇年代「遺物」的象徵般。很多人追求的是強有力的精神和新鮮的革新，海明威是那個時代的文化英雄之一。他爽朗而乾脆的文體名副其實風靡一世。

這位海明威讀了《夜色溫柔》這部作品，認爲「不錯，但有自我憐憫，哭哭啼啼的地方」。而且把那感想幾乎原樣寫在信上，寄給費滋傑羅。那猛一看像很坦白直率的文章背後，卻隱約可以看出時代寵兒輕視「過去的人」的姿態。以前輩作家，好意將幾乎還無名的海明威介紹給史克里伯納（Scribner's）出版社編輯的人正是費滋傑羅，在這裡海明威卻站在高一層的地方，對作家應有的姿態好生教訓了費滋傑羅一番。他的信，眞是傷透了已經處境危險的費滋傑羅的心，使他更加喪失自信。「海明威似乎擅長對梯子上一段的人伸手的樣子」費滋傑羅留下了相當愉快的諷刺。

然而小說《夜色溫柔》發表後經過七十年的今天，還確實地存活下來。到美國任何書店去（如果那是正規書店的話），《夜色溫柔》和《大亨小傳》一定還並排在書架上，靜靜等待人們伸手去取。和海明威的見解相反——海明威自己後來也在什麼地方寫過「我試著重新讀過《夜色溫柔》，比第一次讀時印象好得多」——這本作品確實鞏固住古典的地位了。比海明威本人所留下的許多作品，反而是這「不錯，但有自我憐憫，哭哭啼啼」的作品，以現在的時間點甚至可以看到獲得更多讀者的共鳴。時間之流這東西也眞諷刺。

《夜色溫柔》很難稱爲完美的作品。如果頭腦冷靜批評的話，或許可以列出許多缺點。不過，就像反覆說過幾次的那樣，這是一本胸懷很深的小說。世上有太多幾乎沒缺點，寫得非常好，但胸懷不深——或幾乎沒什麼胸懷可言——的小說。那種小說就算一時受到讚賞，被授與華麗桂冠，隨著時間的經過曾幾何時卻不知消失到什麼地方去，漸漸被遺忘了。《夜色溫柔》恰好相反。越過幾個時代，經過曲折與浮沉，穿過抹殺和誤解之後，好不容易眞正的價值才被一般人所認識。要發現這樣的小說非常困難。因此我想這本小說擁有更重要的意義。我說「這個作品有器量」就是指這個意思。所謂器量，或許是要經過歲月，結果才會浮上來。

長篇小說《夜色溫柔》最大的魅力，如果有人要我只舉一個的話，我可能還是會回答「介入的深度」吧。讀者和文本之間有機結合的豐富。作品留給讀者餘地，讀者藉著考慮那餘地的意思，而能對那作品做深入而豐富地介入。或者說，會忽然發現自己竟然對那作品深深而豐富地介入了。

不用說，把對自己的個人性介入，擴充爲普遍的介入，正是「告白」的純粹意義，也是終極目的。在這層意義上，《夜色溫柔》對費滋傑羅來說，或許可以成爲事實上的白鳥之歌，眞正的「信仰告白」。

擁有像石黑一雄這樣的同時代作家

這是為2010年3月英國出版的石黑一雄的研究書《石黑一雄：當代評論觀點》〔*Kazuo Ishiguro: Contemporary Critical Perspectives*（Continuum出版）〕的序文所寫的。本書收集了關於他的作品的研究論文，是相當專門的書。在日本《*Monkey Business*》❶2008年秋季號，刊登了我這篇文章的日語原文。石黑是我最喜歡的同時代作家之一，也見面談過幾次話。不知道為什麼會找我「希望能幫我寫序」，因此欣然答應了。英語題目是「On Having a Contemporary Like Kazuo Ishiguro」。

有幾位作家每次有新小說出來，我都會立刻到書店去買下新書，把其他正在讀的書停下，什麼事都放下，先開始翻開書頁來讀。人數不算多，不如說以現在的我來說，只有幾位，石黑一雄也是其中的作家之一。

我想，石黑小說的優點，當然是指或多或少，每冊都有不同的成立方式，分別朝不同方向。無論結構或文體，每本作品都明顯而刻意地加以區別。雖然如此，每一本作品都確實濃厚地烙上石黑這作家的刻印，每一本都構成一個獨自的小宇宙。分別都是有魅力，而美好的小宇宙。

然而不只這樣。這些小宇宙集合在一起時（當然是在每個讀者的腦子裡集合的），就會清清楚楚浮現石黑一雄這位小說家的總合性宇宙般的東西。也就是說他的作品群除了以年代順序成直線性存在之外，同時也以水平性同時結合地存在著。我讀他的作品，經常有那樣強烈的感想。他的作品可能每一部都在進化（失禮，當然在進化），不過與其有沒有進化這個別情況，我的心更強烈被作品間的那種總合性連繫所吸引。因爲我感覺那正是石黑這位作家和其他作家不同的特別地方。

我到目前爲止讀石黑的作品，從來沒失望，或懷疑過。對他那花時間，把不同種類的世界一一累積起來的確實的工作，只有深深讚賞的心。當然有個人的偏好，比方與其A作品不如B作品更合興趣一些。不過和其他作家的情況不同，石黑的小說世界，這種評價感覺好像暫且並不重要。更重要的是，石黑所創作出來的每部作品分別補充、支持周圍的其他作品的模樣。就如同分子和分子的互相結合，互相支持那樣。

不用說，能那樣繼續創造出總合性宇宙的作家，是極稀有的。並不只是偶然寫出幾部傑出作品而已。石黑這位作家擁有某種願景，刻意把某種東西總合起來。想藉著結合幾個故事，建構出更大的總合性故事。我可以這樣感覺到。

或許這樣想比較容易了解。他在畫一張巨大的畫。例如一個畫家，在教堂的廣闊天棚和牆壁花漫長時間描繪一幅畫那樣。那是孤獨的作業。既花時間，也耗精神體力。是一生的志業。而且他在每畫完一部分時，幾年一次，會對我們公開那完成的部分。於是我們對他的宇宙更廣闊的領域，可以階段性同時進行地眺望。那既是非常刺激的體驗，同時也是極內省的體驗。然而我們還不能望盡那全體像。我們還無從知道，那最後會出現什麼樣的印象，會帶給我們什麼樣的感動和興奮。

身爲一個小說讀者，能擁有石黑一雄這樣的同時代作家，是很大的快樂。而身爲一個小說家，能擁有石黑一雄這樣的同時代作家，則是很大的鼓勵。想像著他接下來會產生什麼樣的作品，也等於自己想像著自己接下來要產生什麼樣的作品。

❶《*Monkey Business*》是東京大學英語教授柴田元幸（村上春樹的多年好友），所主辦的文藝雜誌，創刊於二〇〇八春季，二〇一一年秋季出第十五期最終號後結束。

翻譯之神

這是為アルク出版的《村上春樹ハイブ・リット》❶CD書所寫的序文。刊登於2008年11月。

「翻譯的神」一定真的存在什麼地方，我現在還這樣想。不過可能不在天上。個性算是比較樸素的神，住在比較樸素的地區的樸素的房子裡，穿著樸素的衣服，走在路上也幾乎不起眼。可能是這樣的神。不過該看的事情他都在看著（大概）。

我算是以小說家爲主業，翻譯爲副業的人。實際上也是這樣，寫小說時，總是首先以小說的工作爲優先。每天早晨起床在頭腦最清晰的時間專心寫小說。然後吃東西、運動，然後是「好了，這下子今天該做的工作完成了。接下來可以做喜歡的事了」，這時我多半會開始翻譯。

換句話說，翻譯這作業對我而言與其說是「工作」，不如說更接近興趣。以一天日課的責任工作已經結束，（例如）現在可以去釣魚，可以練習吹單簧管，也可以去素描杜鵑花，什麼都可以自由去做的時候，我不去選擇那些，卻寧願面對書桌來翻譯，也就是說這麼純粹地喜歡翻譯。自己說也許有點不妥，不過我想以興趣來說相當不錯（如果能吹單簧管可能也很愉快）。

到目前爲止以小說家來說，我覺得一直做翻譯很好，有幾個理由。首先第一是以現實問題來說，不想寫小說時，可以做翻譯。隨筆的題材會用盡，翻譯的題材卻無止盡。其次寫小說和翻譯，所用的頭腦部位不同，因此交替做時頭腦可以得到很好的平衡。另外一點是，透過翻譯作業可以學到很多關於寫文章的事。讀外國語（我的情況是英語）寫的某作品覺得很「精采」。然後試著翻譯那作品，於是可以看得更清楚，那文章什麼地方那麼精采的結構之類的東西。實際去動手，把一種語言轉換成另一種語言時，比只是用眼睛讀著那文章，看得見的東西要多得多，也會變得立體起來。而且長年繼續做著這樣的作業之後，自然會明白「好文章爲什麼好」的原理之類的東西。

因此對小說家的我來說，翻譯這種作業經常不變是我重要的文章老師，同時也是不必客氣的文學之友。我沒有可以稱爲師的人，也沒有稱得上夥伴的個人朋友。將近三十年來一直一個人寫著小說。那是漫長而孤獨的路程……這種說法表現有點通俗，不過怎麼說呢？很多情況實際上就是這樣。如果沒有翻譯這「興趣」的話，以小說家的我的人生，有時或許會很難忍受。

還有從某個時間點開始，對我來說「翻譯」變成往兩個方向移動的重要契機。因爲不只是我把其他作家的作品翻譯成日本語，而且產生了我所寫的小說也被翻譯成很多語言的情況。現在被翻譯成四十二種語言，我的作品以外國語閱讀的讀者數驚人地增加中。我到外國旅行走進書店，也比以前常看到自己的作品被排放出來。這眞是很高興的事。當然這對任何作家想必都是很高興的事，不過尤其對一直深入從事翻譯這件事的像我這種人來說，目睹自己的書以「翻譯書」排列在那裡，眞是感慨很深。

我的作品第一次賣到外國的雜誌（我記得應該）是短篇小說〈電視人〉（TV People）。那是一九九〇年的事，被刊登在《*New Yorker*》（紐約客）上。《New Yorker》對我來說，是長久以來憧憬的雜誌，自己的作品能被刊登在那樣接近「聖域」的地方，名字被印出來，一時之間還難以相信。何況還有稿費可以領。那比得到任何氣派的文學獎，都讓我感到高興。第一次穿上洛杉磯道奇隊制服站上投手丘的野茂英雄，雖然程度有別，但我想他的心情一定也嚐到同樣的滋味吧。

那時我深深感覺到「世上一定有翻譯之神」這件事。志賀直哉有一篇〈小和尚之神〉的作品，和那同樣意思的個人性的神。我選擇自己喜歡的作品，盡心盡力，一部部一直珍惜地翻譯過來。就算還很不夠完美，雖然進步很少，但我想技巧應該在逐漸提升。翻譯之神可能在天上一直盯著，心想「村上也相當努力地在翻譯著。在這裡應該給他一點獎賞」也不一定。

爲了不辜負翻譯之神，我天天自戒今後也必須努力做優秀的翻譯。來日方長，想翻譯的作品也還有很多。而且，那也表示對身爲小說家的我來說，還留有很多成長的餘地。

從收在本書的瑞蒙・卡佛和提姆・歐布萊恩的作品，透過翻譯作業，我也學到很多重要的事。從他們所學到的最重要的，我想是對寫小說這件事的態度之好。那種態度之好，是一定會滲透到文章上來的。而且讀者的心眞正被吸引的，不是文章的高明，不是故事的有趣，而是那種態度。我最用心關注的，是把他們的「態度之好」，盡量依原樣忠實轉換成日本語。但願能順利就好了。

---

❶日語アルク發音 a-ru-ku 是走路、步行的意思。ハイブ・リット是英文 hybrid（混成的）和 literature（文學）的合成語。這是可以聽的和村上春樹有關的短篇小說英語翻譯的 CD 書。

關於人物

安西水丸只能讚美

本文刊登於《月刊角川》1995年5月號。我記得應該是水丸先生的特集號。所以我當然只能讚美他。但水丸先生該讚美的點很多，真是很容易讚美的人。雖然我覺得好像也有幾點無法讚美的地方，不過那算是不能大聲說的那種事，所以當然不寫。

寫關於安西水丸畫伯的文章，相當困難。話雖這麼說，但其實說眞的一點也不難，有很多該寫的事，想寫的事。多到會溢出桶子邊緣的地步。要把那些想到什麼就依樣照著流暢寫出的話很簡單，但卻不太容易做。

因爲這種事如果寫出來，每次後來我都會覺得有點內疚。例如：

「嗯，上次村上君寫的那篇關於我的文章，那個，很有趣喲。不過，嗯哼，不，我倒沒關係喲。我啊，咳哼，那種事我完全不介意，不過我家裡人好像有一點在意的樣子。也就是我太太啦，嗯，還有我女兒，讀了以後臉色不太對。還有我丈母娘，嗯哼，連她都出來喲，在意得特地打電話來呢。」

這種事情，在談話間順便不經意地提一下。

水丸兄的太太我也見過一次面，打過招呼。千金雖然沒見過，不過還待字閨中，我想像這些人讀了我寫的拙文感到不愉快，「把爸爸說得那麼壞，村上這個人也眞過分」正在憤怒的模樣時（其實我並沒有寫多過分的事），心就一陣絞痛。何況想到還煩勞夫人的母親大人也操心，這怎麼說都很過意不去。忽然想到這種事情時，握筆的手就變重了，該說是敲鍵盤的手就不禁變遲鈍了。

我這麼說可能有欠妥當，不過水丸兄這方面的牽制手法相當巧妙。笑嘻嘻地說「不，我倒沒關係喲。我是沒關係不過……」這種地方很有訣竅。這麼想起來，連適時加入的咳嗽方式好像都很用心似的。如果有不認識的人在旁邊聽著這種對話，可能會想「姓水丸的人格好像菩薩般溫厚，是個重視家庭的人，姓村上的傢伙想必是個低級的笨蛋，一點都不懂得細膩的感情，一定是像流鼻涕的狗熊般的傢伙」。我因爲不想被這樣想，所以經常留意盡量不要寫關於水丸兄負面的事。不得不寫關於水丸兄的文章時，每次都盡量只列出優點來。因此世間一般對安西水丸的評價一定不差才對。

不過他在某個地方偶然遇見我太太時，以爲機會來了，就把關於我的毫無根據的消息灌輸給她。上次她和朋友走進青山的壽司店時，正好櫃台鄰座坐著水丸兄。「啊，村上非常受歡迎喔。到我這裡來的女孩子，大多都會談到村上的事。大家都說請我介紹呢。他這麼受歡迎，太太您一定也很擔心吧。眞不容易啊。」

像這種話，裝成一副很親切地替人家擔心的模樣，據說一直在提醒人家注意。「自己的事不提，居然那樣……」眞服了他。首先就一次也沒幫我介紹過嘛。

這麼說來大約十五年前第一次見面時也是，趁著我眼睛稍微離開的空檔，走近我太太旁邊，悄悄說了類似「嘿，小說家非常受歡迎喔。太太也擔心吧。讓他一個人出去旅行會有危險。要注意喲」。試想起來，我覺得這個人的性格，十五年來幾乎沒有變。那也沒關係。很多事都要忍耐，這次也還是盡量不要寫壞事。只寫好事吧。

水丸兄怎麼說都是個非常親切的人，我在七年前蓋房子時，拜託他說，可以幫我畫和室的紙門畫和掛軸嗎，他很乾脆一口答應「好啊，我畫」。然後遠道來到我家，磨啊磨啊磨地把墨磨好，用毛筆幫我畫了富士山和魚的畫。有時無心的人看到那紙門畫會問「哦，眞稀奇喲。這是布丁和小魚乾的紙門畫嗎？」那是富士山和魚。因爲不是嗎？你說有誰會在人家的紙門上特地畫上布丁和小魚乾的？然後那個房間如果有年輕女孩子住的話，夜晚之間魚會從紙門跳出來，一邊咳咳地乾咳一邊惡作劇，這種話似乎在青山附近傳開了，那也完全是空穴來風。到目前爲止從來沒有發生過這種事。

然後來看看水丸兄畫的掛軸，「這是禪嗎？嗯，哇，眞難解」雖然有認眞思考的美國人，不過，No，No，那並不是什麼禪。只是個「○」和「D」。什麼意思我也不知道就是了。

然而，一個人窩在那個房間正在畫紙門畫時，把他畫的魚看成眞的，一隻像美洲獅那麼大的貓，忽然哇地撲襲上來，水丸兄嚴重受傷，血流不停還緊握著畫筆，總算把紙門畫全部畫完，也有這種日清戰爭（即甲午戰爭）的喇叭手般的美談式傳言，那也是空穴來風的謊言。我家的雌暹羅貓走過來，繞著周圍走一圈，舔了一下腳而已。水丸兄極度害怕貓狗，所以一定是把那隻暹羅貓看成像美洲獅那麼大了。纖細的藝術感性所產生的幻覺吧。

我從此以後被幾個人問過，「聽水丸先生提過，村上先生家養了一隻相當獰猛的貓是嗎？」但我養的只是一隻好奇心很強的嬌小暹羅貓而已。看到沒看慣的人在四疊半榻榻米房間裡做著沒看慣的事，心想「這東西，是什麼？」輕輕出來管閒事一下而已。但聽到那痛切慘叫的鄰居們，如果聽說他那時被獰猛的美洲獅襲擊血流滿身，可能會眞的那樣相信。

貓現在，還沒把紙門上所畫的魚看成眞的而飛撲上去。但以後我就不敢說了。有時我在路上會遇見讀者跟我打招呼，我覺得很奇怪地問「怎麼會認出我的臉？」很多人回答「因爲，村上先生的臉，經常都在水丸先生的畫上拜見過了，嘻嘻」。剛開始我還不太相信。（因爲我的臉，再怎麼樣也不會結構那麼簡單吧？）那種經驗累積多次以後，我也不得不站定下來開始深深思考「嗯——，或許眞是這樣」。嗯——，眞的那麼像嗎？

或許安西水丸是眞的天才之一也不一定。不久以後貓或許也會眞正理解水丸兄畫的藝術性（現在對我家的貓好像還太難解），肚子餓了時會啪一下飛撲上去也不一定。那樣的話水丸兄被稱爲「平成的圓山應舉❶」也只是時間的問題了吧……今天這時候正沸沸揚揚地想著這個。

這樣的事，今天這時候正沸沸揚揚地想著……。

❶圓山應舉（1733-1795），日本江戶時代中期畫家。畫風特色是重視寫生並容易讓人產生親近感。

動物園通

這是為吉本由美小姐的《想見你　逛動物園和水族館之旅》這本書所寫的。吉本小姐是打心底狂熱喜歡動物園和水族館的人，一談起這種事情時，幾乎沒完沒了地熱心談著。眼光也會稍微改變。所以月刊雜誌《旅》上連載的逛全國動物園、水族館的專欄，讀起來每次都好像非常快樂。工作上能做喜歡的事，真是太美好了。刊登於《波》２００９年９月號。

這本書的作者吉本由美小姐、都築響一先生和我三個人，以前曾經組成「東京魷魚乾俱樂部」的小團隊，探訪過各種「有點怪的地方」，談那事情，寫成稿子，做了幾年這樣輕鬆的企畫。從熱海到薩哈林（庫頁島），眞的以這樣不可思議的組合，去走過許多「有點怪的地方」，那個歸那個也相當愉快，就是在那時候碰巧知道吉本小姐是動物園通的。

我也喜歡動物園、水族館，每次旅行時就會去偷窺般看當地的動物園、水族館（在柏林時一連逛三天動物園），但終究比不上吉本小姐對動物園、水族館的熱心和熟知的地步。一起逛動物園時，她簡直像導覽員般仔細說明動物、魚和鳥等。我沒聽過的動物，她也非常知道。這種說法也許失禮，不過她與其說對現實世界的知識，說不定對動物世界的知識更豐富，我有時甚至會這樣想。

當然吉本小姐不光喜歡動物園裡的動物，也喜歡普通生活裡的動物，在路上遇見貓或狗或烏鴉時，一定會停下來親切地招呼牠們，跟牠們說話。有時會對掉在路上的紙袋拼命說話，問她「嘿，吉本小姐妳在那裡做什麼？」，才回答「啊，怎麼搞的，是紙袋嘛。我以爲是貓啊」。原來她是近視。所以把很多東西都看成動物。大體上是過著這種人生的人。

那「東京魷魚乾俱樂部」曾經到名古屋去採訪過。趁著採訪之間有了空檔，因此說「天氣很好，要不要到動物園去逛逛」。東山動物園在名古屋市郊外，是相當悠閒而舒服的動物園。因爲是平常日的上午，客人也少，因此可以很盡興地觀賞那裡的各種動物。

已經是五年前的事了，不知道是否還在，那時候我們在東山動物園所見到的馬來熊，眞的很像讀賣巨人隊的阿部愼之助捕手。像得令人想到會不會是親兄弟的地步——我想大概不是——臉的長相一模一樣。我和吉本小姐都是養樂多燕子隊的球迷，絕對沒有理由對讀賣巨人隊懷有好感，雖然如此那隻很像阿部愼之助的馬來熊非常會撒嬌眞的很可愛。因此吉本小姐對著那隻馬來熊一直叫「喂，愼之助、愼之助」。此外還對牠親切地說了很多話。好像跟親密老友久別重逢了似的。馬來熊是聰明的動物，所以當然對那種無益的事相應不理，酷酷地繼續做著自己該做的事。在旁邊的一對年輕情侶覺得不對勁立刻走到別的地方去了（有點明白那種心情）。

和吉本小姐到動物園去時（其實才只一次），常常覺得與其看動物，不如看正在看動物的這個人更有趣。如果各位也和吉本小姐一起去動物園的話，我想一定也會有同樣的感想。不過，那在現實上可能有困難。所以就請讀這本書代替吧。

都築響一世界的成立

我和都築響一先生交往已經很久了。雖說交往，也只是工作上有時會碰面而已。他出版《珍奇世界紀行歐洲篇*ROADSIDE EUROPE*》時，我在《筑摩》小冊子上寫了這篇文章，介紹那本書。登在2004年5月號。每次翻開都築先生的書就會有「哦，怎麼會這樣」的驚奇，感覺愉快而好笑。只能說他真是「奇才」啊。

我到目前為止和都築響一先生一起旅行過幾次。大多是包括採訪的旅行，也有偶爾結伴做私人旅行過。跟別人一起旅行，有時要互相配合還滿累的，我是個長久以來到處走動的人，都築君（我就照平常那樣稱呼他好了）也是經常出門的人，因此可以說習慣旅行了，或者說不會那麼累人。目的地無論是日本國內或海外，都可以悠哉地依彼此的步調隨性遊走。

有一次一起到緬甸的仰光（舊稱達貢）時，沒有特別的事做，因此他說「我到街上去逛逛」，我問他「可以跟你去嗎？」他說「可以呀」，既然答應了就半天一起行動。那時我深深感到佩服，都築君真的是從骨子裡充滿好奇心的人。如果什麼地方有好玩的東西，不管是什麼，他都會一頭鑽進去，一點都不嫌麻煩。而且，他這個人體內（不知道是頭腦或肚子裡）確實擁有發現有趣東西的天線般的東西。

我覺得我一個人走在街上，好像也沒辦法發現這麼多有趣東西。或那與其說是「發現有趣東西的能力」，不如說更接近「從某種東西中發現特殊趣味的能力」。一個東西從這邊看看，從那邊看看，伸手摸一摸，用鼻子聞一聞氣味，在自己體內，逐漸建立起立體的個人性趣味般的東西。都築君可能擅長這方面。

而且順利引發這方面的趣味之後，就會一臉開心的樣子。「村上兄，眞棒啊。這個可有意思。好耶！」一邊笑嘻嘻的，一直坐著不走。看到他那模樣，我也變得很開心。這個人就有這種影響別人的不可思議的感化力。不過在酷暑的仰光街上，奉陪他的好奇心半天下來，老實說，肉體也相當吃不消。

當然都築君感覺有趣的東西，是他個人感覺「有趣」的東西，世間一般人可能不會覺得多有趣。其中很多是，珍奇的東西、奇形怪狀的東西、雜亂的東西、土氣的東西。有時是眼睛想閃開的那種東西。不過讀過幾本都築君的書，穿過那「都築響一的世界」之間，居然發現自己已經以都築響一的視線在注視周遭，以都築響一的文體在描寫那個似的了。以我的情況來說，每次看到什麼奇怪的東西時，就會立刻想到「啊，這個，如果是都築君的話一定會很高興」。說得好聽是被都築響一式的世界「感化了」，說得不好聽是被「汙染了」。

都築君的名著《珍奇日本紀行》是汙染度相當高的書，可以稱為續篇的《珍奇世界紀行》污染度也絕不亞於那個。一邊很佩服和驚訝「寫得眞好」，一邊被那世界逐漸吸引過去。希望我敬畏的朋友——都築響一君，今後也好好加油，不但對日本國內，也對世界的精神繼續盡情汙染下去。

蒐集的眼力，說服的語言

都築先生的著書《夜露死苦現代詩》內容優異，讀來令人感動。尤其著眼點很好。我應新潮社的月刊雜誌《波》寫了這篇（類似）書評（2006年9月號）。我平常不太寫所謂的書評（既不想批評，也無法做露骨的奉承），不過倒喜歡對喜歡的書，有趣的書寫一點什麼。

我不記得有每次不缺地讀文藝雜誌連載的記憶。不如說雜誌本身都幾乎不讀，因此不限於文藝雜誌，連讀雜誌連載這種事都沒有，但只有這都築響一君（特地讓我這樣稱呼。因爲是老朋友了）的《夜露死苦現代詩》❶，自從在《新潮》雜誌刊登之後，我每期都愉快地讀著。並不是因爲老朋友了所以讀，而是因爲實在有趣得沒話說所以讀的。

都築君所寫的東西強在於，經常靠自己的腳四處走動發現有趣的東西，自己細心搜集第一手資料，根據那個直接坦然地展開論說。因此拿起他所寫的東西來讀時，總不會失望。當然有非常有趣的，也有「這個不怎麼樣」的，但不管怎麼說他所提出來的，確實令人感覺到那都是他自己親手仔細收集來的東西。確實可以感覺到自然的活力和新鮮度。看不到隨世間風向起舞，再很有要領地在腦子裡盤算過，或像從哪裡隨便抓來複製、貼上的東西。

都築君要說什麼有趣時，是他眞心覺得那個有趣。而且他眞的擁有對人們仔細述說那趣味的語彙——只爲了這個而特別儲存起來的語彙。不是借來用的語言，而是花時間，自己下過功夫、或自掏腰包買了經驗所學到的語言。「次文化」這用語，拿來表現都築君的方式有點輕，而且好像手上沾了汙垢似的。但如果以「雜民性」的文脈讓我用那語言的話，我每次看到、讀到他的文章時，就會忽然浮現「次文化的山頭火」❷的印象。那當然是從他腰腿的強壯、語言選擇方式的精確，和某種頑固所帶來的一種類比。

關於本書的內容，我應該不必多加說明。只要讀他的書就會知道。在詩這個形式，已經失去過去以「表現容器」的力量的現代，人們內心所發出的語言，也就是**眞正的**語言要尋找去處時能流入什麼樣的「雜民性樣式」中，對這個都築君具體地進行實驗。那以詩的substitute（代替容器）能發揮多少程度有效作用，隱藏多少可能性，我沒有立場判斷。其中有些可能令人感覺只是單純的文字遊戲。有些可能只是以「個人性空中陷阱」就那樣結束。不過至少那些是像海綿般貪婪吸收語言的能量，以一種現象，以一種必然——深切痛切，或厚顏無恥地——樹立在那裡的東西。我們從那樹立的模樣，從那奇特可疑又活生生的語言樣相，應該可以對語言的有效性，讀取到某種啓示。

都築君所追求的應該不是在逐一追究這些語言樣式的是否妥當或可能性如何。他伸手撿起來，顯示給我們的，是在地上找不到容身之處，只好藏到地下（或半地下）去的，詩的語言姿態。以在昏暗的地方生存下去的用具，在和菁英主義無關的地方，被實踐性的手拿起來用的無名語言的模樣。至於從這裡面能讀取什麼，則完全交給讀者自己去辦了。

---

❶夜露死苦，よろしく（yorosiku），請多指教的意思。

❷山頭火，指日本的流浪詩人種田山頭火（1882-1940）。

奇普・基德的作品

這是為了應書本封面設計家，也是朋友的奇普・基德的作品集《奇普・基德：第一冊：1986—2006年作品》（*Chip Kidd: Book One: Work 1986-2006*）（Rizzoli, 2005）的邀稿所寫的文章。他包辦我在美國出版的全部書的封面裝計。一覽他整理書的形式的工作成果，現在還覺得「真是有才華的人」。創意秀逸、充分理解書本。這個人文章也好，在寫著自傳性小說。不用說，這本書的設計也非常用心。

我第一次和奇普・基德❶合作，是一九九三年由Knopf諾夫出版社出短篇集《*The Elephant Vanishes*》（象的消失）時。我第一次看到書的封面設計時，爲那嶄新受到輕微衝擊。因爲那上面所描繪的象，簡直完全像十九世紀的蒸汽火車頭那樣。看起來也像大衛・林區的《象人》中，到處出現的陰鬱機器之一。或蝙蝠人所住的罪惡之都高森市那哥德式風景充滿謎的一部分似的。

通常，人們在畫象時，會讓象這「共有的印象」出現在那裡。會畫兩片大耳朵、一根長鼻子、兩根彎曲的白象牙，強調那生命體的巨大。因爲那是我們對象所擁有的共同認識。那是非常明白的事，到底是象製造出共同認識的，或共同認識製造出象的，都變得很難區別的地步。

但奇普・基德所描繪的象，並不是這樣的象。奇普的象，終究是從奇普的世界所出來的象。那樣的象只住在他的世界裡。那象是鐵打的，用螺絲拴起來的。內部有無數齒輪咬合著，而且可能是以蒸汽動力推動的。在奇普的世界裡，象是以機械結構在那樣動的，這是誰都知道的事實。換句話說，奇普利用共同認識，讓不是共有印象的東西出現在那裡，可能是這樣。這應該是——我感覺——對眞正有創意的想法的必要資格之一吧。

從此以後，奇普就負責我從諾夫出版社出書的所有設計。全都是富有創意的優越設計。他實際讀過書，讓那內容染進自己體內，再從那地點紡出他獨自的造形。那並不是世間常見的，爲了利己設計所作的設計。他所描繪出來的風景和事物，和該書所描寫出的風景和事物，非常自然地互相協調。那設計雖然嶄新，但絕對不會妨礙書本的結構。那和書一起站在那裡。我看到奇普的工作經常感到佩服的，就是這種地方。

我的書每次在美國出版時，我總會期待書的封面設計樣本寄過來——這次奇普到底會提供什麼樣的設計？這次，什麼樣形狀的物體，會從奇普・基德的世界，寄來這邊的世界？到時候總是讓我感到驚奇、感到歡喜。而且今後，他的設計應該仍將繼續成為我的小說世界，不可或缺的一部分。

❶奇普・基德（Chip Kidd，1964-），美國作家、編輯、平面設計師，以設計書籍封面聞名。

「河合先生」和「河合隼雄」

這是為岩波書店出版的《河合隼雄著作集》第二期第六卷的月刊所寫的文章。2004年2月刊出。當時河合先生還健在。我見過他好幾次，也談過話，但並沒有真正談到深入核心的話。因為覺得「要談那種事情，可能過一些時候比較好」。然而在那之間河合先生就得病去世了。真遺憾。

我從來沒有被稱爲「先生」，我也沒有稱呼過別人「先生」，但不知道爲什麼只對河合隼雄先生，我很自然地就稱呼他「河合先生」了。試想起來，我既不是河合隼雄氏的學生，也不是他的客戶，也沒有特別以「人生導師」仰慕私淑著（當然我是尊敬他的，眞的），只要簡單地稱呼「河合桑」就可以的，雖然如此還是不知不覺就稱他「河合先生」了。面對面這樣稱呼，在他不在的地方也會脫口而出「河合先生啊……」。爲什麼會這樣呢？開始寫這篇稿子，我重新懷有這個疑問。我未免太自然、太坦率地把河合隼雄氏稱爲「河合先生」了。其中一定有什麼原因。

懷著這樣的疑問，試著環視周遭看看，稱呼河合桑為「河合先生」的，並不只有我一個人而已。許多編輯和我太太，也幾乎都稱呼「河合先生」。當然其中也有稱呼「河合桑」的人，不過似乎大約以八比二的比例「河合先生」派壓倒性地勝過「河合桑」派。像他這種人，現在幾乎看不到了。

正如您所知道的，世間有一句話說「沒有傻瓜願意被稱為老師的」（譯註：日語先生有老師的含意），雖然在適當時機先稱呼人家為「老師」之後，確實有些情況是很多麻煩都可以暫且擱一邊去，不過河合隼雄氏的情況卻不同。因為，他不是一個你想擱一邊，他就會簡單地說「好，是這樣嗎？」就把事情擱一邊的那種人（或許會裝成擱一邊的樣子，等你一留神時可能反而你被擱在架子上了）。當然大家對河合隼雄氏自然懷有敬意，自然就跟「河合先生」的稱呼方式連起來，其中並沒有懷疑的餘地，但我忽然覺得，或許不單純只是這樣而已。河合隼雄氏不知道為什麼，和「河合先生」這個稱呼非常搭配。不如說，好像未免太自然地過分搭配了。為什麼河合隼雄氏會和「河合先生」這個稱呼那麼吻合地搭配呢？我也試著做了種種思考（因為小說家很閒，所以會比較固執地去思考各種事情），在想著之間，漸漸開始覺得，總之河合隼雄氏是半故意地穿上所謂「河合先生」外衣的吧。也就是說，河合隼雄氏或許由於有效穿上所謂「河合先生」的稱呼，而開始展開、並行使「我是河合先生，所以和河合隼雄不同喔」的軟性戰略。換句話說或許由於極自然地笑咪咪接受被稱爲「河合先生」的事，使自己巧妙地以「河合先生」和「河合隼雄」分開來，各別使用。如果眞是這樣，我想眞不愧爲心理療法專家。我太佩服了。當然這只是我的假設和推論而已，不過以我來說，我相當（擅自）確信，這種地方未必完全沒有。

無論如何，這種事情就算刻意想做，也不是簡單就能辦到的。首先必須要有能讓周圍的人稱呼爲「先生」（不是一時權宜的）的實績和實力才行，既需要有順利自然地接受那個的「牽引」力，也需要有不會輕易被制度化的統御力。我就實在沒有那種本事。

因此，不管怎麼樣就稱呼「河合先生」了。

偶爾見了面談起個人性話題時，眼前河合隼雄和河合先生的模式會忽然交換。或者，從這邊的眼光看來，會有這種感覺。簡直就像由於風向的不同，森林中樹葉間陽光漏出的光點印象也會改變那樣，他的容貌也會稍微改變。眼光的神采，聲音的音調會稍稍改變。話雖如此，並不會因此具體上就有什麼改變。不像一般人那樣，超過某一點之後說話方式會截然改變，或說話內容會改變。不過刻度（notch）會挪移一度。但我並不會因爲這樣，就把過去稱「河合先生」的改稱「河合桑」。河合先生畢竟一貫是「河合先生」。並不會輕易地放到架子上去，或從架子上卸下來。以我來說，只能推察，和佩服那眞是不簡單的工作啊。比較起來，小說家眞的很輕鬆。因爲只要寫完小說，然後光發呆放空就行了。

我們以最簡單、最自然的形式，遇到「河合隼雄氏」眞面目的機會，怎麼說，都是在河合桑變成長笛手的時候。他拿著長笛走上舞台。並以稍微緊張的表情，（例如）開始吹起莫札特。音樂一旦開始之後，那裡已經沒有平常的「河合先生」了。那裡已經沒有語言，也沒有語言所規定的世界，我們眼前有的是原生的河合隼雄氏。或者該說，只是住在奈良縣、深深喜愛音樂的河合隼雄桑。我們眼前所看見的，是逃出語言的符咒，只是無心地飄蕩在音樂世界的一個生身的人類（我們可以清楚聽出那無心來）。因此以我來說，我覺得只有吹著長笛時的河合隼雄桑，似乎不能稱爲「河合先生」。

眼見的東西，心想的事情

大衛・希爾頓的季節

這篇稿子是為《數字》（*Number*）雜誌1980年10月5日號所寫的。相當久以前了。我在家裡翻找舊資料時無意間忽然冒出來。因為很懷念所以稍微整理後收錄進來。這次開幕比賽的廣島隊投手，我記得一直是外木場，其實是高橋（里）。內容上有幾個細微事情上的錯誤（當時還沒有維基Wikipedia網站），為了保持文章的流暢而維持原來的樣子。

那是個美麗的季節。養樂多燕子隊，一九七八年。

正當廣岡當教練，正當松岡是主力投手，正當若松是強棒。查理・曼紐兒（Charles Fuqua Manuel）敲了一支全壘打到後樂園球場的最上層，大矢以捕手如鐵壁般守住本壘。

那年年初，我搬到神宮球場附近（幾乎只因爲是在神宮球場附近），一有空閒時間每天都到外野席去報到。比起少年時代一樣常去的甲子園球場，當時的神宮完全看不出是職業棒球賽的球場。說是偏僻地區的鬥牛場或許氣氛更接近。外野沒有椅子席位，半禿掉的草地斜坡一下起雨來就變得泥濘不堪，風強的日子，耳洞裡全是沙子。雖然如此無風的晴朗午後的神宮球場外野席，至少東半邊球場是最舒服，而且最溫暖人心的外野席。手寫式得分板頂上坐著幾隻無聊的烏鴉，在春天的陽光下戴著燕子隊球帽好事的孩子們在斜坡上到處躺著玩耍著。

我才剛成爲二十九歲，從那年春天開始寫小說（般的東西）。寫小說（般的東西）是我有生以來頭一回。養樂多燕子隊是球團創立以來，在從未經驗過冠軍之下正迎接第二十九個年頭的球季。不用說，這兩個事實之間並沒有任何關連。只是純屬巧合而已。

然而這裡還有一個二十九歲的青年。我現在要談的，就是關於他的簡短故事。不，也談不上故事。我對他的了解，並不足以到說故事的地步。只是接近片段而已。他的一個片段。藉著所謂季節這利刃切取下來，他的靈魂的一片。那一片在一時之間在人們心中——至少在我心中——徘徊之後，終將逐漸失去那鮮度，消失到壓倒性的時光之流中去。

回到七八年的四月一日。

晴朗。

神宮球場的開幕賽，開賽的下午一時，我一邊躺在草地上一邊喝著第二口啤酒。廣島隊投手是高橋（里），然後走進第一個打席的是他。看到他的身影可能有幾個觀眾笑了。而另外幾個則可能體內忽然感覺到類似新鮮預感般的東西。笑的原因當然是他那奇怪的打擊姿勢。站在擊球區中，簡直像蹲下般笨拙地彎著身子，邊團團轉著筆直站立的球棒頭，邊半挑戰、半畏怯般盯著高橋投手的手套。我甚至想到，這裡或許眞的是鬥牛場啊。

而且，雖然是事後想起來的，那裡還有一個，新鮮預感般的東西。這並不容易說明。就算光是瘦瘦的駝背外國選手已經是夠「新鮮」了，但那如何能跟「預感」結合起來呢？不過預感這東西，說得誇張一點，如果是被神所愛的人一時的光輝，那裡確實有。只有他的周圍，有春天的陽光特別多照一點般的氛圍。看來也像是他從亞歷桑納（大概）的小鎭帶進東京的運動場來的，他的靈魂的一片，受到那陽光照射而正閃爍著光輝。

那是了不起的安打。球把左場和中場間切成兩半，格烈特和山本浩二追到球時他已經站上二壘壘包。我想那是整個球團七八年球季的第一支安打。

他的名字當然是Dave Hilton（大衛・希爾頓），那年最佳球員的二壘手，到夏天即將結束時打擊率守住頂尖的男人。您可能還記得他的名字。七八年是爲他存在的球季，而且那才是兩年前的事而已。

那個球季，他每打完球就全力衝刺，而且有時繼續嘗試絕望性的頭前滑壘（head-first slide）。報紙（不是體育新聞那種）用整版專欄全面讚美那比賽。他在緊要關頭日本職棒球季決戰的第四戰最後一局，將今井雄太郎的曲球以難以相信的揮擊打進西宮球場左翼的幸運區。而且整年之間從神宮球場的選手出口到球員休息室間的短短路程中，我沒看過比他更認真和球迷握手的選手。

但結果對我來說的大衛・希爾頓，則是穿著有破綻毛衣抱著超級市場紙袋的一個窮相美國人。

那是即將迎接日本球季大賽的十月初一個陰雲的星期天。接近傍晚時分，眼睛看不出程度的初秋細雨開始微微濡濕路面。我和妻子走出廣尾的超級市場時，巴士招呼站附近帶著小孩的美國夫婦正要招計程車。那小個子的美國人把兒子放在肩膀上，左手抱著超級市場的紙袋。孩子對著站在身旁少女般的母親笑著，她轉向丈夫微笑，父親邊笑邊以淺藍色眼珠一直仰望著兒子。

有什麼打動我的心。和在開幕賽中我所感到那預感類似的東西，還在那裡。

而且我感覺到有生以來，從沒看過這麼不含雜質的純粹幸福情景。他們說起來，是穿著樸素、外表平凡的美國一家人。但他們臉上沒有所謂陰影這東西。簡直就像在下著小雨的黃昏射進來的一線陽光那樣，他們的微笑明亮而光輝。那使他們成爲某種特別的存在。打動我的心的，或許是那樣的光輝中令人有點心痛程度的幸福感。

這是當時他的簽名。

Dave Hilton……字有點晃動也沒辦法啊，你正抱著兒子和紙袋，要招計程車嘛。

然後七八年的球季就結束了，一切都變了。那美好的季節再也沒有回來過。但我（或你）又能怪誰呢？從亞歷桑納來的和我同年齡眼睛溫柔的青年，消失到所謂season季節的時光流沙中去了。只不過是這麼回事而已。

再見，**Dave Hilton**。

正確的燙衣方法

1980年代初，我作為作家出道才不久那時，在《男人俱樂部》（*Man's Club*）雜誌連載專欄。這是其中的一篇。我並不是從以前就喜歡燙衣服，不過以家事來說倒不覺得有多痛苦。至少比用抹布擦東西之類的要合乎個性。現在相當忙了，所以在日本時襯衫大多都給洗衣店洗，但在外國時基本上是自己燙。因為有時會被燙得很糟糕。

高中時代看了《齊瓦哥醫生》的電影。由大衛．連導演，奧瑪．雪瑞夫和茱莉．克莉斯蒂主演，相當有趣的電影，但劇情幾乎不記得了。不過確實很長，很多下雪的場景。

電影這東西眞不可思議，有時劇情和名字全都忘光了，卻只有一幕地方無論如何都還留著忘不了。而且那一幕往往和劇情毫不相干。《齊瓦哥醫生》中我現在還清楚記得的，只有扮演從軍護士的茱莉．克莉絲蒂，把堆積如山的白襯衫用熨斗一件又一件燙平的那一幕，一個地方而已。雖然覺得對大衛·連（David Lean）導演過意不去，但除此之外什麼都不記得了。

我能鮮明地記得燙衣服那一幕，只有一個原因。如果有機會鑑賞《齊瓦哥醫生》的話務必請注意看看，茱莉·克莉絲蒂所用的熨斗並不是電氣熨斗。老實說我在看這部《齊瓦哥醫生》之前，從來沒想過這個世界上除了電氣熨斗之外還有別種熨斗存在。所以我看到這一幕時很佩服「哦，是這樣啊」。

那麼電氣熨斗之外的熨斗是什麼呢？這眞的是「鐵」。幾塊附有把手的鐵片架在炭火上，選熱了的，用來抹平襯衫的皺紋，冷了再架在火上，拿另一片來用。看起來就很重，這一定是重勞動。身材苗條而知性的茱莉·克莉絲蒂穿著白色制服，邊流著汗，邊把襯衫一件又一件地這樣燙下去。我看了之後深感歷史這東西實在很沉重，眞不可思議。人對很多事情，會以各種方式感動。

這且不提，我對燙衣服倒頗有心得。不如說，至少自己穿的襯衫會自己燙。要問爲什麼要這樣做，因爲我想這樣做是當然的。

我首先不會把襯衫送去洗衣店。除非是很貴的洗衣店，不然一般店洗的方法粗暴，燙在錯誤的紋路上，硬邦邦的過度上漿，沾上奇怪的氣味，當然襯衫壽命也會縮短。因此我自己洗。有空的話在泡澡時就順便用溫水刷刷地揉洗。如果沒有空就用洗衣機，不過我比較喜歡用手洗。然後晾乾。

好像很囉唆，不過如果要珍惜襯衫的話，晾乾最好還是由自己來。因爲從這「晾」的作業已經開始燙衣服了，這樣說並不爲過。要怎麼個晾法呢？一句話，就是以容易燙的方式來晾。無論說多麼會燙衣服，但皺巴巴晾乾的襯衫要燙得筆挺首先就不可能。以一句話來說，要晾得筆挺，讓人說能晾得這樣漂亮不用燙也行的地步。

然後開始燙。因爲這是以男人的興趣在做的，所以可能的話最好用最高級的熨斗和燙衣台。不過可能有各種原因，就算誰給的極普通的蒸氣熨斗和量販店買的便宜燙衣台，妥協著用也沒關係。以經驗來說，背景音樂用靈魂音樂好像很合。一邊播放小沃克和全明星（Jr. Walker & The All Stars ）或戴安娜．羅絲和至上女聲三重唱（Diana Ross & The Supremes），一邊繼續燙個五、六件。就像煎法式蛋包一樣，剛開始可能感覺不順手，但繼續煎一個月之後就會漸漸順手了。

不過如果要問「爲什麼非要做到那個地步不可？」我也很傷腦筋。因爲那是想法的不同。在更衣室把襯衫一脫掉，母親或太太或愛人就會幫你洗好曬乾燙平，對這樣就滿足的人，我並沒有能說「這樣不對」的特別根據。或對認爲洗衣服曬衣服燙衣服不是男人的工作的人，我也沒有自信說服他們。可能也有人認爲如果有時間去做那種事，不如去做更有用的工作，我覺得這樣想好像也對。

不過啊，一件襯衫在洗著、晾著、燙著將近十年之間（很輕易就能穿過十年），自然會產生像對話般的東西。我絕對不是講究穿著的人，也不是會在衣服上花很多錢的人，雖然如此每天卻毫無選擇地必須穿著衣服過日子，既然如此，那麼多少試著跟衣服對話也很重要吧，忽然也會這樣想。

不過，就算不談這麼硬的道理，燙衣服這件事試做起來也滿有趣的。

說到鯡魚

這是從前，我為嵐山光三郎先生擔任總編輯的《*Do Live*》雜誌所寫的。記得是1980年代中期的事。《*Do Live*》是始終一貫很有活力的雜誌。後來收進〈新版 象工廠的快樂結局〉，但因為沒收進文庫版，因此讓我收進本書中。我會特別在意這篇隨筆，是因為我個人喜歡鯡魚。只為這一點。

我滿喜歡鯡魚這種魚。查字典時鯡魚日語發音**nishin**和「二審」或「二心」等不太起眼的語言同音排在一起，不過這都無所謂，醋泡鯡魚和啤酒很搭。

鯡魚這東西是有點奇怪的魚。雖然不是平日常吃的魚，但有時會想吃得不得了。一旦想吃鯡魚蕎麥麵時，會忍不住立刻衝到附近的麵店去，但等吃完之後，是否就深深滿足或感動呢?倒也沒有，總之只不過是「鯡魚蕎麥麵」而已。這種地方可以說是鯡魚的極限，或許也可以反過來說，是令人憐惜的地方。

鯡魚的英語叫做**herring**。從前有一位名叫凱斯・哈林❶臉長得像鯡魚的畫家。

他姓Haring，但跟鯡魚herring沒有任何關係。不過在看凱斯．哈林的畫時，會反射性地想吃醋泡鯡魚眞傷腦筋。爲這種事情傷腦筋的，我想像全日本可能只有我一個人吧。

試翻英語辭典看看，我發現提到關於鯡魚的事比日語辭典要多得多。可見鯡魚可能和英國國民的生活有很深的關係。畢竟大西洋還被稱爲「鯡魚池」（herring pond）。例如英語中所謂「像鯡魚般死掉了」是指「完全累趴」的意思。爲什麼？大概大多數的英國人只看過死掉的鯡魚吧。所謂「像鯡魚般thick」，則指密密麻麻的樣子。群聚在一起密集地推擠著吧。

日本稱爲「杉綾」的斜紋織法英語稱爲herringbone，也就是「鯡魚骨模樣」。這麼說來我有生以來第一次買的西裝，就是Van Jacket的斜紋織法（herringbone）西裝。襯衫當然是白色扣領的，領帶是黑色針織的。當時是常春藤名校款式的全盛期。回想起來好懷念。鯡魚和我的人生好像幾乎沒關係，卻又常常會出現一點關連。

相當常用的英語迂迴措詞中有「紅鯡魚」（red herring）的說法。很難以一句話說明，不過如果硬要說則是指「爲了脫離原來的目的或情節故意提出，雖然引人興趣，其實卻不太有意義的事」。以前我讀翻譯書時，遇到「嘿，那完全是紅鯡魚」的文章，不知道的人一定完全不懂意思。這說法用途相當多，但日語中卻找不到相應的表現法，因此我想乾脆把那直接導入日語中不好嗎？就說「嘿，那完全是紅鯡魚喲」。

爲什麼「紅鯡魚」會有那種意思？我一直不知道，但因爲我有語源辭典般的東西，因此上次我想到來查查看。根據記載，據說從前英國爲了捕抓狐狸而養獵犬，他們在沾有狐狸氣味的路上，爲了障眼法而將燻鯡魚放上去，以那樣來鍛鍊狗的嗅覺。嚴格訓練狗別被鯡魚的氣味所引誘而沖昏頭迷了路，要確實認眞地一路追到狐狸。因此好像紅色薰鯡魚便成爲＝導致偏離目的的有魅力東西。知道一個新語源後，覺得好像變聰明一點了。其實實際上是不太有用的知識。

有一次有事到銀座，一個人信步走進啤酒屋，喝著生啤酒吃著醋泡鯡魚之間，心情變得非常爽快，把要辦的事情完全忘光。「咦，今天是爲什麼來的？」這一定也是「紅鯡魚」現象之一吧。

寫著之間開始想喝啤酒起來了。

❶ 凱斯．哈林（Keith Haring，1958-1990），美國八〇年代的代表性畫家，被稱爲街頭藝術的先驅，以簡單線條和鮮豔色彩構成獨特畫風。三十一歲因愛滋病去世。

傑克·倫敦的假牙

這是為《朝日新聞》的晚報所寫的隨筆。登在1990年5月21日的文化欄。傑克·倫敦是我向來就喜歡的作家，我記得曾經寫過幾次有關他的事情（不過不記得登在哪裡）。我也造訪過他在加州納帕（Napa）的家。最近他在各地似乎重新獲得好評，我也覺得非常高興。基本上他是一位優質的故事作家，許多地方都有出人意表的突出表現，作品從各種意義上從各種方向都能有趣地讓人讀進去，是個不可思議的作家。

傑克·倫敦的生日和我一樣，不是說因此就怎麼樣，不過我常常讀他的小說。要知道倫敦小說世界的概要，從歐文·史東（Irving Stone）所寫的的傳記《馬背上的水手》可能最快了解。這是對倫敦波瀾萬丈的生涯，很有要領地做了驚心動魄整理的讀物，讀來絕不會厭煩。這和倫敦所寫的自傳體小說《馬丁·伊登》一併閱讀，可以相當清晰地浮現他那巨大而複雜的人物形象。《馬丁·伊登》雖然是相當有癖性的作品，但其中有抓住讀者的腳往地獄底層直拖下去的獨特可怕味道。畢竟倫敦讓自己投影的主角作家馬丁·伊登在書的最後自殺，之後自己也像照著小說的寫法那樣，在聲望的巔峰自殺身亡。

讀史東所寫的《馬背上的水手》有一個地方讓我非常感動。那是他以日俄戰爭的從軍記者單身到朝鮮半島去時的事。倫敦以他與生俱來的冒險心，住到外國人幾乎從未涉足過的朝鮮北部偏僻的村落裡。村子的幹事來到他投宿的地方，恭敬地向他行禮。並說在您疲倦的時候眞過意不去，但全體村民說想拜見您的尊容。如果方便，可以到廣場上讓大家見見您嗎？

倫敦非常驚訝，也很高興。當時他在美國和歐洲文名正急速上升，但絕沒想到在這朝鮮的寒村大家也知道他的名字。廣場上確實聚集了滿滿的人潮。倫敦心想自己人氣眞不錯。但當他站上預備好的講台時，幹事卻說，眞不好意思，可以請您把假牙拿下來讓大家看嗎？村民想看的不是傑克倫敦本人，而是他的假牙。村民從來沒看過假牙這東西。因此他在三十分鐘之間在觀眾熱烈的掌聲下，竟然在講台上把假牙一會兒拿下一會兒裝上。

當時倫敦心裡這樣想，「人們無論如何費盡力氣地死命追求什麼，但在那個領域眞正能獲得人們認同的卻非常稀少」。他一邊在內心深深銘記這點，一邊站在寒風刺骨的廣場上，微笑著讓村民繼續看他的假牙。

讀了這個，我覺得倫敦這個人眞偉大。甚至很感動。當然也覺得他能不生氣地就那樣把假牙拿出又裝起地繼續半小時，也實在親切得眞偉大。下顎的肌肉一定也相當疲吧。但我更佩服的是，他那學教訓的方法。如果有一千個人站在完全相同的立場，能從其中引出那樣特殊教訓的人，我想除了他大概沒有別人了。

但我也覺得，試想起來，也對。人們對什麼就算拼命努力到流血的地步，也未必能得到別人的認同。這確實可能是值得銘記在心的事實。我讀了這段插曲之後，比以前更喜歡傑克倫敦這個作家。

以得到教訓的方法來說，就算沒那麼戲劇性，我也有過類似的經驗。當我還是大學生的時候，常常一個人背著睡袋到處去旅行。有一年秋天我到青森去旅行時，走在山裡迷了路。已經傍晚了，氣溫陡然下降，好像快要下雪的討厭天氣。我想，這下有點不妙了。不過還算幸運，遇到森林管理署經過那裡的吉普車，託他們把我載到公路上去，從那裡可以搭便車到町（鎭）上去。載我的是一台小巴士，上面坐了大約十人左右的歐吉桑團體。不知是小公司的同仁旅行，還是地區的旅行團，大家都喝了酒正高興地鬧著。大家對我都很親切。說同學也來喝一杯吧，邀我喝日本酒。我想也不便拒絕，就只喝了一杯。但可能因爲太累，我立刻就迷迷糊糊地睡著了。

過一會兒忽然留神時，那些歐吉桑們居然都在說我的壞話。學生眞輕鬆啊，花父母的錢到處玩，眞厚臉皮的傢伙，還喝人家的酒，之類的話。好像整部巴士裡的人全都在罵我似的。我想眞傷腦筋但也不便起來，於是就繼續裝睡。等壞話告一段落後再過一會兒才假裝忽然醒來。然後若無其事地微笑著談笑，到了街上我低頭說「非常感謝」下了巴士。歐吉桑們也說「噢，加油喔」。

那時還年輕，我爲那件事也受了傷。爲什麼自己非要被那些歐吉桑們罵不可呢？我不知道原因何在（現在也還不知道，或許我有什麼惹人厭的地方）。不過我覺得這種事最好別想太多。而且這樣想，「當別人在說自己的壞話時，最好假裝睡覺」。

這種教訓的體會法或許不是正統。不過那眞的是當時我的眞實感覺。雖然要裝成睡著也很累，不過我想，在那種情況下那可能還是最正確而妥當的選擇。

在以後的人生中也有過幾次類似的情況。每次，我都想到，啊這跟那次巴士一樣嘛。而且每次都裝睡度過。當然也有幾次沒辦法默不作聲。不過以我的經驗來說，這種事並不會那麼頻繁發生。大多的事，都會在你裝睡之間就消失無蹤。就像那小巴士的歐吉桑團體那樣。

我想，個人的教訓並不是你想得到就能得到的東西。那是會經過不可思議的途徑相當唐突地從頭上掉下來的東西。而且途徑越不可思議，那效用也會成比例地越大。不過這種教訓有多少一般性和普遍性就不知道了。

來想一想風

這是為路易・威登（Louis Vuitton）出版的雜誌所寫的文章。叫做《*Le Magazine*》的雜誌，2003年夏季號。我記得是以「風」為主題邀我寫一點什麼。很少遇到人家出題目找我寫東西的情況，不過這時候不知怎麼忽然心血來潮。

我讀過一本書，有一節一直留在我腦子裡。我記得是十八歲的時候，讀了楚門・卡波提（Truman Capote）的短篇小說〈關上最後一扇門〉（Shut a Final Door），最後一節一直留在頭腦裡。是這樣的文章。

「然後他把頭壓在枕頭裡，用雙手把耳朵掩住，這樣想，去想無關緊要的事吧。去想風。」

我非常喜歡最後 "think of nothing things, think of wind." 的文章。那語感要正確翻譯成日語眞的非常難。就像楚門的很多美麗文章那樣，寫出唯有從其中所含的某種聲音語感才能產生的心境。

因此，每次有什麼難過的事或悲哀的事時，我總會自動想起那句話。「去想無關緊要的事吧。去想風。」然後閉上眼睛，閉上心，只想風。吹過各種地方的風，各種溫度，各種氣味的風，我覺得確實有用。

我曾經在希臘一個小島上住過。偶然去到一個沒有任何熟人的島上，在那裡租了一間房子住下。以前連聽都沒聽過的島。當然除了我們兩人（指我和妻子）之外也沒有日本人。以簡單的希臘語單字總算解決現實生活，接下來就只面對書桌工作。季節是秋天。工作空檔常常散步。那時候，現在想起來都覺得不可思議，每天都只想到風。不如說，我們名副其實好像活在風中似的。大多是微風，有時風會變強。大多是乾風，有時含有濕氣，極稀罕地偶爾帶來一陣雨。但無論如何，那裡經常有風，我們隨著風醒來，隨著風行動，隨著風入睡。

無論去那裡，風都跟在我們後面來。到港邊的咖啡店，風把遮陽傘邊緣忙碌地飄揚起來。到無人的帆船碼頭，船桅不斷發出喀答喀答喀答乾乾的聲音。走進林間，風一邊輕撫著綠葉一邊往四處移動。風把浮在海上的白雲吹到某個遠方的岸邊，又靜靜舞動開在書桌前窗子邊的九重葛花。把路過賣貨人的聲音傳來，把誰家烤羊肉的香味陣陣飄來。我們幾乎片刻都無法忘記風的存在。

我去過世界許多地方，但沒有像住在希臘島上時，那樣肌膚深深感覺到風的存在過。我感覺到我們簡直像是三個人悄悄挨著肩膀，生活在那島上似的。我們兩人，和風。爲什麼呢？也許本來就是那樣的地方。那裡，或許風是擁有靈魂般的地方。因爲眞的是，除了風之外幾乎一無所有的，安靜小島。或者，在那裡的期間，我正好進入深刻思考風的時期。

思考風這件事，並不是誰都辦得到的，也不是隨時隨地都能辦到的。人眞的能思考風，是在人生中的一個很短時期。我這樣感覺。

關於TONY TAKITANI（東尼・瀧谷）

這是為美國的文藝雜誌《旋轉畫筒：所有故事》（*Zoetrope: All-Story*）（Summer, 2006）所寫的。原來的題目是「On the Adaptation of Tony Takitani」（東尼・瀧谷改編版本）。我在火奴魯魯曾經受到真正的東尼瀧谷先生的邀請「要不要一起打一場高爾夫球？」但很遺憾我不打高爾夫，所以我們沒能邂逅。真遺憾。

我想是一九八四年或一九八五年的事了，我們和朋友夫婦四個人租車在夏威夷旅行。在造訪茂宜島的小村子時，有一家thrift shop（便宜的舊貨店）。走進去東看西看之間，發現有一件黃色T恤衫在賣。非常平常的棉質圓領T恤，胸前印著"TONY TAKITANI"的黑字。這樣而已。TONY TAKITANI到底是什麼人物？那件T恤是爲什麼目的製作的？完全不知道。從名字看來，TONY TAKITANI先生可能是日裔美國人。但除此之外的事就無從得知了。我被其中隱藏的不可思議所勾引而買了那件襯衫。和全新的一樣，設計也相當不錯。價格是一美元。非常便宜。

我回到東京，上街時常常會穿上那件T恤。而且每次穿時，就會不解地想到「TONY TAKITANI到底是誰？他到底住在哪裡？他在做什麼？爲什麼特地製作這樣的襯衫？」這樣過了幾年，有一次忽然想到。幹脆就以這TONY TAKITANI的人物，來寫一個故事吧。當然因爲我對現實的TONY TAKITANI是什麼樣的人並沒有線索，所以只能在腦子裡自己隨意想像。而且不用說，在腦子裡隨意想像，正是我的職業。

如果是現在，也許從網際網路上搜索TONY TAKITANI就可以查到很多事了。但一九八〇年代中期，不知幸或不幸還沒有網際網路的存在。所以我只能運用自己的想像力。而且光從一個名字，從那聲音開始，產生一個故事。這麼想來，一美元的T恤衫應該說買得太便宜了。

到了一九九〇年代後半，有一個編輯用網際網路爲我查到TONY TAKITANI。才知道他在一九八〇年代初曾經由民主黨推舉參加夏威夷參議院議員選舉的事實。換句話說那件T恤是他選舉活動的襯衫。原來如此。這樣就說得通了。

眞正的TONY TAKITANI現在據說在火奴魯魯當律師。我很想知道，他會怎麼讀自己的名字所產生的故事。

追求不同的聲響

這是為《紐約時報》「書訊」所寫的文章。2007年7月8日刊登。刊登時的標題是「Jazz Messenger」（爵士信差）。在日本我想這是第一次刊出。我二十幾歲的照片也和文章一起登出來。

我本來並沒有打算當小說家。至少到二十九歲爲止。說眞的。我從小就讀了很多書，一直很著迷於小說的世界，所以如果說沒有動過寫的心情，可能是騙人的。不過怎麼都不認爲自己有寫小說的才能。我十幾歲時所喜歡的作家，是例如杜斯妥也夫斯基、卡夫卡、巴爾札克。實在無法想像自己能寫足以和他們所留下的作品相匹敵的東西。所以我在人生的很早階段，就抹殺了寫小說的希望。心想只要把讀書當興趣就好。工作就從別的領域去尋找吧。

結果我選擇音樂爲職業。我把打工賺的錢存起來，再向親戚朋友借了一些錢，就在二十幾歲時在東京開了一間小小的爵士俱樂部。白天賣咖啡，晚上賣酒。也供應簡單的餐點。經常放唱片，周末則找年輕的爵士樂手來做現場演奏。店繼續開了七年。爲什麼嗎？理由很簡單。因爲這種職業，可以從早到晚聽爵士樂。

我第一次聽到爵士樂是一九六四年，我十五歲時。那年的一月，亞特·布萊基及爵士信差到神戶來公演。我得到那音樂會的門票當生日禮物。那是我第一次正式聽爵士這種音樂，我簡直像被雷擊中般震驚。Wayne Shorter（韋恩·蕭特）的次中音薩克斯風、Freddie Hubbard（佛瑞迪·哈伯）的小喇叭、Curtis Fuller（寇帝斯·福勒）的伸縮喇叭、還有亞特·布萊基所率領的優秀而堅強的節奏組。非常傑出的樂團。即使在爵士樂的歷史上，我想都是最強有力的組合之一。而且我這樣想，「哇！我從來沒聽過這麼棒的音樂」。從那個瞬間開始我就完全迷上爵士樂了。

大約一年前，我在波士頓有一個機會跟巴拿馬出身的爵士鋼琴手丹尼諾·培瑞茲（Danilo Perez）共進晚餐。我跟他談起這件事時，他從口袋裡拿出手機來問我「春樹，你想跟韋恩（蕭特）說話嗎？」我幾乎呆住了，還是說「當然」。他撥了佛羅里達的電話號碼，把電話交到我手上。我在那電話上對蕭特先生說的，基本上是「哇！我從來沒聽過那麼棒的音樂（而且以後可能也聽不到）」。人生眞不可思議。你無法預料會發生什麼。四十二年後，自己（出乎意料之外）成爲小說家，住在波士頓，會用手機和韋恩·蕭特說話。

二十九歲時，忽然想到來試著寫小說。自己都覺得可以寫什麼了。當然不可能寫出可以和杜斯妥也夫斯基或巴爾札克匹敵的作品，那也沒關係，我對自己說。並沒有必要成爲文豪。不過說到寫小說，卻不知道到底該寫什麼、如何寫才好。因爲從來沒有寫小說的經驗。當然也沒有自己的文體之類的。既沒有人可以教我小說的寫法，也沒有可以談論文學的朋友。當時我想到的是「如果能像演奏音樂那樣地寫文章，一定很美妙」。

我小時候學過鋼琴，所以看到樂譜就能彈簡單的曲子，但當然沒有成爲專業音樂家的技術。不過我腦子裡，常常可以感覺到有自己的音樂般的東西，很強、很豐富地像漩渦般轉著。那樣的東西有沒有辦法轉變成文章形式呢？我的文章是從這樣的想法中出發的。

無論音樂或小說，最基礎的東西是節奏。文章如果沒有自然而舒服，而且確實的節奏的話，人們可能無法繼續讀下去。節奏這東西我是從音樂（主要是從爵士樂）學來的。接下來的是配合那節奏的旋律，也就是精確的語言的排列。那如果是流暢的優美的，當然沒話說。然後是協調，支持那語言的內在的心的聲音。接下來是我最喜歡的部分來了——即興演奏。通過特別的頻道，故事從自己內部自由地湧出來。我只要乘著那流勢就行了。而最後，可能是最重要的東西就會來到。由於寫完作品（或由於演奏完曲子）所帶來的「自己已經到達某個新的、有意義的地方」的興奮感。而且如果順利，我們可以和讀者＝聽眾共享那浮上來的高昂氣氛。那是在別的方面所無法得到的美好達成。

像這樣，關於我的文章的寫法幾乎是從音樂學來的。以相反的說法，如果我沒有這樣著迷於音樂的話，我可能不會成爲小說家。而且成爲小說家之後經過將近三十年的現在，我寫小說的方法，許多地方還繼續從傑出的音樂學習。例如查理・帕克不斷引出的自由自在的樂句，和費滋傑羅流暢華麗的散文，一樣程度地，帶給我的文章豐富的影響。麥爾斯・戴維斯的音樂所含有的優越的自我革新性，我到現在都以一種文學的規範來仰慕著。

瑟隆尼斯・孟克是我最敬愛的爵士鋼琴手，當有人問到他「您彈的琴音爲什麼有那麼特別的響法？」時，他指著鋼琴回答說。

「沒有什麼所謂新的音（note）。請看看鍵盤。所有的音都已經排在那裡。不過如果你在某個音上賦與確實的意義的話，那響法就會不同。你該做的事，是拾起眞正含有意義的音。」

"It can't be any new note. When you look at the keyboard, all the notes are there already. But if you mean a note enough, it will sound different. You got to pick the notes you really mean!"

一邊寫小說，我常常想起這句話。然後這樣想。沒錯，並沒有任何新的語言。爲非常平凡的普通語言，賦予新的意義，特別的響法，是我們的工作。這樣想時我就可以安心。我們前面還有很寬廣的未知的地平無限延伸。等待開拓的肥沃大地就在那裡。

問與答

好好上年紀很難

這是為名為「共立女子短期大學文科日本語．日本文學科」（好長的名字）的學科所出版的叫《茜》（AKANE）文藝雜誌（50號）所進行的網路採訪。說「因為紀念創刊50號，所以想務必拜託村上先生……」碰巧有空，於是答了。並不經常這樣做。發表在2005年3月。

問題1

形成「村上春樹這個人」的原點，您認爲是在哪裡？

（拜讀您的隨筆，從幼年開始，就有接觸世界文學的環境。）

我沒有兄弟姊妹，也就是所謂獨生子，因此從以前就不會感覺一個人有多痛苦。換句話說，可以讀書、聽音樂、自己想出各種遊戲，一面和貓或狗一起玩，一個人怎麼樣都可以消磨時間。坐在椅子上一翻開書頁，就會一直泡在裡面。每天都這樣。

這樣的生活方式到現在大體上還一樣，一個人長久坐在書桌前寫小說，或翻譯，一點都不會厭煩。長期間不跟任何人開口說話，也不覺得多痛苦。可能本來性格就適合當小說家。只是坐在書桌前，幾個月，有時是幾年，要一直繼續集中精神在工作上，比一般人想像的需要更多精力，因此不得不鍛鍊身體，但就算運動也完全不適合團體運動，只能做像長距離跑步、游泳之類「個人性運動」。我想這種性格相當強。無論什麼事都一貫繼續保持自己的步調。

因此，從小就經常讀書到現在。雖然不太做功課（因爲不太喜歡學校），但只有書卻經常讀。讀了非常多書。不過並沒有特別喜歡寫文章。從來沒有喜歡過自己所寫的文章。反而覺得寫文章很難。上大學時，也完全沒想過，自己以後要做寫文章的工作。世上已經有太多精采的小說了，怎麼也不認爲，自己能寫那樣的東西。我想，只要以讀者的身分接觸書本就夠了。

所以自己像這樣當上小說家，繼續寫了二十五年以上的小說，而且靠這個還勉強可以生活，現在都覺得很不可思議。爲什麼會發生這種事呢？

問題2

村上先生所寫的「終了」雖然覺得有各種形式和意義，但對終了您是如何感覺的？

〈例如在《世界末日與冷酷異境》中，是關閉在意識中這種有閉塞感的結尾，但那也是生活在森林裡的開始。還有，在《挪威的森林》裡，您寫到在「開始和那繼續＝生」中已經含有「終了＝死」。

但都不是單純的「終了」＝「終了」，而是「終了」的同時並含有「別的意思」，而我想「別的什麼」是否同時也是「終了」呢？〉

非常有趣的問題。我第一次被問到這樣的問題。

在「終了」的語言中，含有各種意思。就和英語的end這個字也有「盡頭」的意思和「結尾」的意思一樣。「世界的終了……」的情況我想比較接近「盡頭」。這個世界一直前進，末端有的是什麼，這樣的意思。當然現實的地球是球形的，所以到哪裡去都沒有「盡頭」，不過我想到的是，更神話性的世界。也可以說是內在的世界吧。在這樣的世界確實有「盡頭」。而且那裡說不定立著寫有「這裡是世界的盡頭」的牌子。你不會想到那樣的地方去看看嗎？我會想。所以我寫了《世界末日與冷酷異境》的小說。

換句話說你是小說家，想要到什麼地方去的話，你就可以實際上去到那樣的地方。那是因爲身爲小說家才能辦到的美妙事情之一。而且你身爲讀者，一邊讀著那本書，如果順利，也可以和作家一起實際去到那個地方。因爲那是讀者才能得到的美妙事情之一。而且是所謂故事這東西的最大效能。

被問到這個問題我試著重新想想，對我來說，我覺得死這件事與其說是「結束」，不如說比較接近「盡頭」。盡量把那「世界盡頭」的風景（大多的情況，是內在性的光景，或神話性的光景）描寫得眞實、詳細，對我的作品是重要的主題之一。

問題3

以作家來說，您傾向於採取什麼樣的落幕印象？

（以前我記得拜讀過您寫的，像沙林傑那樣留下年輕照片就消失也好，覺得很有道理。）

像以前寫過的那樣，我是長距離跑者。所以希望能活長一點，能繼續多寫一本小說也好。想多更新自己。讓書也能改印新版。

我讀傳記時，沙林傑的實際人生，對他本人來說似乎絕對不算如他的意。對作家來說最大的喜悅（或唯一的喜悅），莫過於能繼續寫出新的傑出作品，能與讀者共同分享。如果沒有那喜悅，無論全世界的人怎麼認為「好」，作家終究是孤獨的。我想要順利上年紀也很難吧。我也才剛上年紀，老實說沒有自信，不知道會不會順利。所謂「落幕」，我覺得好像也不是自己能決定的事。不過我所能做到的地方，只有確實地繼續保持自己的步調，這是我所想到的全部。

藝術家有兩種類型。一種是接近地面就有油層般的東西，那會自己繼續湧出來的類型（也就是所謂天才型），另一種是深藏在地下不挖的話就碰不到油層的類型。很遺憾我不是天才，必須勤快地用鍬子去繼續挖掘堅硬的地層。不過託這個福，我變得相當精通於挖掘地層的作業。因此肌肉也長得結實起來。因此以後只要一直繼續這同樣的作業就行了。繼續確實地保持自己的步調，我所說的，是這個意思。

從後共產主義世界發出的問題

這是我2006年獲得「卡夫卡國際文學獎」時，接受捷克的《捷克人民日報》（*Lidové Noviny*）和《權利報》《*Právo*》這兩家報紙所作的通訊採訪。兩種整理成一篇。我記得採訪是以英語進行的。兩者的問題都相當有趣。捷克的作家們似乎也苦於，在後共產主義世界的文學中，要如何確立自己的特色而費心。在那之後我的作品也有幾本被翻譯成捷克語，現在（2010年）據說出版了七冊。

———

《海邊的卡夫卡》中神話扮演了重要的角色。對這點請您稍微詳細說明一下您的意見。

所謂神話這東西，說起來是世界性活的共通語言。當然每個國家和文化不同，神話的細節部分會相異，但根本上有很多類似的共通要素。換句話說各個地域的神話之間，有很多可以互換的部分。我想對人類存在來說確實存在著潛在性共有印象般的東西。近年來由於網際網路的普及，世界正加速全球化，但我認爲，隨著最新技術的發達，像這種最古老的「共通語言」，今後將會以資訊庫越發擁有更大的意義。對小說世界來說，那樣的「共通語言」應該也擁有很大的價值。

——在您的小說中有時很 metaphorical（比喻性），有時又很 metaphysical（形而上）。這在像我們這種在這麼物質主義而無神性環境中（村上註：指捷克）長大的人是極新鮮的。

《海邊的卡夫卡》中星野青年和桑德斯上校討論。關於他是誰，是什麼樣的東西。在那討論中也含有靈魂（spirit）和神和佛。聽說您和奧姆眞理教的信徒也談過。您對宗教和靈性（spirituality）採取什麼樣的立場？

在現在這樣壓倒性的資本主義世界，有不少人，在脫離數值、形式和固定觀念的地方，努力找出不成形的個人性價值。那當然是理所當然的慾求，小說家把這種「不成形的東西」轉換成故事的形式，提示給人們當成自己的工作。在這「轉換」的新鮮和有效性中，正是小說的價値所在。幾千年來我們在全世界都進行著那樣的作業。

我想宗教大體上也在發揮同樣的機能。宗教家也在向人們提示他們自己的故事性系統，人們從其中找到精神的安定。只是，宗教和小說比起來，對人們要求更強的規範和投入。而且當那宗教帶有個人崇拜色彩時，有時也會產生危險動向。盡量阻止那樣不自然動向的發生，可能也是小說被賦予的職責之一，在與奧姆眞理教的信徒談過之後，我開始這樣想。小說基本上所追求的，是讓人們的靈魂，往安全的（至少是不危險的）地方，自然地軟著陸（soft landing）。

——到目前爲止《挪威的森林》、《國境之南、太陽之西》和《海邊的卡夫卡》翻譯成捷克語。您認爲這對介紹您的作品是否得要領？您有沒有希望我們讀您哪些特別的作品？

我想除此之外或許不妨讀兩部長篇小說。那麼對我想寫的世界的全體像會了解得比較清晰完整。成爲我故事世界一個原型的《世界末日與冷酷異境》（一九八五年），和對我來說成爲很大轉變點的最長小說《發條鳥年代記》（一九九四、九五）。

——捷克＝法國作家米蘭·昆德拉在一篇隨筆中這樣寫。「作家應該潛藏在自己所寫的東西中」。他不喜歡出現在人前。他也說「作家應該留在自己作品的影子裡」。您贊同這樣的意見嗎？

我喜歡寫文章，寫文章也從來不覺得痛苦。只是除此之外的事，老實說相當不擅長。採訪、演講或朗讀，如果可能都不想做。電視和收音機也從來沒上過。不過覺得太過於自我封閉似乎也不健全，因此有時會刻意出現在人前。只是不管做什麼都好，就是不願意犧牲寫文章的時間。小說家說起來本來所有的個人行爲和原則，都應該放進小說中去，在現實中實現那些，我認爲畢竟是次要的事。

——在這百年左右之間，很多傑出的作品都是經由亡命者，或因爲某種原因離開祖國的人手中寫出來的。像喬伊斯、山繆·貝克特、弗拉基米爾·納博科夫等都是。這種狀況在捷克文學上特別顯著。您也長久離開祖國，在和日本文壇無關的地方工作。您認爲像這樣到異國去這件事——或不參與本國的主流——在現代文學上是否成爲必要作業？或那在什麼意義上是有效的嗎？

我本來就不太喜歡社會組織這東西。從國家體制、學校、公司，到作家的社團，我都不習慣團體這東西。在這層意義上，到外國，以一個異鄉人（stranger）生活的方式，對我來說在精神上也許比較輕鬆。不會被規則和規範所束縛，可以自由寫小說。

只是我畢竟是以日本語寫日本人出現的小說的日本作家。我想在這層意義上，我必須對日本這個社會負起基本責任。既想盡量做一個獨立的個人，卻無法脫離國家和文化，這種二重性，我想是許多作家到現在為止都痛切體驗過的事，這對我來說也不例外。

我想有些情況，即使身在本國也可能繼續做一個異鄉人。

——在後共產主義時代，許多捷克作家們依然在「新東西」和「舊東西」之間繼續掙扎。對您來說共產主義有什麼特別意義嗎？例如關於六八年的「布拉格的春天」您有什麼樣的想法？我們能從日本戰後經驗中學到什麼事情嗎？

一九六八年正如您所知道的那樣，對我們的世代來說是擁有極重要意義的一年。當時我們大學生在日本正進行政治鬥爭。而在捷克當然有「布拉格的春天」。全世界年輕人都在對「體制」高聲喊No——那對象無論是資本主義體制，或共產主義體制。但這些理想主義，都被壓倒性的權力所踐踏消滅了。由於經歷過那樣強烈的理想主義和嚴厲的挫折，我覺得我們的世代似乎鍛鍊出其他世代所沒有的堅強。而且我們從那些體驗中，超越了既成的文學結構，創造出過去所沒有的新的故事結構。

日本戰後含有各種意義，似乎也成爲「就算物質豐足了，也未必能帶來精神上的豐足」的一個例證。「今後我們要追求什麼？要往那裡去？」現在的日本看來好像又重新站回那樣的出發點似的。我想在這裡所謂理想主義這東西，可能再度發揮巨大的力量。

（《捷克人民日報》（*Lidové Noviny*））

＊

——到目前爲止您的作品被翻譯成捷克語的三部小說，感覺好像充滿諦觀和憂鬱。這可以說是典型的「日本的」要素嗎？

什麼是典型的日本的小說，老實說我也不太清楚。這三部作品都是非常個人性地寫出來的小說，因此我只能從個人的觀點來看這些作品。無法和其他什麼做比較。而且我自己並不認爲這些作品是特別充滿憂鬱或諦觀的小說。以我來說，只是把非常自然的人的感情，非常自然地描寫出來而已。因此被這樣問到也很困惑。

例如福樓拜的《包法利夫人》，我也覺得是充滿憂鬱和諦觀的小說。不過讓福樓拜來說的話，他可能會說「不，那只是把非常自然的人的感情，非常自然地描寫出來而已」。什麼是自然的這件事，可能因人而異。

——《海邊的卡夫卡》中有提到伊底帕斯王的傳說。您爲什麼會提起這古老的文學主題呢？

《海邊的卡夫卡》（比以前）分出更多頁數在關於日本的事象上，例如「生靈」之類的。這是意味著您想要回歸自己的路線嗎？

我想日本作家提到伊底帕斯的傳說並不是特別不自然的事，而且提到日本的古典也不是特別不自然的事。爲什麼那會被當成問題，我眞不明白。以我來說，只是把腦子裡浮現的事象就那樣一一照寫出來而已。這就和我喜歡邊喝法國白葡萄酒邊吃壽司，如果要問我爲什麼我也無法適當回答一樣。我只是個人覺得「這樣的組合也不錯」而已。如果被正面問起我也會窮於回答。

——您的小說大多是「open end」開放式結局的。您會交給讀者去解決的理由在哪裡？

如果是偵探小說，有必要解明最後犯人是誰。從前的故事最後必須說「可喜可賀」。如果是小故事最後也要有結局。就像抽獎最後必須發表中獎號碼。賽馬的名次具有重大意義。但我寫的小說，幸虧並不像那樣需要最後明白的結論。沒有必要的東西就不必勉強寫出來。我不喜歡明白的結尾。因爲在日常生活中大多的局面，幾乎都不存在那樣的東西。

——您爲了領卡夫卡文學獎而光臨布拉格。對您來說得這個獎擁有什麼樣的意義？

小說這東西非常難斷定價值。對小說家來說意義最重大的獎賞，怎麼說都是有好讀者的存在，除此之外的東西，大體上都只不過是權宜的「形式」而已。只要有讀者，就不需要有獎之類的東西。如果小說本身有力量，那力量能獲得讀者的話，就不必接受任何人的認可。我很高興接受這個獎，是因爲這是冠以法蘭茲・卡夫卡我所敬愛的作家名字的獎。

——您是一個不需要媒體宣傳的作家，在本地大家也知道。在這樣的意義上有人稱您爲「日本的昆德拉」。不過其他大多作家都相當重視出現在媒體這件事。認爲文學也是一種事業。您爲什麼不採取那樣的態度？

所謂小說家，是以寫文章爲工作的。把一切事物都有效化爲文章，提供給讀者，是小說家被要求的作業。可是爲什麼，小說家必須去做除了寫作之外的工作呢？這是我反過來想問的事。如果想出現在電視上我可以去當電視演員。如果想唱歌可以當歌手。想參政可以當政治家。我是因爲想寫文章所以當作家的。只不過這樣而已。

（《權利報》（*Právo*））

短篇小說
《夜之蜘蛛猴》保留稿

沒有愛的世界

這是為超短篇小說集《夜之蜘蛛猴》（1995年刊）所寫的作品，但因為太沒有意義（似的），所以在我的判斷下決定不刊登。是未發表過的作品。但經過長久歲月之後，政經情勢也改變很大，這次想開了「怎麼樣都無所謂」於是決定收錄進來。「這種東西，現在也沒什麼意義吧！」請不要這樣一一生氣。什麼時候寫的，時期不明。

媽媽，「戰後民主主義」是什麼樣的東西？還有人類沒有愛也會「做愛」是真的嗎？

這個嘛，留美，這是很好的問題喲。有不懂的事情就問人說「這是怎麼回事？」是一件好事。以後不管什麼，有不懂的事，就問媽媽，知道嗎？媽媽會全部說明給妳聽，讓妳聽懂。

很好，所謂「戰後民主主義」，是很久以前從印度來的一隻名叫麥卡沙的偉大的象傳到日本來的東西。麥卡沙年紀已經非常大了，是一隻像砂糖那樣雪白的象喔。而且，所謂戰後民主主義，是印度的旁遮普這地方從前傳下來不可思議的魔法襪子。鮮紅的長襪子。

腳穿上那個，口中唱起祕密咒語，就可以一下跳上雲端飛到任何地方去。不錯吧？麥卡沙把這個介紹給每個日本人。他說「這就是戰後民主主義喲，請看，蹦！」嘿，很好心的大象吧，留美。來我們一起來唱〈大象之歌〉。「大象的名字，叫麥卡沙，呵妞妞哇呢——」

媽媽，媽媽，那去伊勢丹百貨公司，買一雙「戰後民主主義」來穿上的話，留美也可以跳上雲端飛到任何地方去嗎？

嗯、嗯、這倒沒那麼簡單。以前確實只要大家穿上戰後民主主義，跳一下就能簡單跳上雲端。而且可以就那樣飛到愛的世界去喲。眞棒。可是好景不常。印度國王聽到了，很火大地說「戰後民主主義是印度人的東西，不能借給日本人」。而且把麥卡沙叫回印度去。「如果不回來的話你就會倒楣。讓你下地獄去倒立喲」。

（日語倒立和麥卡沙、麥克阿瑟諧音。）

很過分吧。不管什麼國王也不能這樣霸道啊。生氣吧！麥卡沙！帶著你的憤怒回頭吧！不過麥卡沙聽了之後卻說「各位，不管怎麼說，我只不過是一介白象而已。如果不聽印度國王的話，會一輩子都吃不到咖哩。那就傷腦筋了。我會昏倒喔。所以沙喲哪啦！」，很乾脆地回印度去了。從此以後，任何人穿上戰後民主主義，都沒辦法再飛上天了。麥卡沙不見了以後，不知道爲什麼咒語也突然變不靈了。

而且從此以後，世界變成充滿了沒有愛的做愛了。完了。蹦。

哼，真遺憾。留美也想跳上雲端去。真氣人。我討厭沒有愛的做愛。

柄谷行人

這也是沒有收在《夜之蜘蛛猴》的一篇。我覺得放進去也沒關係，但負責的女編輯是柄谷先生的迷，「這連開玩笑都不算，真是的！」很乾脆地拿下來。我也不是為了開柄谷先生玩笑而寫這文章的。只是想如果讀了柄谷先生著作的馬一定會覺得很有趣而已。這，有開人家玩笑嗎？不，絕對沒有。寫的時期不明。

隱居：「你知道隔壁的空地圍牆變成柵欄了嗎？」

熊：「我覺得這好像，不是很平常的話題。」

隱居：「…………」

熊：「…………」

隱居：「你再說一遍好嗎？感覺重音好像怪怪的。」

熊：「那圍什麼的牆？好像不是很平常的話題啊。」（日語牆即塀，發音同平常的平一樣。）

隱居：「果然話中有話。」

熊：「是啊。相當牽強好難過。……那爲什麼要特地把牆改成柵欄呢？」

隱居：「因爲養的馬要讓大家看。」

熊：「那又爲什麼，馬非讓大家看不可呢？」

隱居：「因爲馬會讀書。」

熊：「原來如此。用意在向大家炫耀會讀書的馬，所以把圍牆改成柵欄嗎？」

隱居：「不只這樣。馬讀的還不是普通的書喔。那匹馬讀的居然是柄谷行人❶的書。」

熊：「傷腦筋。那對身體，是不尋常的行爲呀。」

隱居：「…………」

熊：「……」

隱居：「你再說一次看看。」

熊：「那對柄谷行人是不尋常的行爲喲。」（日語柄谷（garatani）和對身體（karadani）音近似，人（jin）和尋（jin）諧音。）

隱居：「好像，很累啊。」

熊：「很抱歉。這是人格的一部分。」

隱居：「嗯，總之那匹馬頭腦特別好。」

熊：「好像是啊。」

隱居：「可是再怎麼能解讀後現代，畢竟馬還是馬。以馬的分際，事情就很難說了，因此主人害怕起來，上次就不知道把馬拉到什麼地方去處分掉。馬一慌張。沒時間辯白，就無奈地被變成漢堡了。」

熊：「一慌張起來，反駁也沒辦法。」

隱居：「……那，再說一次看看。濁音有點不明確。」

熊：「所以，嗯，馬肉變成漢堡，也沒辦法。」（日語馬肉（baniku）和英語慌張（panic）諧音，日語反駁（hanbaku）和英語漢堡（hamburg）諧音。）

隱居：「…………………」

熊：「嗯……，那個，也就是啊……哈哈哈，您的襯衫很漂亮，是GAP牌子的嗎？」

❶柄谷行人（1941-），思想家、文藝評論家。著有《倫理21》、《世界史的構造》……。

草叢中的野鼠

我記得這是《夜之蜘蛛猴》在出版韓國語或中國語的翻譯本時，應邀寫序而寫的文章。寫的時間是1996年10月27日。很少為海外出版社特別寫序，但我擔心《夜之蜘蛛猴》「這種東西翻譯出來能賣得出去嗎？」因此特別服務地寫了。不知道賣得怎麼樣。

老實說，我從以前開始就非常喜歡寫這個長度的短故事。當然對我來說，寫長長的長篇小說是最重要的工作，但在那之間會寫這種短而放克（funky）的故事，心情會非常輕鬆。這與其說是工作，或許更接近個人興趣。

因此，在寫這樣的東西時，幾乎絲毫不覺得辛苦。如果辛苦，就不算興趣了。坐在書桌前，深呼吸一下，然後想到什麼就隨手一筆寫成，這樣的感覺。不是我自豪，不過這種故事，我可以一個接一個，沒完沒了地想出來。

不過如果被您鄭重地問「那當然好，可是，這故事到底有什麼意義？」我就傷腦筋了。非常傷腦筋。因爲老實說，並沒有什麼足以道出的意義。

不，與其說「沒有意義」，可能會招來一點誤會。正確說不是「沒有意義」，我想大概是「可能有意義，只是我並不太知道那意義」。意義可能在某個地方——就像野鼠屏著呼吸躲在草叢深處那樣——應該有。因爲，那故事會啪一下——說起來是從無中生有——想到，那麼其中，應該有類似我會想到那故事的「必然性」的東西。可能像野鼠那麼大的，微小的可能性。

只是我並不清楚那微小的野鼠，那時在茂密的草叢中到底在想什麼樣的事情。我只知道，我就沙沙沙地把這些事寫下來——而且是愉快地寫下來而已。

所以最好，別去想很難的事，只要輕鬆地去讀這裡的故事。我們就隨我們高興地享樂，野鼠也隨野鼠去開開心心過日子，不是很好嗎？

寫小說這回事

柔軟的靈魂

這是為２００３年，《海邊的卡夫卡》中國語版所寫的序。因為這對我是非常重要的長篇小說，所以應出版社要求而寫。

《海邊的卡夫卡》這長篇小說的大概構想浮上來時，我頭腦裡有的首先是「以十五歲的少年為主角來寫故事吧」這件事。雖然還完全不知道會是什麼樣的故事（我每次都在不預想是什麼樣故事的情況下開始寫小說），總之想以一個少年當主角。這是這本小說的根本主題。我的小說主角，以前很多情況是二十幾歲到三十幾歲的男人，住在從東京開始的大都市，有專門職業，或失業中。他們從社會觀點來看，絕對不是受到很高評價的人。反而是活在脫離主流社會系統之外地方的人。但他們維持著一貫性，也能應狀況需要而堅強起來。我過去描寫的，大多是那種生活型態、價值觀的人，他們活在個人所經歷的事情中，從他們的眼光中所映出來的，這個世界的模樣。

不過在這部作品中，我想寫少年的故事，是因爲他們仍然是「可變動的」存在，他們的靈魂還沒被固定在一個方向，還在柔軟的狀態中。他們的身心還沒確立價値觀或生活樣式之類的東西。但他們的精神一邊漫無目的地摸索著自由、遇到困惑，身體卻正以急遽的速度邁向成熟。我想把那樣的，靈魂動搖變動的狀況，裝進虛構的（小說）容器中細密地描寫。一個人，到底能在什麼樣的故事性中塑造成形？什麼樣的波浪會把他們運到什麼樣的地點去？這是我想描寫的事情之一。

當然正如您讀了就知道的那樣，主角田村卡夫卡，並不是一個到處都有的普通十五歲少年。他幼年時就被母親遺棄，又被父親詛咒，決心成爲「世界上最堅強的十五歲少年」。身處深深的孤獨中，默默鍛鍊身體，捨棄學校，一個人離家出走，到未知的地方去旅行。這怎麼想（無論在日本，或在中國）都不算是個平均的十五歲少年的模樣。雖然如此，我還是認爲，田村卡夫卡的許多部分是我，也是你。處在十五歲這個事實，是心在希望和絕望之間激烈來來往往的情況，是世界在現實性和非現實性之間來來往往的情況，是身體在跳躍和沉潛之間來來往往的情況。我們這時候既受到強烈的祝福，同時也受到激烈的詛咒。田村卡夫卡只是經歷到，我們實際以十五歲經歷過、走過的事情，（以故事）以擴大的形式親身接受而已。

田村卡夫卡以孤立無援的狀態離家出走，走進粗暴的成人世界中去。而且在那裡有要傷害他的力量。那有時是現實的力量，有時是從超出現實的地方來的力量。但在這同時也有很多人想救他的靈魂。或結果救了他。他被流放到世界的盡頭，並以自己的力量轉回來。回來時，他已經不是以前的他了。他正邁向下一個階段。

我們知道世界有多麼剛強。但同時，我們也知道世界可以變得多麼美好而優雅。《海邊的卡夫卡》想透過十五歲少年的眼光，描寫那樣的世界的模樣。雖然有點重複，不過田村卡夫卡是我自己，也是你自己。在讀這個故事之間，如果您也能以那樣的眼光看世界，身爲作者就再高興不過了。

到遠方旅行的房間

這是應翻譯者林少華先生的邀請，為中國讀者寫一點訊息，而在2001年8月所寫的。發表在什麼地方我並不知道。如果有人知道，請告訴我。

寫小說這件事，我想也就是編故事。編故事說起來，類似製作自己的房間。把房間設置好了，邀請人來，坐在舒服的椅子上，端出可口的飲料，讓對方非常喜歡這地方。讓對方感覺那裡就像完全爲自己而準備的地方似的。我想這是優秀的正確的故事該有的樣子。就算這是非常豪華氣派的房間，如果不能讓對方覺得自在習慣，那也不算是正確的房間＝故事。

這麼說，聽起來可能好像這邊單方面在服務似的，但未必是這樣。由於對方喜歡這個房間，能自然接受，我自己也得救了。對方覺得舒服，我可以以自己的東西來感覺到。因爲我和對方，可以通過房間爲媒介，共有某種東西。共有這件事，也就是分享事物的意思。力量彼此互相支援。那是對我來說故事的意義，寫小說的意義。互相了解，互相理解。那樣的認識，從我開始寫小說以來，這二十多年之間完全沒有改變。

我的小說想說的事，我想某種程度可以簡單地整理。那就是「所有的人一輩子之間都在尋找某一種重要的東西，但能找到的人不多。而且如果幸運地能找到，實際上被找到的東西，往往已經致命性地被損壞了。雖然如此，我們還是不得不繼續尋找。因爲如果不這樣的話，活著本身也會失去意義」。

這是──只是我想的──全世界基本上到處都相同的事。在日本、在中國、在美國、在阿根廷、在伊斯坦堡、在突尼斯、在任何地方，我們活著的原理這東西並沒有多大的不同。因此我們才能超越地域、人種和語言的差異，以同樣的心情共同享有故事──當然如果這故事寫得好的話。換句話說，我的房間可以離開我的地方，到遠方去旅行。這無疑是一件十分美好的事情。

我覺得非常不可思議，我在三十歲以前，沒有想到自己會寫小說。我在上大學的時候就結婚，然後被生活逼迫著一直工作，幾乎連字都沒有寫過。貸了款，開起一家小店，靠這生活。沒有特別的野心，說到喜悅只有每天能聽音樂，空閒時間能盡情讀喜歡的書，這樣而已。我和妻子和貓，過著悠閒寧靜的生活。

然後有一天，我想來寫小說。爲什麼會想到這種事我也記不太清楚了。但心想總之來寫寫看吧。於是到文具行去買了鋼筆和稿紙（當時我連鋼筆都沒有）。夜深了工作結束後，一個人在廚房的桌子前坐下來寫小說（似的東西）。一個人以生疏的手法，把我自己的「房間」一點一點地搭造起來。我那時候，並沒有打算寫什麼偉大的小說（不可能寫），也沒有想寫感動人的東西。只想搭造一個自己能感覺自在，而且舒服的場所就好了。就這樣我寫出了名爲《聽風的歌》這篇很短的小說。然後成爲小說家。

現在有時候都會覺得不可思議。爲什麼會當上小說家？我既覺得遲早總有一天不得不當上小說家，也覺得只是順其自然，偶然當上小說家的。既覺得從一開始就具備了當小說家的資質，又覺得並沒有，而是後來自己一點一點努力打造起來的。不過怎麼樣都沒關係。老實說，那問題並不大。對我來說最重要的事，是自己現在還在繼續寫小說，和今後大概還會一直繼續寫下去的事實。

我碰巧是日本人，一個年過五十的中年男人，而且感覺沒有什麼大問題。在所謂故事這個房間裡，我可以變成任何東西，您也一樣。這就是故事的力量，小說的力量。無論您住在什麼地方，做著什麼，也都不成問題。無論您是誰，如果能在這個房間裡放輕鬆，享受故事的樂趣，能分享到什麼的話，我就覺得比什麼都開心了。

自己的故事和自己的文體

這是為２００３年出版的《世界末日與冷酷異境》俄語版所寫的序。因為是很久以前所寫的作品，心想有必要說明當時的狀況，因此接受了序文的邀稿。這本書是我的作品系列中很重要的小說，我想傳達給俄國讀者這樣的地方。

《世界末日與冷酷異境》這本長篇小說是在一九八五年寫的。這本小說是根據那年的五年前所寫的〈街，和那不確定的牆〉這中篇小說。這篇〈街，和那不確定的牆〉作品曾經刊登在某文藝雜誌上，我感覺寫得不太滿意（簡單說，在那個時間點，我還沒有把那故事完全寫好的筆力），因此沒有以單行本的形式出版，就那樣不動地放在手邊。心想有朝一日適當的時機來臨時，要好好重寫過。那對我來說是擁有很大意義的故事，那本小說也強烈希求我好好重寫。

但到底該如何重寫才好？一直無法適當掌握頭緒。這本小說需要的不只是小技巧上的改寫，而是大轉變，是那大轉變所帶來的全新創意。然後四年後的某一天，由於某種契機（那是什麼樣的契機現在已經想不起來），我腦子裡浮現一個創意。「對了，就是這個！」我想，立刻面對書桌，開始著手漫長的改寫作業。

《世界末日與冷酷異境》這本小說，是由「世界末日」和「冷酷異境」這兩個不同的故事所成立的，「世界末日」的部分幾乎繼續採用中篇小說〈街和那不確定的牆〉的結構。然後再加上新的「冷酷異境」的故事。把兩個完全不同的故事連成一個故事，這是我基本上的創意。兩個故事在完全不同的場所，以完全不同的文脈進行下去，最後卻完全吻合地化為一體。是如何結合成一體的？讀者不太明白那結構的組成。

問題在於——這怎麼想應該都是很大的問題——那要怎麼合為一體？連作者都完全不知道，這一點上。不過沒關係，以後總有辦法，船到橋頭自然直，在這種極樂觀的想法下，我從頭開始寫小說（也許您知道，樂觀的精神，對小說家來說是不可或缺的資質之一）。我讓兩個故事並行，互相輪流地寫下去。換句話說，奇數章寫「冷酷異境」，偶數章寫「世界末日」。現在想起來，我在分別寫那些章節時，感覺好像在使用著身體的不同部分似的。

以更大膽的說法是，也許以右腦寫「世界末日」的部分，以左腦寫「冷酷異境」的部分。或者相反也不一定，不過怎麼樣都可以。總之我把腦子的（或意識的）這邊和那邊分開來使用，寫著兩個故事。老實說，感覺還眞不錯。

例如在寫「世界末日」時，我沉潛在自己右側的幻想中。這是個非常安靜的境界。故事在高牆圍繞的狹小寧靜的場所進行下去。人們沉默地走在路上，周遭的聲音總是含糊不清。相對的「冷酷異境」的部分則充滿動作。有速度、有暴力和幽默、有鮮豔的都會生活光景。這個世界在我的左側幻想中。輪流寫著這完全不同的世界，對我來說（對我的意識的運行來說）是極其舒服的事情。當我心情悶悶不樂時，會坐在鋼琴前練習彈巴赫的創意曲（彈得不好）。平均運動左右手指的肌肉，純粹肉體上的，心情卻能變得非常舒暢而開朗。我覺得這「世界末日」和「冷酷異境」分開寫時的舒服感覺，某種地方類似那樣彈鋼琴時的感覺。

而且，每天那樣動著左右腦和肌肉繼續寫著對照的故事之間，我開始發現，這兩個故事漸漸帶有共振性了。換句話說，一個故事中所存在的某種東西，和另一個故事中所存在的別的什麼，自然而自發地開始擁有連接的東西似的。這對我來說是非常刺激而快樂的發展。嗯，這應該可以，我確信。接下來的作業就變得相當愉快了。我只要相信自己的方向感，每天一點一滴勤奮地寫下去就行了。這兩個故事一定會在某個地方結合爲一，我可以這樣相信了。而且實際上，這兩個故事最後總算順利結合了。是如何巧妙結合的，希望您實際去讀，自己確認看看。

我們經常會對「靈魂」進行考察。安東．契訶夫在《第六號病房》中，借用醫生安德烈．葉菲梅奇和郵局局長的對話形式，自問那樣。

靈魂存在嗎？那是有限的東西？還是無限的東西？是會隨死亡消失的東西？或會超越死亡繼續留下的東西？對那樣的疑問，我和契訶夫都沒有答案。我所知道的，只有我們擁有意識這東西的事實而已。我們的意識，在我們的肉體中。而我們的肉體之外有別的世界。我們是活在這種內在的意識和外在世界的關係中。這種關係往往爲我們帶來悲哀、痛苦、混亂和分裂。

不過，我想，我們內在的意識這東西，某種意義上畢竟是外在世界的反映，而外在世界某種意義上可能也是我們內在意識的反映。換句話說，這兩者可能是以一對互相對照的合鏡，分別以各自無限的隱喻發揮機能的？

這樣的認識，成爲我寫作品的一個很大動機，而這部《世界末日與冷酷異境》小說，或許可以說正是把那樣的觀點（或世界觀）以最顯著的形式表現出來的作品。我一九八二年寫了《尋羊冒險記》這最初的眞正長篇小說，在那三年後，出版了這本《世界末日與冷酷異境》。寫完時我三十六歲，因爲這樣我終於感覺自己總算成爲一個眞正的作家了。我有自己能寫的故事，有我自己能用的文體。接下來只要累積實力，繼續寫下去。

對我而言這樣一本値得記念的作品，這次能經由迪米特·里科瓦列尼先生之手，由日語翻譯成俄語，並由具有傳統的EKSMO社出版，我感到非常高興。身爲作者衷心希望俄國讀者能喜歡這部作品。

醞釀出溫暖的小說

這篇文章刊登在《讀賣新聞》的日報（2005年3月27日）。我完全不記得是以什麼主題，什麼目的寫的。不過我非常了解想說的事。因為畢竟是自己寫的文章，不明白就傷腦筋了。當時我家既沒有暖爐，沒有鬧鐘，沒有電視，也沒有收音機。不過我記得像這樣什麼都沒有，生活也自有快樂的地方。

這是很久以前的事了，才二十出頭，剛結婚的時候，眞的沒有錢（不但這樣，還因爲某種原因貸了很多款），連一台暖爐都買不起。那年冬天，我們住在冬天隙風猛吹進來的，東京近郊一棟非常冷的獨棟住宅。一到早晨，廚房就會凍得結起整面冰塊的房子。我們養了兩隻貓，因此睡覺時人和貓，大家緊緊抱成一團互相取暖。當時我家不知怎麼成爲像附近貓的交誼中心般的地方，經常有不特定多數的訪客陸續造訪，因此曾經抱著這些傢伙，兩個人類，和四、五隻貓，纏在一起睡覺。

雖然每天要活下去都很辛苦，但我現在還常常想起，那時人和貓們所拼命醞釀出來的獨特溫暖。

我常常想，但願能寫出那樣的小說。在一片黑暗中，外頭枯樹發出尖銳的吟聲的夜晚，大家能以體溫互相取暖的小說。什麼地方是人類，什麼地方是動物，都分不清的小說。到哪裡是自己的體溫，從哪裡是別的誰的體溫，也變得難以區別的小說。到哪裡是自己的夢，從哪裡開始是別的誰的夢，已經失去境界的小說。我感覺那樣的小說，對我來說好像已經成爲「好小說」的絕對基準了。以極端的說法，除此以外的基準，對我來說可能都沒有什麼意義了。

冰凍的海和斧頭

這是2006年10月30日，在布拉格舉行的「法蘭茲・卡夫卡國際文學獎」頒獎典禮上我所讀出來的得獎感言。我以英語準備了草稿，背起來說出的。這次找出那草稿來，翻譯成日語。只是已經不太記得是否照原稿讀。可能稍微改過。但大致上是這樣。

這次能獲得法蘭茲・卡夫卡國際文學獎，本人深感榮幸。主要也因爲，對我來說，法蘭茲・卡夫卡是長久以來我最喜愛的作家之一。

我第一次遇到他的作品，是在十五歲的時候，我那時候受到很大的衝擊。我讀到他的第一本作品是《城堡》。書中描寫的事物非常眞實，同時也非常不眞實，一邊讀一邊感覺我的心好像被撕裂成兩半。

我記得自己是懷著那樣非日常，而且有時是不踏實的「分裂」感，讀完那本書的。現實感和超現實感。正氣和狂氣。感應和非感應。而且從此以後，我可能就帶著這樣的基本感覺——帶著一切或多或少都分裂著的感覺——來看世界了。那可能就成為我的文學的原風景。

我在四年前寫了《海邊的卡夫卡》這本長篇小說，某種意義上是以獻給法蘭茲．卡夫卡所寫的。這本小說的主角是自稱名叫卡夫卡的十五歲少年。就像剛才說過的那樣，我在這個年齡時第一次讀到卡夫卡的作品。卡夫卡少年離家出走，一個人孤獨地踏進新世界。等著他的，到處是充滿卡夫卡式的世界，在那裡他所感受到的就是被撕裂的感覺。

在這裡，我想引用法蘭茲．卡夫卡給朋友的一封信中的一段。這封信是他一九〇四年寫的。距離現在是一百零二年前的事。

「我認為，只有會咬我們、刺我們的書，才值得我們讀。書這東西，必須是能劈開我們內心凍結的海的斧頭才行。」

這正是我一貫想寫的書的定義。

謝謝大家。

故事的良性循環

這是為位於瑞士的聖加侖修道院（The Convent of St. Gallen）的圖書館紀念目錄所寫的序。雖然我還沒去過聖加侖修道院，但好像是相當氣派的地方。以德語翻譯和日語原文並列的方式收錄其中，刊登於２００５年11月。雖然不知道為什麼會來向我邀稿，但總之是非常傑出的刊物。在日本這篇文章刊登於《*Monkey Business*》２００９年秋季號。

所謂小說家，根據最基本的定義，是指說故事的人。從人類還住在潮濕的洞穴裡，啃著堅硬的樹根，烤著瘦癟的野鼠肉吃的太古時代開始，人們就不厭其煩地繼續說著故事了。大家挨著身體圍坐在薪火旁，一邊防著稱不上友好的野獸，一邊抵擋著嚴寒的氣候，交換故事對他們來說，應該是不可或缺的娛樂。

而且不用說，故事這東西，一旦要被說出來，就必須說得很高明才行。愉快的故事就要始終愉快，恐怖的故事就要徹底恐怖，莊重的故事就要非常莊重才行。這是原則。故事要能讓聽的人背脊僵冷、傷心落淚，或笑破肚皮才行。要能讓他們暫時忘記飢餓和寒冷才行。精采的故事無論如何都需要具有這種肌膚能感覺得到的物理性效用。因爲故事這東西，就算一時也好，必須把聽者的精神，轉移到另一個地方去才行。說得誇大一點，是要讓聽者能從「這邊的世界」穿過隔牆，越過「那邊的世界」才行。必須巧妙送到那邊去才行。這是故事被賦予的重大任務之一。

任何集團裡應該總有一個人，擅長把故事說得那樣活靈活現的。而且那樣的人物或多或少都會以一個專家身分，把部族中的許多固有故事從儲存在記憶的水池中，自己塑造成適當角色，以眞實的口吻，巧妙說出來。可能在世界的許多地方，就算以不同語言，都可以同時，並同性質地看到那樣的光景。

像這樣擁有說故事專門技術（或才華）的人們，當那部族獲得固有文字時，便開始負起把故事固定爲文章的任務了。把長久歲月以來以口頭，世代相傳下來的部族神話、傳說和知識，刻在木片、石片上，終於也能寫在紙上了。然後資訊的機能終於開始分化，確立起所謂fiction（虛構的小說）的概念時（以人類整體歷史來看，只不過是昨日的事），以那樣的作業爲專門職業的人就開始被稱爲「作家」。並被頒給榮譽的桂冠，受到尊貴婦人的寵愛，被不能理解的民眾丟石頭，有時觸動了當政者的禁忌而慘遭砍頭，或活埋，或被火燒。

我也是以寫小說爲職業的人之一。寫出小說，把那印成書出版，以那版稅買食物、買披頭四、「嗆辣紅椒合唱團」（Red Hot Chili Peppers）的CD、繳電費。這工作前後已經繼續做了二十五年。幸虧現在還沒被砍頭。雖然有時背後會被丟石頭，但比起身首異位，那還算是微不足道的小事而已。

作家比較起來算是孤獨的職業。一個人窩在書房裡，坐在書桌前幾小時，集中精神和文字的排列格鬥。每天每天都繼續這樣的作業。集中精神寫作品時，經常一整天幾乎沒跟任何人說話。我推測這對個性比較社交性的人來說，可能是相當難過的工作。但對於這種本質上雖然具有孤立性，但我每每體認到自己是一個那種「在薪火前說故事者」的末裔。一個人獨自盯著電腦畫面，我有時可以看見夜晚漆黑之深，可以聽見薪火的迸飛聲。可以感覺到人們圍坐在我身邊，側耳傾聽我講故事的氣息。而我一邊被那虛構的氣息所鼓舞，一邊繼續寫文章。是的，我擁有該說的故事，擁有能表現的語言，而且屬於某部族的人——我該怎麼感謝才好呢——熱心傾聽著我所說的語言。我可以讓他們——或多或少——越過「這邊」和「那邊」的隔牆。那樣「述說」的喜悅的質，無論在現代，或一萬年前，我想都沒有多大的差異吧？

來談談圖書館。

每次走進圖書館，不管那是什麼樣的圖書館，我都會感到些微的驚嘆。小時候是這樣，現在依然不變。我小學時候，最喜歡去的地方就是圖書館（雖然也喜歡棒球，但很遺憾在棒球場上，我並不優秀）。放學後，我常騎著腳踏車到市立圖書館去。然後在少年書籍圖書室的書架和書架間繞著走，瀏覽著上面密密排滿的過去和現代來自世界各國的無數故事，看得眼花撩亂。簡直就像一個從森林深處走出來，第一次看見以天空爲背景高高聳立的中世紀巨大城堡的小孩那樣。

眼前擺著那麼多故事書，少年時代的我不知道到底該從哪一本開始讀才好。因此結果，就把眼前所看到的一本一本拿下來，繼續讀下去。不過在那個階段，並沒有特別需要注意細微的知識。只要一翻開書頁，我就能非常簡單地踏進裡面所展開的虛構世界。當沉溺在那些故事中時，我可以移動到「不是這裡的某個地方」去，停留在那裡。結果把那圖書室書架上排出來的書幾乎全讀完了。我移動到無數「不是這裡的」世界，故事結束，闔上書本時，又再回到這邊的世界來（雖然有時不太能順利回來）。讀完少年的書後，又像貪婪的老鼠移到另一個食物倉庫那樣，這次轉到成人的書開始涉獵。我就這樣被無止境地吸進書本的世界去。

像這樣，圖書館到現在，對我來說都一直還是一個特別的場所。我只要一去到那裡，總能找到屬於自己的薪火。有時那是微小而親密的薪火，有時那是高聳入雲般，巨大而猛烈的柴火。而我站在那些各種尺寸各種形狀的薪火前，身體和心都會溫暖起來。我身為一個小說家，過去曾經寫過幾次以圖書館為舞台的故事，那不用說，是因為圖書館這地方，對我來說是擁有重大意義的場所。

試舉幾個例子來看。

長篇小說《世界末日與冷酷異境》中，出現收藏了很多獨角獸頭骨的圖書館。主角年輕男子被關在高牆圍繞的不可思議的街裡，被奪去影子，被交付必須一一讀取那頭骨所述說的夢的工作。另一本長篇小說《海邊的卡夫卡》中，主角十五歲的少年離家出走，而在某個契機下去到四國郊外的某家私人小圖書館，開始在那裡生活。他在那裡遇到不可思議的過去幻影，無可選擇地被捲入其中。在為少年寫的小讀物《不可思議的圖書館》中，主角少年被住在市立圖書館地下的可怕老人逮捕，被吸取腦漿。老人讓少年讀書，想藉著吸取他的腦漿，把那知識化為己有。少年不得不逃出去，但他的腳卻被鎖鍊套住了。

圖書館這地方，當然是指對我來說，是為了找到通往「那邊」世界的門扉的場所。一扇扇門，擁有一個個不同的故事。裡頭有謎、有恐怖、有喜悅。有隱喻的通路、象徵的窗戶、寓意的隱藏樹櫃。我透過小說想描寫的，正是那樣活生生的，擁有無限可能性的世界的模樣。

故事中可以含有許多不可思議的事情。我相信那效用，和那普遍性。小說家，如果順利，可以產生那樣的效用和普遍性，傳達給讀者。但同時，那樣的效用和普遍性也會回饋給作家自己。而且不只是向外部送出去就結束的事。一旦向外送出去的東西，會像迴旋飛鏢那樣飛回來。飛回來的東西經過咀嚼後，又變成別的形式再度送出去。那還會再回到這裡來。於是形成一個循環。

在這裡我想試舉一個這種循環的具體例子。

一九九四年、九五年發表的《發條鳥年代記》的長篇小說中，我寫到諾門罕戰爭當時蒙古的事情。諾門罕戰爭是一九三九年夏天大日本帝國陸軍和蘇聯軍在滿州和外蒙古國境線上所展開的戰爭，也可以說是第二次世界大戰的前哨戰，一場血腥的局部地區戰。投入飛機、戰車、長距離大砲，戰鬥了幾個月，死傷了很多人。俄國政府獲得德國將入侵波蘭的情報，希望提早結束遠東區的紛爭，形式上以平局結束，事實上是日本接近敗戰的戰爭。因此軍部隱藏事實，長久之間把戰爭的詳情壓到歷史的黑暗中。我因為一個偶然的契機，想把那次戰爭當時以諾門罕為舞台的故事——放進以現代日本為舞台的長篇小說中，寫成幾個故事中的一個。

諾門罕這個村子，現在在中國的內蒙古地區，接近蒙古國界，因爲沒去過，因此只憑想像，把腦子裡自行浮現的情景寫出來。小說出版後有機會實際去造訪那戰場的遺跡。可能因爲驅使小說式的想像力仔細描寫過的關係，雖然是初次造訪的土地，但那風景卻有不可思議的既視感。說來奇怪，甚至有類似懷念的感覺。

在無人的廣大沙漠深處，再更深入般的地方，當時激戰的痕跡，還以幾乎原封不動的模樣留下。那一帶是沒有道路的地方，又接近和中國的國境線，軍方禁止一般人進入，因此幾乎無人造訪。空氣十分乾燥，到處散落著被擊破的戰車、迫擊砲彈、槍彈、變形的水壺，雖然表面稍微生鏽了，但形狀並沒有改變。那看起來是說不出有多可怕，而且異樣的光景。好像突然被丟進上溯到超過半世紀前的歷史正中央似的，周遭散發著活生生令人窒息的緊迫感。看來那血腥的戰鬥，彷彿前幾天才剛剛發生過似的。我找不到可說的話，就那樣在那沙丘裡呆了幾小時。除了偶爾吹過沙丘的風之外，聽不見任何聲音。感覺時間的軸都好像歪斜了似的。

在俄國製吉普車的搖晃中，花了很長時間從那戰場遺跡回到飯店，筋疲力盡地上了床。半夜過後忽然一陣強烈搖晃，我名副其實地從床上滾到地上。是地震，我想。而且是規模相當大的地震。我感覺到生命危險。必須立刻衝出外面才行。想起身，卻站不起來。想朝房門出去，但地卻大大地搖晃著，只能用爬。四周黑漆漆的。雖然如此總算拚命掙扎到門口，打開門，滾出走廊。但一出到房間外面，走廊卻靜悄悄的。並沒有跑出外面吵雜的人。探頭看看隔壁（碰巧沒上鎖），跟我同行的夥伴好像沒事般在床上熟睡著。

我頭腦非常混亂，一時完全弄不清楚到底發生了什麼。不過終於這樣想。「這不是地震。可能是我這個人內部發生的個人激烈的震動」。雖然談不上是理論上的歸結，但除此之外想不到別的。睡不著了，直到窗外逐漸開始泛白，我就那樣一個人坐在鄰室的地上想東想西——沒有勇氣回到自己的房間。實在不認爲那次戰爭具有戰略價値，我尋思著在那偏僻的荒野一角，你爭我奪，一邊無謂喪失寶貴生命的那些人（很多是鄉下出身被徵兵的年輕士兵）的悲哀、憤怒和痛苦。黎明時分，終於有某種東西在我體內咚地掉落的感觸。我因爲那大搖動，在物理上肉體上，終於理解了什麼——我這樣感覺。聽來或許誇張，不過我確實感覺到所謂自己這組成，由於那次的體驗似乎多少改組過了。

寫小說這件事，只不過是把腦子裡的故事，想到什麼就自由地寫出來的作業而已。那可能是毫無根據的故事，有時還可能是荒唐無稽的故事。不過一旦創作出來，印刷起來，賦與作品這形式的故事，往往——如果那是正當的故事——會以獨立的生命體，以本身的資格自己開始動起來。而且會在毫無預期時，在作者和讀者之間，讓我們窺探到令人驚訝的眞實一面。就像瞬間的閃電，爲房間裡看慣的東西，加上一層不可思議的色彩那樣。或者把原來不在那裡的東西，忽然浮現出來那樣。我想這就是故事這東西的意義，和價値。

在蒙古這偏遠地方的旅館裡，我在半夜裡所經歷的奇怪體驗，我覺得似乎也是那種「毫無預期的眞實開示」例子之一。我所創作出來的故事，可能對我要求更明確的同化之類的東西——現在我想。那個故事，說起來我只是在純粹的好奇心驅使下所寫的。剛開始只有基於好奇心——一九三九年，在蒙古的沙漠深處到底發生了甚麼事？我腦子裡描繪著那樣的情景。我選擇那個場所和時代當成小說題材，並沒有明白的意圖和想傳達的訊息。但從那樣的地方所開始的故事，自己已經獲得一種意志，對我這個人，強烈要求更深入的介入。要求我對那個故事負起責任。因此才不得不把我引導到蒙古偏遠深處的小旅館去，在那裡讓我經驗到個人的，深夜激烈的地震。我有這種感覺。

作家創造出故事，那故事回傳給作家，要求作家介入更深。經過這樣的過程作家逐漸成長，學到把固有的故事往更深入發展下去的可能性。不用說，這個世界所謂永久運動這東西是不存在的。但只要不懈怠地，不斷繼續添加想像力和勤勉這自古以來的燃料，這歷史性內燃機就會忠實地維持那循環，讓我們的車輛繼續滑順地往前推進——去到能去的地方為止。我相信那種故事的「良性循環」機能，繼續寫著小說。

我可能過分樂觀。但如果沒有那樣的希望的話，當小說家的意義和喜悅到底在哪裡？而且如果沒有希望和喜悅的述說者，我們在薪火前面，如何面對圍繞著我們的嚴寒和饑餓，恐怖和絕望，如何能擁有說服力？

解說對談

安西水丸 × 和田 誠

灰鼠和黑兔

和田 今天從什麼開始談呢？好像有點緊張啊。首先，要不要先來喝一點啤酒？

安西 是啊，反正只要把春樹的各種事情拿出來明白解說就行了。

和田 說到這本書的封面，灰鼠是我，黑兔是水丸兄。兩個人輪流畫畫，春樹好像也喜歡這個構想。這是兩個人前前後後快樂合作了八年中的一張。

安西 後畫的人不能失敗喲，這個系列的畫。

和田 事先並不說出創意，總之以即興方式來做……。是我提出來的嗎？

安西 是啊。是和田兄。不過因爲我能和從學生時代一直崇拜的人一起畫，覺得很快樂，也可以說很惶恐（笑）。

和田 已經沒什麼學長學弟了。看到插畫也分不出哪張是誰畫的了（笑）。

安西 兩個人第一次出的繪本是《*NO IDEA*》（金之星社，二〇〇二）春樹君還幫我們寫了文章，那篇也放進這本《雜文集》裡。就是「呼吸著相同的空氣，這回事」那篇文章。寫得眞好。

和田 對對。因爲難得有共同認識的朋友兩個人一起出繪本，所以想到來拜託春樹兄看看。結果，他很爽快就答應了。

安西 村上兄，人很好噢。因爲三個人都在青山附近，也有近鄰的關係。

和田 三個人的工作場所都在青山，常常在附近偶然遇到。還被春樹兄寫成「一到晚上大概都在附近閒逛，在酒吧喝一杯」（笑）。

安西 我現在才想到，跟和田兄這樣對談這還是第一次啊。

和田 我曾經採訪過水丸兄。不過，像這樣跟水丸兄面對面談村上春樹兄的事可能是第一次。

安西 跟和田兄和春樹君，在不知不覺之間已經一起工作了，有這種感覺。

和田 走進青山的酒吧時，人家會說，剛才水丸兄還在喲。在認識春樹兄之前，會在路上遇到。剛開始雖然互相認得臉，但還有點不好意思，就那樣擦身而過。

安西 我走在青山三丁目一帶時也常會遇到他。「啊，水丸兄。」彼此會問「你在幹什麼？」之類的，這種感覺。對了和田兄，您記得曾經對我這樣說過嗎？「我跟春樹兄在路上遇到，他會轉過臉快速通過。大概不喜歡我吧」。

和田 我，說過這種話嗎？

安西　我問過春樹君。和田兄提過這件事噢（笑）。結果，他說「沒這回事。只是，我沒看見他而已。」他，視力有點不太好，而且不太看旁邊（笑）。

和田　那時候剛認識不久。我跟春樹兄都是相當怕生的人。我想你大概不一樣。

安西　嗯，我從年輕時候就認識他，交往之間漸漸熟起來，或可以說漸漸不考慮到工作，變成只是朋友，有一天，他託我為雜誌畫插畫。是文化出版局出的叫《*TODAY*》的雜誌，登出〈鏡中的晚霞〉短篇（後來收錄在CBS・SONY一九八三年出版的《象工廠的快樂結局》）。非常有趣的故事噢。

和田　那本書我也有啊。我記得是狗會說話的故事。

安西　沒錯。那是我第一次幫他畫插畫，所以已經將近三十年前了。

和田　我是從他為約翰・厄文翻譯的《放熊》（中央公論社，一九八六）、《懷念的一九八〇年代》（文藝春秋，一九八七）封面設計開始的，所以比起水丸兄的歷史，跟春樹兄的關係還算是新人。

安西　新人嗎（笑）？瑞蒙・卡佛全集的封面設計也是您做的，我想您設計了很多他的書。

和田　確實增加了不少。剛開始就已經有很堅強的合作夥伴了，我覺得自己好像加進來攪局似的，眞的。另外還有佐佐木Maki先生。

安西　您也會在意這種事嗎？和田兄（笑）。

和田　嗯，會呀會呀。非常在意喲。

安西　我比他大七歲，起初像朋友一樣開始交往，因此並沒有像搭檔工作的感覺。

和田　這種相遇我覺得很好。因爲我開始幫春樹兄設計書的封面時，他已經是個著名作家了。

安西　不過，和田兄第一次見到他時，是他還在千馱谷開（「彼得貓」）店的時候不是嗎？

和田　對，我也去過一次。很不錯的店。我和絲井重里在酒吧「Radio」喝著酒時，他邀我一起去的。

安西　我第一次見他，是一個編輯對我說，務必要見他一次而帶我去的。

和田　哦，是這樣啊。我去的時候，店裡正在放映16釐米的美國馬克斯兄弟的電影。可能只稍微打個招呼，我想春樹兄大概不記得了。

安西　不不，他雖然說以前的事已經不記得了，其實他記憶力還滿好的。我想他還記得很清楚。

和田　不過，人的第一次見面，我覺得不太會記得噢。跟水丸兄第一次見面的事，我就已經忘了（笑）。

安西　我還記得。是插畫家湯村輝彥幫我們介紹的。他說和田先生是很可怕的人，所以我見面時非常緊張。

和田　一點都不可怕吧。

安西　是啊。不，現在都覺得可怕噢（笑）。

討厭的時候，也好嗎？

和田　水丸兄，最近也常和春樹兄喝酒吧。我除了春樹兄、吉本由美小姐在做「魷魚乾電影院」（「ALL讀物」）有時會被招待之外，只有在爲出書討論時，才稍微喝一點的程度。

安西　嗯，偶爾會碰面。不過沒有以前那麼多了。

和田　這本書裡，也提到很多水丸兄的事對嗎？說是「安西水丸只能誇獎」之類的，各種說法。不過，不太有誇獎嘛（笑）。

安西　一點都沒誇獎。後半段更是隨便亂講對嗎？

和田　那篇隨筆中說如果不誇獎水丸兄的話會很可怕。不過，非常感覺得出友情的不同。

安西　嗯，跟他經常都是那個樣子（嗯哼）倒沒關係。

和田　你看，放在這本書裡的婚禮賀電「好的時候非常好」，那說得眞好噢。我沒有女兒所以不知道，不過女兒收到那樣的賀電一定很高興吧。也可以感覺到春樹兄的友情。

安西　非常高興噢。因爲沒想到會眞的收到賀電。

和田　話說回來，那句話也眞是說中了眞實噢。

安西　不過，我覺得「夫婦，討厭的時候，也很好」。

和田　哦？好像水丸兄的說法更有意思啊（笑）。

安西　哪裡哪裡……（嗯哼）。不過，眞沒想到他會留下那賀電的原稿。他，可能是把寫在什麼地方的東西留下來了吧。那是幾年前呢？不過看日記就知道。

和田　水丸兄有在寫日記嗎？了不起。寫日記我就不行。

安西　吃了什麼菜之類的，各種事情記下來還滿方便的噢。跟春樹君第一次見面那天的事我想也有寫。

和田　我跟春樹兄第一次正式見面，是在做了《放態》的封面設計之後，我問他「你在店裡會跟客人聊天嗎？」結果他說「大家都說我不愛理人。」

安西 你問了嗎？確實他不是適合做生意待客的那種類型，我想他居然說得出「歡迎光臨」就很難得了。

和田 可能沒說吧。他跟爲客人做菜，被讚美好吃就會覺得很高興的那種人有點不同（笑）。

安西 確實難以想像。我想如果是爲了喜歡的人，他可能會賣命地做菜。

和田 他跟我一樣怕生。做菜並不是目的，放爵士音樂唱片才重要對嗎？不開店也可以聽爵士樂吧？

安西 不過立場上，過了二十歲什麼都不做光在聽爵士樂，可能覺得社會風評會不好吧。

和田 嗯，也許是這樣，春樹兄這麼喜歡爵士樂，所以才會跟我一起合作爵士樂的書《爵士群像》（新潮社，一九九七）。

安西 那眞是好書。出文庫本時還辦了現場演奏會噢？

和田 是那本書中出現的佐山雅弘邀請大家來辦成的現場演奏，很愉快。收錄的解說文〈全神貫注的鋼琴師〉，據說是佐山君寫信拜託他的。然後他很快就寫了。

安西　他人很好噢（嗯哼），村上兄。

和田　我在那之前，在ＨＢ畫廊辦一個爵士樂手的畫展時，春樹兄來看了，一起吃飯時，他說「看了這種畫之後，我覺得好像可以寫爵士樂的隨筆」，事情就這樣開始。

安西　是這樣啊。確實讀他的音樂隨筆時，會立刻想聽噢。

和田　我可以畫音樂家的畫像，不過無法以語言表達他們演出什麼樣的聲音，和以什麼心情演奏。而他可以辦到。

安西　我現在想起來了，他做菜也非常高明。如果當廚師我想也可以領到三顆星的一流人才。就像以小說家來說（……嗯哼），是一流的那樣。他請我吃過一次飯，非常美味。雖然只是菜飯這種很普通的東西。

和田　能做這種東西，一定也能做正式餐點吧。

安西　他什麼都會做噢。會寫音樂的事，也很會做料理。其實畫也畫得好。我想他如果當抽象畫家一定也會很傑出。

和田　眞的嗎？他會畫抽象畫啊。你看過他畫的嗎？

安西　有。我手頭就有。

和田　哦！

安西 他畫的是別人畫不出來的東西。文庫本裡，每次都反過來，我寫文章春樹君畫畫。我有那時候的原畫，我說「村上兄，我會還你」，但他說「嗯——」，於是我就繼續收著或保管著。

和田 簽名呢？

安西 也有簽名喔。

和田 那豈不變成寶了（笑）。《村上之歌》（中央公論社，二〇〇七年）時，我的最後兩曲不是插畫而是寫文章，我說「我幫村上兄的文章配插畫，所以我的文章也請村上兄幫我畫插畫」，他寫道「沒這回事」。春樹兄在後記中也寫到「這種事我怎麼會做」，我的文章要和春樹兄的排在一起也有壓力。其實他會畫啊。

安西 會。實際上，我也對他說過，他可以當抽象畫的畫家。結果，他非常不好意思。

和田 如果只能畫抽象畫，要畫插畫可能很難吧（笑）。

安西 這倒也是。

和田 封面設計他也很行。《挪威的森林》（講談社，一九八七）就令我佩服。

安西 以作家來說他很難得也是懂設計的人，他寫的文章非常容易配插畫。他的臉也很容易畫（笑）。

和田　水丸兄畫的春樹兄很像啊。雖然實際上不像，但氣氛很像。

安西　和田兄的《畫像物語》（白水社，一九九八）這本書中有一項「不像的臉畫」中就確實寫了。

和田　不是畫不好而不像噢。我是指雖然不像，卻把本人表現出來的意思。

安西　有時也會有女孩子要我簽名，那樣的時候常常會說「也請幫我畫村上先生的臉」。我想為什麼我的書上非要畫他的臉不可呢（笑）。和田先生畫的新聞連載中，名編劇三谷幸喜先生的臉就畫得一模一樣不是嗎？

和田　我是打算盡量畫得像的，但我想三谷先生本人看來卻覺得完全不像。

安西　和田先生畫的臉像是畫得很仔細的插畫。不單純是臉的素寫畫。臉的速寫畫有些小孩也非常擅長不是嗎？

和田　對對。就像小時候有人很會取綽號不是嗎？就跟那一樣，他們會瞬間抓住特徵簡單地表現出來。

安西　如果讓春樹君取綽號一定也會是名人。讓他做廣告文案一定也會成為一個最棒的廣告文案吧。

和田　可能會。就像山口瞳也是優秀的廣告文案那樣，我想有這個可能。

關於青豆腐

安西 《1Q84》BOOK1（新潮社，二〇〇九）中忽然出現「青豆小姐」時我眞的好驚訝。

和田 很驚訝吧。會想到這跟我們有關係吧。

安西 我跟和田兄兩個人出版《青豆豆腐》（講談社，二〇〇三）這本書，是七年前吧。在小說雜誌開始連載時，請春樹君幫我們取名字的。

和田 在澀谷一家小料理店一邊用餐，水丸兄一邊請他「幫我們想個名字好嗎？」對吧？

安西 就是啊。剛開始他還當場立刻回絕「不行，不可能。」但喝了一點之後再提一次「那個（嗯哼），剛才提的事情啊」……。那時候正好在吃著「青豆豆腐」。於是他說「那就，青豆豆腐」，立刻就決定用那個。

和田 沒有比這更隨便的決定法（笑），如果那樣就產生了暢銷書的主角名字，也眞逗。這算是水丸兄的功績喲。

安西 哪裡哪裡。《*NO IDEA*》時，說請他寫隨筆也是和田兄提起的，那時候，說「對了，請村上兄考慮一下」的也是和田兄啊。

和田 好像變成在推責任似的。

安西 春樹君也在哪裡提過這件事，所以青豆小姐的由來（嗯哼），我想就是「青豆豆腐」沒錯。

和田 也不能說怎麼沒打一聲招呼。本來就是春樹兄取的標題嘛。

安西 在什麼地方有過什麼，他心裡大概一直會留下這語言吧。

和田 不過這命名眞是高明啊。

安西 不是我們書的名字（笑），而是小說裡的名字高明噢。

和田 對。很可愛。青豆小姐。雖然可愛，卻是個殺手眞帥。這個女孩子讓人想支持她。

安西 聽說後來才知道，眞的有姓青豆的人。

和田 有喔，青豆桑。不過，我們有吃到青豆豆腐。我的印象中豆腐中有一粒一粒的青豆。

安西 不，是在做豆腐時把青豆磨進去了。就像胡麻豆腐那樣。

和田 那麼，如果那個時候，兩個人吃的是胡麻豆腐的話呢……？

安西 是啊。標題可能變成「胡麻豆腐」（笑）。

和田 那麼《1Q84》的女殺手，就叫做「胡麻」了。

安西 幸虧是青豆豆腐啊。

和田 胡麻這個字，也有焚火的「護摩」這諧音字。不是名叫青豆的可愛女子是殺手，而是名叫「護摩」的女殺手。感覺很搭配啊。

安西 青豆是簡單而可愛的字。在這個故事中也知道，「那麼，說青豆豆腐」時的他的感性、感覺和時間性。就像鈴木一朗說的那樣，我想是「從天而降」的吧。

和田 不過，把那個呼喚出來的，是水丸兄的功績。

安西 ……不不（嗯哼），不過我也這樣想過，就是了（笑）。

和田 雖然說，是我提起來拜託他的，不過我當時不在場。如果在的話，就可以更自豪了（笑）。

安西 可能，他體內有語言的節奏感之類的東西，就算在不經意間說出來的事情，事後也會以非常好的形式活起來噢。

和田 這麼說來，水丸兄的本名，渡邊在小說中就經常出現喔。像《挪威的森林》的渡邊君。

安西 在某一次聚會中，我認識的編輯告訴我說「安西兄，最近成了小說的主角了」我才知道。

和田 原來你不知道。

安西 在某個雜誌的採訪時，春樹君這樣說。「『水丸先生，本名是什麼？』『我，叫渡邊昇』……在那樣的對話中，那名字聽起來像記號般，後來我就把那名字用在小說上了。」

和田 這是對水丸兄友情的表現哪。

安西 那本雜誌採訪的人說「渡邊昇，是安西水丸先生的本名吧（笑）」，有點打趣似的問法，春樹君卻認眞地回答，我覺得很高興。

和田 渡邊昇，好像也是很容易記的名字噢。

安西 《發條鳥年代記》（新潮社，一九九四、九五）的出場人物中有綿谷昇。他說「我本來想以渡邊昇來寫，不過水丸兄，那是個很壞的傢伙，所以我才改用綿谷昇的。」他爲我改掉了（笑）。村上兄，畢竟還是個好人。

和田 不過昇字還留下來。Wa和ta的音也留著（笑）！（譯注：日語發音渡邊是Watanabe，綿谷是Wataya）

安西 渡邊昇雖然是個普通的名字，但好像有一點不同，感覺得到「不普通的東西」，他不知道在哪裡這樣說過。我父親是江戶後期的畫家渡邊崋山的迷，而崋山的通稱是渡邊登。用同樣的字不太好意思，所以我就成了「昇」。

和田　春樹兄可能認爲，這個名字有普遍性吧。好像會有共鳴的感覺。我覺得這樣的sense和「青豆」的命名好像相通。

壓軸的音樂隨筆群

安西　這本書從賀電到音樂評論、翻譯論，到超短篇小說，包含了很多「雜文」，不過也有過去我所不知道的「致詞」，令我很驚訝。

和田　雖然很認眞，但也有一點趣味，還是很高明的致詞喔。還有，領耶路撒冷獎時的致詞，很有膽識，非常有魄力，令人佩服。

安西　我沒有實際聽過春樹君致詞。這次讀了之後，哦，他說過這樣的話嗎？還半信半疑呢（笑）。收錄的文章中或許也有代讀的，但谷崎獎時，我想是本人說的。那次頒獎典禮我去晚了，看他說話有點不好意思。刻意避開喲，不知道爲什麼。

和田　群像新人文學獎的得獎感言也收錄在這本書裡，當天的致詞好像也相當傑出。他說他喜歡羅斯．麥唐諾（Ross Macdonald）的小說，很喜歡小說中的偵探龍．亞傑（Lew Archer），因此本來想用村上龍當筆名的，但很遺憾已經先有村上龍了才以本名寫。丸谷才一先生以「致詞很難」來介紹他，不過丸谷先生也很讚美那段致詞，評語還順便點到「領獎感言能說出這麼咄咄逼人話語的新人，需要提高警戒」。我實際聽到，是在《爵士群像》的現場演奏時。是我勉強把他拉出來的，不過那次感覺非常好。

安西　是在南青山的「MANDALA」辦的吧。那時候，我第一次見到都築響一先生。春樹君的朋友有河合隼雄先生、「東京魷魚乾俱樂部」的吉本由美小姐和高橋秀實先生等，這次也在隨筆中出現很多，但我在酒店見過的只有吉本小姐。

和田　從比爾．克勞的採訪中也可以知道，可以說他很擅長接近人物的方式，或我沒見過的人，他也能把那個人的氣氛傳達過來。

安西　人物論也很高明，不過本書的壓軸，畢竟還是關於音樂方面吧。「日本人能聽懂爵士樂嗎？」雖然是很長的隨筆，不過非常有趣。因爲某方面我也感覺日本人不只限於爵士樂，就連繪畫等，都沒用自己的眼睛看，沒用自己的耳朵聽。

和田　對對。那也讓我思考很多。那篇文章，跟可以讀得愉快的有點不同。我覺得那是對爵士樂背景的文化和歷史看得很深很透徹的力作。還有提到比莉．哈樂黛的故事，也很棒。爵士樂是什麼樣的音樂中，隱藏著小故事。

安西　那裡，很棒噢。能邊寫那樣的文章邊把爵士樂說出來，我覺得這種地方很棒。聽到〈我開不了口〉就會想坐飛機那段也非常棒。我雖然不太喜歡飛機，不過會想，哦，是這樣啊。

和田　我也不喜歡飛機，不過非常喜歡水丸兄推薦的電影《鳳凰號》。

安西　那是飛機偶然在沙漠中著陸的故事噢。和田先生喜歡看別人的不幸（笑）。

和田　在電影裡喔（笑）。

安西　話題偏離爵士樂了，不過總之這本書有很多關於音樂的隨筆，每篇都很精采。

和田　像《1Q84》的楊納傑克等，音樂在小說中經常出現，不只是爵士樂，還有莫札特等古典音樂也出現很多。

安西　令人意外的是，看來好像不擅長的音響設備也自己組裝喔。喇叭如何如何之類的。

和田　對對。他對聲音效果和音響設備很挑剔。他說與其CD不如更喜歡LP，這點我也一樣。

安西　看到LP的唱片封套就感到很舒服，這點會。

和田　尤其我們，從形式和設計上對ＬＰ也會特別偏愛。

安西　可是，這本書寫了關於海灘男孩的事，春樹君對日本歌謠曲和日本音樂怎麼想呢？

和田　啊，這個我也有點想知道。他在某一本小說中，稍微提到「聽到美空雲雀的歌」之類的。

安西　我覺得沒有啊。輕音樂的伯特．巴克瑞克和胡立歐．伊格雷西亞斯，小說和隨筆倒寫過。因爲我在「村上朝日堂系列」中就畫過大約三次胡立歐．伊格雷西亞斯。

和田　日本的歌謠曲，以比喻也沒出現。

安西　或許會說出「三百六十五步進行曲」，不過我沒讀過。我有一本叫《*POST CARD*》（學生援護會，一九八六）的怪書，裡面有一篇小說中倒有作者唱〈狗的巡警〉的場景。

和田　他是絕對不會去唱卡拉ＯＫ的人吧。

安西　大概不會。

和田　我也討厭卡拉ＯＫ，因此被當傻瓜，不過最近開始去了喔。陪人家去的。

安西　插畫家很多人喜歡。下次，也來邀春樹君看看。

和田　不會來的，絕對（笑）。

安西　嗯，是嗎？不，會來，會來，會來。我們這樣（嗯哼）照顧他啊（笑）。

聲音是白金，字是炸麻花

安西　他，也會彈鋼琴喔。我去他家的時候確實有鍵盤樂器。在什麼地方也寫過他彈鋼琴。

和田　以前，他店裡也擺過鋼琴，可能歌也唱得好。

安西　他的聲音我說是「白金之聲」，聲音很好。從那聲音聽來，唱歌應該也很行喔。

和田　可能只是沒讓人聽而已。只有太太可以聽吧。

安西　不會宿醉，也不會腰痠背痛。很會畫畫，也很會做菜……。

和田　還會彈鋼琴，而且還是會跑馬拉松的運動員。

安西　還會嚴格遵守截稿日期，寫的字像炸麻花那麼容易讀。我把春樹君的字稱爲「炸麻花」。好像油炸過的字吧？

和田 確實容易讀，字寫得很好噢。

安西 只是，用油炸過的喔，唰一下的（笑）。

和田 也常看電影，他非常清楚。連原作也讀噢。

安西 所以很受女性歡迎。本來小說家就很受歡迎，所以太太平常一定就很擔心。啊，我又說出來了（笑）。不過，有時候他也會說在這裡不方便說的話。

和田 上次，在「魷魚乾電影院」的對談提到潛水艇電影海底喋血戰時，春樹兄說他寫過〈眼科的敵人〉短篇。眼科醫師和牙科醫師下將棋，牙科醫師輸了，因此展開敗者復活戰的故事。（譯註：日語敗者和牙科醫師同音。）

安西 滿淺的諧音笑話啊。

和田 啊，嗯，所以嘛……。

安西 我是抱著諧音笑話不笑主義的（笑）。

和田 不過，很高明吧。說到敗者復活戰，執著得相當恰到好處啊。

安西 嗯，在談話中不會說這種語音打趣笑話，不過他也出了回文和語音打趣笑話的書啊。

和田 你是指《またたび浴びたタマ》（文藝春秋，二〇〇〇）吧。我覺得那是傑作。廣告文案高手土屋耕一先生的《軽い機敏な仔猫何匹いるか》我也覺得是名作，是可以和那匹敵的貓的回文。像《村上かるたうさぎおいしーフランス人》（（村上紙牌美味兔子法國人），文藝春秋，二〇〇七），世界性的作家出語音打趣書之類的很有意思啊。

安西 這麼說來，和田兄，你也是回文高手啊。我跟插畫家灘本唯人兄喝酒時，你就說「灘本是好朋友啊」。（譯註：「灘本いい友だな」正讀和反讀都是na da mo to ii to mo da na同音）

和田 啊，我說過那種話嗎？喝醉了不記得了……。

安西 灘本兄非常感動，還說「阿誠，幫我簽名吧」，抱著簽了名的回文回去喲。

和田 哦？我也會嘛。確實，這可以成立爲漂亮的回文。

安西 我跟很多人提過這件事。還有，年輕女孩也教了我一個回文，「我現在頭昏」……。這個，可愛又性感吧。

和田 我，現在，頭昏……啊眞的。（譯註：「私、今、めまいしたわ」發音wa ta shi i ma me ma i shi ta wa）

安西 春樹君的語音打趣書，例如像「一看是傑克遜」那樣，一般大眾中可能有人不知道，不過爵士樂的人經常這樣說噢。

和田 對對沒錯。春樹兄在認眞的文學上也用，在輕鬆的遊戲上也用。

安西 我有時候也會想（嗯哼），這樣做妥當嗎？

和田 小說中的比喻像錢德勒那麼精采。可以說是春樹兄文學的主題之一。

安西 我也很喜歡。像菲力普．馬羅說的比喻那樣。

和田 這雖然不是誇獎的企畫案，不過好像變成都在誇獎他了（笑）。

「村上先生，是個什麼樣的人？」

安西 村上迷中，年輕女孩子也有很多非常可愛的。有人希望我介紹（嗯哼），我邀他來一起喝一杯，他說已經是要睡覺的時間了，所以不來。雖然他寫說「一次也沒介紹給我啊」。

和田 不過，就算不是女孩子也很受歡迎噢。

安西 只是，嗯，有各種人（嗯哼）。不過，他眞是個好人，村上兄。我演講的時候，第一個第二個問題是對我發問的，我想差不多快了時，一定會有人提出「村上春樹……」。

和田 是嗎？以水丸兄來說，會不太愉快吧（笑）。

安西　我想以朋友來說是應該高興的。大家都想知道村上的事情。會問「他是什麼樣的人？」

和田　我想他除了早睡早起之外是個普通人。水丸兄怎麼回答呢？

安西　我也說早睡早起，對音樂很清楚，經常跑馬拉松，是養樂多棒球隊迷之類的。

和田　換句話說，女孩子對文學的事一件也沒問。

安西　會問是什麼樣的人，有什麼興趣之類的事。

和田　被問到喜歡什麼顏色之類的，也很傷腦筋吧。

安西　問到「是對女人有興趣的人嗎？」這種意思的也很多。

和田　那不是因爲對方是水丸兄的關係吧。

安西　可能是，總之我覺得他是個普通男孩子。現在想起來，他從前經常穿短褲，或者說short pants。他跟我爲了《日出國的工廠》（平凡社，一九八七）去採訪時，每次都快到工廠之前才換長褲。

和田　不喜歡一開始就穿長褲，所以帶著去換。因爲他是個很有禮貌的人。不過，像小男孩那樣，吃東西好惡很分明吧。

安西　對對。首先，不吃貝類。

和田　還有中華料理也都不吃。

安西　可能是小時候，家裡的口味中沒有那種東西吧……。

和田　神戶應該也有很多美味的中華料理呀。

安西　不能吃貝類這件事，連鮑魚也不行對嗎？雞肉也不行，不能吃的東西很多。我們去千葉縣的千倉時，吃了白身魚喲。不過（嗯哼），我想他應該可以吃的，特別注意盯著他。

和田　咦？

安西　他只要想吃，可能是什麼都可以吃的人。因爲我是非常偏食的人。

和田　哦？水丸兄這邊不行嗎？

安西　例如，紅蘿蔔、芹菜之類的，喜歡和討厭很清楚。反而，看到春樹兄在吃著時，就覺得他應該可以吃中華料理。雖然他說不能吃中華料理，但我想可能是因爲某種美意識之類的關係。他不喜歡拉麵，可能因爲吃相的關係。

和田　我以爲運動員什麼都吃。我雖然不做運動，不過什麼都吃噢（笑）。

安西　我想他如果吃了貝類一定會喜歡。只是，覺得內臟之類的東西他可能會討厭。貝類是身體和內臟黏在一起。不過，他吃噢。

和田　只要決心吃，絕對可以吃。如果被說不吃不行的話，應該會吃吧（笑）。

安西　我想他如果能吃中華料理的話一定會喜歡的，中華料理中那叫什麼，那種感覺好像可以理解。

和田　什麼樣的感覺？

安西　中華料理有糊糊的，你不覺得好像女孩子被裝進南京袋（麻袋）裡被捉走的感覺嗎？（譯註：日語南京和軟禁同音）

和田　然後被賣到馬戲團去……。不，我想有點不同（笑）。

安西　春樹君吃了成吉思汗啱。好像架在屋頂上的鐵帽子那樣的鐵板上烤羊肉，我們一起吃過。那是在小岩井農場吧。那麼應該不是羊肉而是牛肉吧。

和田　這是新說法喔。可以吃貝類，也可以吃中華料理，羊肉不清楚……。

安西　不過以美感來說，不能吃。

和田　這也是春樹兄帥的地方嗎？

安西　吃的東西有好惡，但事情判斷明確，這說起來不好意思（嗯哼），他對我也很照顧，以朋友來說沒有人像他這樣的。

和田　對春樹兄來說，我們是他可以無妨備的少數中的兩個人吧。所以，我們跟他見面也很有趣。水丸兄，其實想說更祕密的事吧？

安西　沒有啊，因爲這是「解說」。好了，今天這樣差不多了……。

和田　好像，還知道很多事情的說法（笑）。

安西　我（嗯哼），我被人家稱爲「流動懺悔室」。大家都會到我前面來告白喲。

和田　眞是難以相信。

安西　眞的。不過今天過得很愉快。哪天找春樹君，三個人到壽司店以貝類下酒喝一杯，唱卡拉ＯＫ，讓他從實招來怎麼樣（笑）。

和田　他如果能想「這兩個人不管說什麼，就忍著點吧」，我們就很高興了喔。

二〇一〇年十一月二十九日於青山

作者

村上春樹

一九四九年生於日本兵庫縣，日本早稻田大學戲劇系畢業。

一九七九年以《聽風的歌》獲得「群像新人獎」，新穎的文風被譽爲日本「八〇年代文學旗手」，一九八七年暢銷七百萬冊的代表作《挪威的森林》出版，奠定村上在日本多年不墜的名聲，除了暢銷，也屢獲「野間文藝獎」、「谷崎潤一郎文學獎」等文壇肯定，三部曲《發條鳥年代記》更受到「讀賣文學獎」的高度肯定。除了暢銷，村上獨特的都市感及寫作風格也成了世界年輕人認同的標誌。

作品中譯本至《1Q84》今已有51本，包括長篇小說《聽風的歌》、《1973年的彈珠玩具》、《尋羊冒險記》、《世界末日與冷酷異境》、《挪威的森林》、《舞・舞・舞》、《國境之南、太陽之西》、《發條鳥年代記三部曲》、《人造衛星情人》、《海邊的卡夫卡》、《黑夜之後》。

短篇小說集《象工廠的HAPPY END》、《羊男的聖誕節》、《開往中國的慢船》、《遇見100%的女孩》、《螢火蟲》、《迴轉木馬的終端》、《麵包店再襲擊》、《電視人》、《夜之蜘蛛猴》、《萊辛頓的幽靈》、《神的孩子都在跳舞》、《東京奇譚集》。

散文及採訪報導《蘭格漢斯島的午後》、《懷念的一九八〇年代》、《日出國的工場》、《遠方的鼓聲》、《雨天炎天》、《爵士群像》、《地下鐵事件》、《邊境・近境》、《約束的場所》、《爵士群像2》、《如果我們的語言是威士忌》、《村上收音機》、《雪梨！》、《終於悲哀的外國語》、《尋找漩渦貓的方法》、《村上朝日堂》系列、《給我搖擺，其餘免談》、《關於跑步，我說的其實是……》等。

繪者

和田誠

一九三六年。多摩美術大學設計科畢業。從事插畫、封面繪圖、設計，也作詞、作曲、翻譯。寫過電影劇本，並擔任導演。著有《故事之旅》，和村上春樹合作有《爵士群象》及《爵士群像2》。

安西水丸

一九四二年生於東京。日大藝術學系畢。曾任電通、平凡社藝術總監，後爲自由插畫家，活躍於廣告、封面設計、漫畫、小說、散文等不同領域。著有《平成版普通的人》、《鉛筆畫的風景》等書。並與村上春樹合作有《夜之蜘蛛猴》、《象工場的HAPPY END》、《日出國的工場》、《蘭格漢斯島的午後》、《終於悲哀的外國語》、《尋找漩渦貓的方法》、《村上朝日堂》系列等。

譯者

賴明珠

一九四七年生於台灣苗栗，中興大學農經系畢業，日本千葉大學深造。回國從事廣告企畫撰文，喜歡文學、藝術、電影欣賞及旅行，並選擇性翻譯日文作品，包括村上春樹的多本著作。

藍小說956

村上春樹雜文集

作　者—村上春樹
繪　者—和田誠、安西水丸
譯　者—賴明珠
主　編—嘉世強
編　輯—黃嬿羽
美術設計—陳文德
執行企劃—張燕宜
校　對—賴明珠、黃沛潔

董事長—趙政岷
出版者—時報文化出版企業股份有限公司
108019台北市和平西路三段二四〇號三樓
發行專線—（〇二）二三〇六—六八四二
讀者服務專線—〇八〇〇—二三一—七〇五
（〇二）二三〇四—七一〇三
讀者服務傳真—（〇二）二三〇四—六八五八
郵撥—一九三四四七二四時報文化出版公司
信箱—10899臺北華江橋郵局第九九信箱

時報悅讀網—http://www.readingtimes.com.tw
法律顧問—理律法律事務所　陳長文律師、李念祖律師
印　刷—紘億印刷有限公司
初版一刷—二〇一二年二月二十三日
初版二十三刷—二〇二四年九月二日
定　價—新台幣三六〇元
（缺頁或破損的書，請寄回更換）

時報文化出版公司成立於一九七五年，
並於一九九九年股票上櫃公開發行，於二〇〇八年脫離中時集團非屬旺中，
以「尊重智慧與創意的文化事業」為信念。

村上春樹雜文集/ 村上春樹著；賴明珠譯. -- 初版. -- 臺北市：時報文化, 2012.03
面；　公分. --（藍小說；956）

ISBN 978-957-13-5503-0（平裝）

861.67　　101000698

MURAKAMI HARUKI ZATSUBUN-SHU by Haruki Murakami

Originally published in Japan by SHINCHOSHA Publishing Co., Ltd., Japan
Chinese (in complex character only) translation rights arranged with
HARUKI MURAKAMI, Japan
through THE SAKAI AGENCY and BARDON-CHINESE MEDIA AGENCY.

ISBN 978-957-13-5503-0
Printed in Taiwan